魔女の暦

JN091875

横溝正史

角川文庫
22827

目次

魔女の暦

三人の魔女

「いいか。その三人の魔女というのは、三人でひとつの眼しかもっていないんだ。つまり、ひとつの眼を三人の魔女がかわりばんこにつかって、やっと用を足してるって、そういうわけだ。わかったね。さて、その三人の魔女の役だが……」

と、作者の柳井良平が、その三人の魔女の役を飛鳥京子、霧島ハルミ、それから紀藤美沙緒の三人にふったとき、一座の男女のあいだから、くすくすと皮肉なしのびわらいの声がきこえた。

「あっはっは、ひとつの眼を共有して用を足してる三人の魔女か。こいつはいいや、お京にハルミに美沙公なら、うってつけの役どころじゃないか。いっひっひ」

と、なかには露骨に揶揄《やゆ》をとばして、首をすくめている男もある。

そこは浅草にあるインチキ・レビュー、紅薔薇座《べにばらざ》二階の大部屋である。

時刻はまさに午前一時。

その日の興行をうちだしたのち、作者の柳井良平が一座のものを全部あつめて、つぎの興行のだしものについて、本読みもおわり、配役を発表しているところである。

一座には支配人の山城岩蔵や音楽担当の甲野梧郎、それから振付けの山本孝雄なども立会っているが、脂切って大兵肥満《だいひょうひまん》の山城岩蔵をのぞいては、いずれもだらけきった顔色である。連日連夜の興行で、みんな過労がたたっているのである。

さて、つぎ興行のだしものは、題して『メジューサの首』

作者の柳井良平の手前味噌《みそ》によると、ギリシャ神話から材をとったといっているけれど、いずれはつぎはぎだらけのにわか仕立て。ギリシャの勇士がさんざん悪魔だの魔女だのにくるしめられたすえ、メジューサという、首が美人で、体が鷲、髪の毛が蛇という稀代の怪物を、もののみごとにたいらげるばかりか、なおそのうえに波荒きエチオピヤの海岸の断崖に、鉄の鎖でしばりつけられた美しき姫をたすけるという、陳腐《ちんぷ》きわまるストーリーに、ストリップをふんだんに見せようというアチャラカもの。

どうせ頽廃的《たいはいてき》なお色気をふんだんに発揮して、下等な客を呼ぼうというのが、この紅薔薇座の興行方針なのである。

さて、その配役のうちのおもなものを左に披露すると、

勇士　岡野冬樹
女怪メジューサ　結城朋子
姫　牧ユミ子
三人の魔女　飛鳥京子
　霧島ハルミ

紀藤美沙緒
吹矢を吹く小悪魔　碧川克彦《かつひこ》

だいたい以上のとおりだが、このうち主役は勇士に扮する岡野冬樹と、女怪メジューサを演ずる結城朋子のふたりである。姫をやる牧ユミ子というのはちょっと小綺麗なというだけで、年齢もわかいし芸も未熟である。したがって役もいたってかるいのである。それよりも主役についで活躍するのは、ひとつの眼を共有するという三人の魔女の役である。

「原作ではこの三人の魔女は、グレイ・シスターズ、即ち灰色の姉妹といって婆さんになってるんだが、それじゃ芝居にならないんで、うんと若返らせたんだ。だから、三人でたったひとつしかない眼を、岡野君にとりあげられて、さんざん翻弄《ほんろう》されたあげく、一枚一枚ぬいでいくというところがこんどのショウのねらいどころだから、三人ともひとつうんとお色気たっぷりにやってもらいたいな」

と、そこが作者、柳井良平先生の味噌らしい。

つまり、三人でひとつの眼しかもっていないで、それをかわるがわる用いるというのだから、そこに当然、いろいろな滑稽が生じる。どちらかといえば三枚目的な役で、それにはこの一座でも芸達者でとおっている飛鳥京子と、霧島ハルミ、それから紀藤美沙緒の三人がとくにえらばれたわけである。

だが、しかし、それにしてもこの配役にたいして、なぜほかの連中がくすくすわらったかというと、それにはつぎのようなわけがある。

この三人にはそれぞれパトロンだの愛人だの、内縁の良人などがあるのだけれど、それにもかかわらず、ちかごろもっぱら新入りの碧川克彦に、三人が三人とも夢中になっているという評判があるからだ。

なかには碧川克彦は、お京とハルミと美沙公の、共有のペットになっているんだなどと、露骨な陰口をきくものさえあるくらいだ。

だから一同がくすくすと皮肉なわらい声をたて、だれかが揶揄《やゆ》をとばしたとき、支配人の山城岩蔵はギロリと兇暴な眼をひからせ、音楽担当の甲野梧郎は、くらい影のある渋面をつくって、ぷいとそっぽをむいたのである。

山城岩蔵が飛鳥京子のパトロンであり、甲野梧郎が霧島ハルミと内縁関係にあることは、一座のうちでだれひとりしらぬものはない。

「さあ、さあ、みんな、なにをそんなにわらってるんだ。書抜きをわたすから、しっかり台詞《せりふ》を腹にいれるんだぜ。甲野さん、作曲のほうをたのみましたぜ」

作者の柳井良平は神経質らしく、しきりに指で長髪をかきあげている。

「ああ、いいとも。どうせあちこちから借用すりゃいいんだからな」

甲野梧郎は投げやりな調子で、わざと両手をのばして大欠伸《おおあくび》をする。だれかがまたくすくすとわらった。

うことにしようや」

「山本さん、振付けのほうもどうぞ」

「オーケー、お京ちゃんとハルミちゃんと美沙公の三人に、うんとおけつを振ってもらうことにしようや」

振付けの山本孝雄がおどけた調子でみんなを笑わそうとしたが、それにたいしてこんどはほんのちょっぴり、お義理のわらい声しかおこらなかった。

みんな疲れて、だらけきって、わらう元気さえうしなっているのである。

まったく殺風景な光景だった。

小屋も小屋で、壁はよごれ、畳はすりきれ、天井といえば雨漏りの汚点だらけ。しかも、これだけ大勢女がいるのだから、もうすこしなまめかしい雰囲気があってもよいはずなのだが、それがいっこうそうでないのは、みんなが疲れてだらけているのと、電気の節約でいやにあたりが薄暗いせいだろうか。

いや、そうとばかりはいえなかった。なにかしら、妙にこだわりのある空気が、一座の男女の顔色をこわばらせているのである。

女怪メジューサを演ずる結城朋子は、舞台でこそぱっと眼につくきりょうだが、こうして深夜の楽屋でみると、眼のふちがくろずんで、たるんだ皮膚にも小皺《こじわ》がかくしきれない。肉づきは相当ふっくらしているが、なんとなくぎすぎすしたかんじでこの女もそうそろそろ、なんとか落着きさきをかんがえねばならぬ年頃で、じぶんでもそういう自覚があるのか、ちかごろではマネー・ビルがいちばん楽しみらしいと、楽屋雀はうるさいのである。

そのことは魔女の役をふられたひとり、飛鳥京子にもいえるだろう。

京子はさすがに朋子よりはわかかった。

しかし、一座のあいだから皮肉なくすくす笑いがおこったとき、ツーンとすましていた彼女の顔色から、溌剌《はつらつ》たる印象をうけるものはひとりもいなかったであろう。彼女もやはり疲れているのだ。おつにすましかえっていても、疲れて、しょげて、どこか棄鉢《すてばち》にさえなっているところがうかがわれる。

三人の魔女のなかでは霧島ハルミがいちばんうつくしい。

いや、三人の魔女のみならず一座のなかではこの女が、素顔も舞台すがたもいちばんうつくしい。三人の魔女のなかでは年齢もいちばんわかいのである。しかし、この女の美しさにはどこかふやけたところがある。つまり知性が欠けているのである。そして、知性の欠如ということが、この女のいつまでもわかくていられる秘訣《ひけつ》らしい。

いまも一座のあいだから、皮肉なくすくす笑いが起ったとき、ハルミはにやにや笑いをうかべながら、露骨なウインクを碧川克彦に送っていた。

それにたいして克彦が、ニヤッと人を喰ったような微笑をかえしたので、京子はおもわず柳眉《りゅうび》をさかだて、甲野梧郎はくらい眉根にしわをよせてそっぽをむいた。甲野とハルミが内縁ながらも夫婦関係にあることは、一座のあいだではしれわたっている。

一座のあちこちからまた皮肉なくすくす笑いがもれてきて、それがたぶんに当てつけがましい気味にもとれた。

「なによう！　みんな、なにをそんなにくすくすわらってんだい？　くだらない！」

さっきからひっきりなしに、むしゃむしゃと口を動かしていた紀藤美沙緒が、このときとつぜん、挑《いど》むような眼つきでジロジロ周囲を見まわしながら咆哮《ほうこう》した。素肌《すはだ》のうえにだらしなく楽屋着のガウンみたいなのをひっかけて、頭といったらパーマをかけた髪の毛が逆立っていて、ちょっと怒れる牝獅子《めじし》といったかっこうである。

この女が一座のなかでいちばん伝法な口のききかたをする。肥《ふと》り肉《じし》の、それでいて均整のとれた肢体《したい》をしているが、全身の線に不健全なくずれがみえるのは、絶えずちがった男に抱かれるせいであろう。

一座ではお女郎さんというあだ名があるが目下は作者の柳井良平先生と、ずるずるとくされ縁みたいな関係をむすんでいるいっぽう、ちょくちょく碧川克彦をつまみ喰いするという評判である。

「はっはっは」

と、克彦はくったくのない笑い声をあげると、

「美沙ちゃんにあっちゃかなわないな」

と、あいかわらず人を喰ったようににやにや笑っている。

碧川克彦というこの男は、一座の注視を一身にあびても、びくともしない心臓をもっているらしい。それはずうずうしいとか、あつかましいとかいうのとはまたちがうよう

である。

　克彦はただ無邪気なのである。天真爛漫《てんしんらんまん》なのである。べつのいいかたをすれば天衣無縫《てんいむほう》とでもいうのかもしれない。じぶんの思うがままにふるまって、それが反感をそそらないばかりか、それがかえってこの美貌の青年の大きな魅力になっているというのは、やはり若さの強味とでもいうべきであろうか。

　身長は五尺七寸あまり、均整のとれた、たくましくて、しかも柔軟性にとんだその肢体は、新鮮な果実のようにみずみずしい。

　座頭格の岡野冬樹は、一種の讃歎《さんたん》と嫉妬《しっと》をまじえた眼でそういう克彦を視まもりながら、内心ふかい溜息をついている。じぶんにもそういう時代のあったことを、そろそろ額の禿《は》げあがってきたこのオールド・スターは、わびしく回想しているのかもしれない。

　一座における冬樹のあだ名は哲学者という。

「なにがかなわないのよう。克坊、こんやはあたいといっしょにかえろう。どっかへ遊びにいこうよ」

「あっはっは、ありがと。でも、こんやはほかに約束があるから……」

「約束……？　だれと約束をしたんだい？　なあんだ、ハルミか。そんな約束なんか反古《ほ ご》にしてしまいなよ。なあ、克坊、いいだろう？」

　舌端するどく挑んでくる美沙緒の眼は、いよいよもって精悍《せいかん》な牝獅子そのものである。てらてらと紅くそめてとがった爪が、いざとなったら相手の肉をひきさくだろう。

美沙緒のこの露骨な挑戦にたいして、

「うっふっふ」

と、ハルミはただ馬鹿みたいに笑っている。相手が美沙緒であるかぎり、ハルミは絶対に自信をもっているのである。

器量だって、体だって、若さだって、また愛慾の技巧だって、お女郎さんなんかに絶対に負けぬと。……

美沙緒とハルミのあいだの空気がちょっと険悪になったので、牧ユミ子はおどおどしたようにふたりの顔を見くらべている。

はじめて、こんど大役をふられた牧ユミ子は、レビュー・ガールというよりも、デパートの売子といったかんじである。細胞のどのひとつも、ぜんぜん性的に訓練されていないので、新鮮というよりも、まだ青くて、固くて、男たちの味覚の対象とならないらしい。

「ハルミちゃん。なにがうっふっふだい。あんたこないだも克坊をひっぱりだして……」

「美沙緒！　よさないか」

たまりかねて作者の柳井良平が、金切り声で怒鳴りつけた。

美沙緒の浮気沙汰にはなれているとはいうものの、一座のものの面前での、この露骨な裏切り行為には、さすがに肚《はら》にすえかねたのだろう。蒼黒《あおぐろ》い額に二本の血管が、ニューッととびだして痙攣《けいれん》している。

しかし、一座のものがすわこそと、じぶんのほうをふりかえるのに気がつくと、さすがかっと顔を火照《ほて》らせて、柳井は照れくさそうな苦笑をうかべて、

「紀藤君」

と、言葉も改めて、

「こんやはつぎの興行の打合せなんだからね。ランデブーの相談なら、またべつの機会にしてくれたまえ」

「はい、はい」

と、美沙緒がふてくされたように肩をすくめて唇をつきだしたとき、そばからハルミが、

「あの、先生」

と、からだをくねくねさせながら、甘ったるい声で呼びかけた。わざとらしい、虫酸《むしず》の走るような声で、甲野梧郎の眉間にくろい稲妻がはしったのもむりはない。

「柳井先生にちょっとお訊《たず》ねいたしますけれど……」

ハルミは甲野の思惑《おもわく》などいっさい眼中になく、露骨な媚態《びたい》をふりまきながら、

「三人でひとつの眼をもってるてえのは、いったいどういうんですの。だいたい、メーキャップからどうしていいかわからないじゃないの」

「いやあ、三人とも眼がないんですな。つまり鼻や口はあるけど、眼だけは鼻のうえにひとつだけ眼の窩《くぼ》があいてるだけなんだ。それで眼玉は三人でひとつきゃない。それで、

三人でかわるがわる、眼玉をじぶんの眼窩《がんか》にはめて、それではじめてものがみえる。そこにまあ、ユーモアとくすぐりがあるわけで、べつに写実でなくてもいいんだから、メーキャップは肌色《はだいろ》の薄絹《うすぎぬ》かなんかで眼かくしをして、まんなかに眼玉をはめる穴でもあけときゃいいんだよ」

柳井良平がもったいぶって説明をおわると、そばから振付けの山本孝雄が間髪をいれず、

「あっはっは、三人とも眼がないとはよかったな」

と、うまい半畳をいれたので、一座のあちこちから、またくすくすと忍びわらいが起ったが、そのときだった。

「あっ、京子、どうした、どうしたんだ!」

と、狼狽《ろうばい》したような声をあげたのは、支配人の山城岩蔵である。

一同がおもわずそのほうへふりかえると、真蒼《まっさお》な顔をした京子が歯をくいしばって反っくりかえって、岩蔵の脂ぎった、肉のあつい体がそれを膝のうえに抱きとめていた。

「京子、京子、どうしたんだ。しっかりしないか」

京子は額にいっぱい汗をうかべて、眼をつむったまま、歯をくいしばっている。

ほかのものがあわてて立ちあがろうとするのをみて、

「大丈夫よう。騒がないほうがいいの」

と、かるく制したのは結城朋子である。座頭の貫禄をしめしたものとしても、おそろ

しく冷酷な声だった。

「脳貧血をおこしたんだね。あんまり緊張しすぎたんで」

と、振付けの山本孝雄がひとごとのような顔をして呟《つぶや》いたが、そのときの山城岩蔵の顔色こそみものであった。

ひとりひとり一座のものを睨《ね》めまわす岩蔵の眼つきには、憎悪と忿懣《ふんまん》の炎がほとばしっている。まるで必殺のおもいでもこめたような、その視線のすさまじさには、一同ゾーッと顔を見合わせ、思わず息をのんだくらいである。

カレンダー作成

その夜更け。

そこがどこだかわからないけれど、真っ暗な部屋のデスクのうえに、ほの暗い電気スタンドがひとつ、ほのかな光の輪を投げかけている。

したがって、眼にみえるものといっては、電気スタンドの光のおよぶ範囲にかぎっていて、その他の部分は漆《うるし》にぬりつぶされたような闇である。その光の輪のなかにあるものといったら、小さな眼ざまし時計と卓上カレンダー、それからインクスタンドにペン軸《じく》が一本。

カレンダーの日付けは五月八日になっており、眼ざまし時計の針は三時五分まえを示している。即ちいまは五月八日の未明、午前三時五分まえなのだ。

とつぜん、その光の輪のそとから一本の手が出てきた。その手は黒い手袋をはめているので、男か女かわからない。手首からうえのほうは、光の輪のそとにはみだしているので、これまた男か女かわからない。

黒い手袋をはめた手は、ペン・ホルダーからペンをとって、なんの躊躇もなくカレンダーのうえにペンを走らせる。

「魔女の暦……」

それからちょっとやすんだのち、つぎのように書きつけた。

「第一の犠牲者……吹矢」

それからまたしばらくやすんでいたが、やがてペンを動かすと、

「第二の犠牲者……鎖」

そう書きおえたとき、漆黒《しっこく》の闇《やみ》のなかからくすくすと、会心のしのびわらいがきこえてきたが、それもあまりひくかったので、男とも女ともわからない。

手袋をはめた黒い手は、それからすぐに行をかえて、

「第三の犠牲者……」

と、書いたまま、ずいぶんながいあいだ、戸まどいしたように思案をしていたが、やがて決然として、

「第三の犠牲者……」

と、書いたその点線の下へ、

「?」

を、書きくわえた。

そこで、つぎのようなカレンダーができあがったのである。

魔女の暦

第一の犠牲者……………吹　矢

第二の犠牲者……………鎖

第三の犠牲者……………?

黒い手袋をはめた手は、そこでペン軸をもとどおりペン・ホルダーにもどすと、そのまま光の輪からしりぞいた。

黒い手袋をはめた手の持主は、そのまま闇のなかで身動きもしない。

このカレンダーのスケジュールを、もういちど頭脳のなかで練りなおしているのか。……それともこのカレンダーの作成に満足して、闇のなかでにやにやしているのではあるまいか。

光の輪のなかにある目ざまし時計の針が三時三十分を示した。

と、こんどは二本の手が光の輪のなかにあらわれた。左の手にも黒い手袋をはめているので、やはり男なのか女なのかわからない。左の手にはマッチ箱をもっている。

黒い手袋をはめた手は卓上カレンダーから、『魔女の暦』を書きつけた一葉をひきちぎり、マッチをすって焰のうえにかざした。めらめらと燃えあがる『魔女の暦』はたちまち一団の焰のかたまりと化し、やがて、白い灰となってデスクのうえにまいおちる。

黒い手袋をはめた手は、両手でていねいにそれをもみほぐして、あとになんの痕跡ものこっていないことをたしかめてから、電気スタンドのスイッチをひねった。

あとはねっとりとした五月の濃い暗闇である。

吹矢飛ぶ

金田一耕助が浅草六区の紅薔薇座へすがたをみせたのは、こんやでもう三日目である。一昨日の初日から三晩つづけて、かれは紅薔薇座の大衆席にすがたをあらわした。そして、あんまり入りのよくない平土間の観客席の一隅に陣どって、つまらなそうにこのアチャラカ・レビューの舞台をみている。

その風采《ふうさい》はといえば、あいかわらず雀の巣のようなもじゃもじゃ頭に、よれよれのセルのきもの、これまたひだのたるんだよれよれのセルの袴というすがたである。そして、いつも眠そうな眼をしょぼしょぼさせている。

小柄で貧相でいっこう風采のあがらぬこの男に、だれもとくべつの注意をはらおうとはしなかったであろう。この男にあのような特異な才能があろうとは、いったいだれがかんがえよう。入口のモギリ嬢でさえが、この男が三日つづけてご来場あそばしたごヒイキさまとは夢にもしるまい。

これがこの男の一得なのである。なにびとの注目もひかぬ平凡な風采、風来坊のように飄々《ひょうひょう》としたその挙措《きょそ》進退が、かれのように特異な仕事をもつ男にはたいせつなのである。つまりひとめをひかぬこと。——それが大事なのだ。

しかし、よくよくこの男を注意してみるならば、その平凡な容貌のなかに、きびしい知性をよみとることができるだろう。いつも疲れて眠そうな表情をしている物憂げな瞳のなかに、たかい叡智《えいち》のかがやきを汲《く》みとることができるだろう。

さらに、もういっそう注意ぶかくこの男を観察するならば、そこにいたましいまでの孤独感を嗅《か》ぎつけることができるであろう。なにびとにも、またなにごとにも溶けこむことのできぬきびしい孤独感が、どんな場合でもこの男の身辺からはなれないことをしるだろう。

それはこのようなゴミゴミとした、野鄙《やひ》で雑駁《ざっぱく》な環境に身をおいたとき、いっそうつよく感得されるのである。

舞台で下等なエロが発散されるとき、半照明のほのぐらい観客席から、下劣でエゲツない半畳がとぶとき、金田一耕助もいっしょになって、にこにことひとの好さそうな笑いをうかべている。しかし、そういうときこそ、ことさらに、この男から孤独の体臭が色濃くにじみでるのである。

それにしても金田一耕助はなんだって、こんなくだらないレビューを、三晩もつづけてみにくる気になったのであろう。

そこにひとつの秘密があることはいうまでもない。

金田一耕助がいまふところにしている紙ばさみのあいだに、つぎのような奇怪な手紙がはさまれているのである。


拝呈。近日浅草六区の紅薔薇座において、初日の蓋をあける『メジューサの首』の興行に深甚の御注意ありたく、この興行中いつか舞台において、先生のいたく御興味をもたれるであろう事態が勃発いたすべく、このことあらかじめ御注意申上げ候。夢々うたがうことなかるべく、三拝九拝、懇願申上げ候、草々頓首

魔女の暦

金田一耕助先生

それは新聞からでも切りぬいたらしい、大小とりまぜた活字の貼りあわせで、貼りつけた糊のために便箋ががさがさと波をうって皺がよっている。

金田一耕助は職業柄、いままでたびたび怪しい手紙をみてきている。筆蹟をくらます

ための、活字の貼りあわせの手紙の事件も扱ったこともある。

しかし、直接かれのもとへ、こういう怪しげな手紙がとどいたのははじめてである。しかもこの手紙のなかには、はっきりそれとは指摘してないけれど、どうやら犯罪の予告めいた匂いがするではないか。

そこで金田一耕助は、封筒から便箋を仔細に吟味検討する。封筒も便箋もごくありふれたもので、どこの文房具店でも手にいるていの代物だった。活字は新聞あるいは雑誌から切抜いたのであろう。

しかし、大小不揃《ふぞろ》いとはいいながら、これだけの活字を見つけて切抜くというのは、相当の時間と労力を要することである。

単なる悪戯《いたずら》であろうか。だれかがじぶんをからかってきたのであろうか。そう思って思えないこともない。『三拝九拝』だの、『夢々うたがうことなかるべく』と、いう文句は、あきらかに金田一耕助を揶揄しているように考えられる。

しかし、いっぽうから考えると、そういうくすぐり、おどけた文句のなかにこそ、この手紙のおそろしい真実性が秘められているのではないか。即ち、この手紙を作成した人物は、そういうおどけた文章でじぶんの気持ちをごまかさなければならないほど、さしせまった実感にゆすぶられているのではないか。

そこには殺人という文字はつかわれていなかった。しかし、文章全体からして、十分それをにおわせていることはたしかである。

それにいつ幾日とはっきり時日をしめしていないのも不安である。そこにいっそうこの手紙の真実性が実感として迫ってくる。

どちらにしても金田一耕助は、この手紙の招待に応じようと決心したのだ。

そして、新聞の娯楽案内欄をみて、その手紙をうけとったのが『メジューサの首』の初日だとしると、さっそくその日の夕方紅薔薇座へ足をはこばせたのである。ちょうどほかにさしせまった事件もなかったし、うちにいて不安につつまれているよりましだと思ったのだ。

そして、きょうは五月十五日『メジューサの首』の初日のふたがあいてから三日目だった。

おなじものを三日もつづけてみれば、だれだってドラマの進行はのみこめる。またグロテスクな扮装にも食傷する。

はじめての日、鷲の翼と猛禽《もうきん》のするどい爪をもった女怪メジューサの頭髪が、いっぽんいっぽんつくりものの蛇になっていて、メジューサに扮する結城朋子のうごきにつれて、また、踊りのテンポにあわせて、にょろにょろ、くねくね、ほんものの蛇のようにのたくったのにはおどろいたが、こんやともなれば子供だましのようで馬鹿馬鹿しい。

また、初日には三人の魔女の踊りもおもしろかった。

三人とも眼のところに羽二重のきれかなんかあてていて、そのきれの中央、鼻のうえにあるところに眼窩があいている。

その眼窩へ眼玉をさしこむと、はじめてものがみえるという趣向で、その眼玉を岡野冬樹扮するところの勇士にうばわれて、めくらめっぽうまごまごしながら、いちまいいちまい剝《は》ぎとられていくという、ストリップの段取りにも、くふうがあっておもしろいと思った。

そのほかにもうひとつ金田一耕助の眼についたのは、吹矢をふいて勇士をなやます美貌の小悪魔である。

プログラムをみると碧川克彦とあるが、その男が登場するたびに、観客席からキャーッというような女の歓声がおこるのは、よくよく人気があるらしい。じっさい、まだ芸はいうに足りず、台詞もろくろく喋《しゃべ》れない青っぽさだが、均整のとれた体のうごきに天稟《てんぴん》のリズムがあって、見るものをして一種の快感をもよおさしめた。

しかし、なんといっても金田一耕助がいちばん注目したのは、女怪メジューサに扮する結城朋子と、三人の魔女に扮する飛鳥京子と霧島ハルミ、それから紀藤美沙緒の三人だった。

「魔女の暦」――

と、いうあの署名から、この四人のうちのだれかに、なにごとかが起るのではないか。いましも舞台ではその三人にからんで、勇士に扮した岡野冬樹が踊っている。さすがに碧川克彦などとちがって、岡野冬樹の踊りには、自信と安定性がかんじられる。

さて、その冬樹にまんまと目玉をうばわれた三人の魔女、すなわち飛鳥京子と霧島ハルミ、紀藤美沙緒は周章狼狽《しゅうしょうろうばい》、いちまい、いちまい、身につけているものを剝がされていくにしたがって、観客席からゲラゲラと下品なわらいごえがおこり、下劣でワイセツな半畳がとぶ。

おそらくここは振付けの山本孝雄先生が、もっとも力こぶを入れたところだろう。くすぐりとエロのコミック・ダンスのカルテット。しかも、観客の劣情を挑発するために、たっぷり時間がかけてある。

やがて、全裸にちかい三人の魔女が、勇士におわれてエプロン・ステージへ逃げてくると、これからがいよいよこの演目中の眼目で、三人がおもいおもいの曲線をみせて、挑発的なめくら踊りという寸法である。

こうなると不思議なもので、野次も半畳もぴったりやんで、観客席は水をうったような静けさとなる。男たちはみんな眼をいからせ、小鼻をふくらませ、生唾《なまつば》をのみこみのみこみ、おりおり溜息をもらすばかりで、ぴたりと、鳴りをひそめているのである。

これを浅ましいといってはいけない。そこにストリップの醍醐味《だいごみ》があるのだそうな。

盲目の魔女たちは両眼を羽二重かなにかでおおわれているので、眼にものいわせることができぬかわりに、全身の曲線のうごきをもって、観客の官能にうったえようと試みている。それらのうごきのなかには、閨房における技巧を連想させるようなものがあり、エロティークな効果はまったく申分なかった。

こうして伴奏のテンポにのって、魔女の踊りはいよいよ露骨に、挑発的になり、観客席からもれる男の溜息はいよいよ切なくなってきたが、そのうちに、金田一耕助がおやとつぶやいて腰をうかせるような事態がもちあがった。

三人の魔女のうち、まんなかで踊っていた飛鳥京子が、はっと左の胸に手をやると、よろめくように、二、三歩左右にたじろいだ。

そして、左右の魔女の霧島ハルミと紀藤美沙緒のふたりが、あいかわらず音楽のテンポにあわせて、下劣な踊りをおどっているのに、彼女だけは踊りをやめて、ポカンと大きく眼を視張っている。

「飛鳥、どうした!」

間髪を入れず、見物席から叱咤《しった》するような野次がとんだが、それでも彼女はきょとんとしている。

そのとき、金田一耕助の眼をとらえたのは、左の胸をおさえた京子の指のあいだから、なにやら妙なものがのぞいていることである。

それはどうやら、さっき碧川克彦の小悪魔が使用した吹矢のようである。

「飛鳥、どうした、しっかりしろ!」

見物席からとぶ野次はいよいよさかんになってくる。

と、棒立ちになっていた飛鳥京子の全身が、急にものぐるおしい運動を開始した。それはとても意識しておこなわれる運動ではない。細胞のひとつひとつが苦悶とたたかって激動しているのだ。

それに、苦痛にゆがんだあの恐ろしい顔！

「キャーッ！」

と、観客席から女の悲鳴がきこえたとき、左の乳房をおさえている京子の手がだらりとたれた。見るとそこにぐさりと突っ立っているのは、まぎれもなく吹矢である。見物席のほうからもはっきりそれが見てとれた。

「あら、お京さん！」

やっと異常に気がついたハルミと美沙緒が、あわてて左右からかけよろうとしたしゅんかん、京子は一歩うしろへよろめいたかと思うと、背後にあるオーケストラ・ボックスのなかへ、仰向けざまにひっくりかえった。

観客席がわっと叫んで総立ちになったことはいうまでもない。

ものずきな野次馬がバラバラとエプロン・ステージへかけよったが、その野次馬のせんとうに立っているのが金田一耕助。金田一耕助はだれよりもさきに、さっき京子が踊っていたあたりへ駆けよったが、そのとき、なにやら足にさわったものがある。それは一本の管のようなものである。

金田一耕助はそれを拾おうとして、にわかに気がついたように、ふところからハンケチをとりだすと、それにくるんでていねいに手にとりあげた。それは銀紙を張った竹の管で、あきらかに吹矢の筒である。

昭和二十×年五月十五日、午後八時三十分。——これが魔女の暦のさいしょの一枚がめくられた時刻であった。

毒

所轄警察からの報告によって、警視庁から等々力警部が紅薔薇座へかけつけてきたのは、その夜の九時ごろのことだったが、楽屋から舞台の前面にあるオーケストラ・ボックスへ入っていくと、だしぬけに、

「やあ、警部さん、よいところへ」

と、ひとなつっこい声をかけられて、ぎくっとして顔をあげると、エプロン・ステージのむこうがわに金田一耕助がにこにこわらいながら立っていたから、等々力警部は二度びっくり、まるで幽霊にでも出遭ったように大きく目玉をひんむいた。

「金田一さん、あんた、どうしてこんなところに……」

「いいじゃありませんか、こんなところにいたってさ。たまにゃぼくだってストリップ見物くらいはするんでさあ。浩然の気をやしなうってやつですかね。あっはっは」

と、金田一耕助はわざと冗談めかして、のんきな笑い声をあげたが、すぐまたきまじめな表情になって、

「いや、失礼しました。じつはいま殺人の容疑者にされて弱ってたところなんです。ほら、これね」

と、ハンケチにくるんだ吹矢の筒を出してみせて、

「こんなものをもってまごまごしてたもんだから、おまえが犯人だろうって、このひとたち、ぼくをつかまえてはなさないんです。それにそこにいらっしゃる所轄の捜査主任のかた、あいにくぼくのしらないかたですしね」

なるほど、エプロン・ステージのむこうでは、紅薔薇座の印半纏《しるしばんてん》をきた男が三人、ものものしい顔をして、左右から金田一耕助の腕をとらえているが、いまのかれの言葉をきくと、びっくりしたように手をはなした。

オーケストラ・ボックスのなかでも、所轄の捜査主任、関森警部補をはじめとして、係官一同があきれたように、このもじゃもじゃ頭の小男を見直して、

「警部さん、あのかたは……？」

「ああ、関森君、君はまだお眼にかかったことがなかったかね。まえにもいちど浅草署と協力して、難事件を解決してくだすったことのある金田一耕助先生だよ」

「あっ！」

と、関森警部補はおどろきの声をはなつと、

「金田一先生なら、いままでかけちがってお眼にかかったことはございませんが、ご雷名はかねがねうけたまわっております。それならそうと、もっと早くいってくだされればよかったのに……いや、申しおくれましたが、わたしは浅草の捜査主任をしている関森というもので……」

と、恐縮しながらもじろじろと、金田一耕助のもじゃもじゃ頭を見ているのは、大いに好奇心をもやしているのだろう。

「警部さん、それじゃこのひと、放っといても大丈夫ですか」

と、紅薔薇座の連中は、まだうさんくさそうに、金田一耕助と等々力警部を見くらべている。

「ああ、大丈夫、大丈夫。そのひとは人を殺すような人じゃない。ぎゃくに人殺しの犯人をつかまえるのが名人でいらっしゃるんだ。あっはっは」

と、等々力警部は上機嫌で、

「それにしても、金田一さん、あなたどうしてこんなところへ……？」

「だからさ、いまもいったとおり、浩然の気をやしなうってやつでさあ。たまにゃ、ストリップをみるのもいいもんですぜ。心身ともに大いに昂揚しましたからね。ときに主任さん、そちらへ入ってもいいですか」

「ええ、ええ、さあ、さあ、どうぞ」

金田一耕助がエプロン・ステージをこえて、オーケストラ・ボックスのなかへ入っていくのを、印半纏の男たちはあきれかえったように視まもっている。

むろん、舞台にはもう幕がおりているのだが、関森警部補の要請によって足止めされた見物は、まだほとんどかえっていないらしく、呼吸をのんでオーケストラ・ボックスのほうを視まもっている。

「金田一さん」

等々力警部は気になるように、金田一耕助の顔色をさぐりながら、

「あなた、こんや宵からここにいらしたんですか」

「ええ、いましたよ。ですから惨劇の起る前後のいきさつを、残らずこの眼で見ていたんです。ああ、そうそう、主任さん、これを。……たいせつな証拠じゃないかと思いますから、指紋を消さぬように気をつけておきました」

金田一耕助がハンケチごとわたす吹矢の筒をみて、関森警部補は不思議そうに眉をひそめた。

「なんですか、これは……？」

「吹矢の筒ですよ。ほら、女の胸にささっている吹矢の……」

オーケストラ・ボックスのなかには、全裸にちかい飛鳥京子が仰向けにひっくりかえっているのだが、その左の胸にぐさりと吹矢がつっ立っている。

「な、な、なんですって？　それじゃ被害者は吹矢で射殺されたというんですか」

「まあ、いちおう、そういうことになってるんですね。被害者の胸に吹矢がつっ立っている。しかも、エプロン・ステージのまえには吹矢の筒がおちている……」

「金田一先生、それじゃ、この吹矢の筒はエプロン・ステージのまえに落ちていたんですか」

と、関森警部補はハンケチ包みの吹矢の筒に眼を落した。

「そうです、そうです。ちょうど飛鳥京子が踊っていたエプロン・ステージのすぐ下あたりでしたよ」

「金田一先生、飛鳥京子とはだれですか」

「ですから、そこに死体となってよこたわってる女性じゃありませんか。いや、警部さんも主任さんも、委細はあとで話します。あっ、ちょっと、先生……」

ちょうどそのとき、医者がオーケストラ・ボックスのなかへ入ってきて、検屍をはじめようとするところだった。その医者がなにげなく胸に突っ立った吹矢を抜こうとするのをみて、金田一耕助があわてててとめた。

「それを抜きとるまえに、写真班のかたにその部分をクローズ・アップしておいてもらいたいんですけれど……どの角度から吹矢がとんできたか、おそらくあとで問題になると思いますから……」

「ああ、そう、金田一先生のおっしゃるとおりにやっといてくれたまえ」

写真班の連中はいちおう全体の写真はとりおえていたのだけれど、関森警部補の命令で、あらためて、あらゆる角度から局部のクローズ・アップを撮影した。

等々力警部にも金田一耕助の提言の意味がわかるのである。

吹矢は垂直よりすこしななめうえから、被害者の胸につっ立っている。エプロン・ステージのすぐ前面からねらったとすれば、そういう角度に命中するはずがない。

「金田一さん、これは被害者の胸の位置より、すこしうえのほうからねらったんですね」

「そういうことになりますね」

「そうすると、平土間からじゃないということになる……」

「どうしてですか。警部さん」

「だって、金田一さん。平土間から吹きあげたとすると、当然、矢は下から上へ突入するわけじゃありませんか」

「いや、そうとも限らないんですよ。警部さん」

「金田一先生、それはどういう意味でしょうか」

と、そばから言葉をはさんだのは関森警部補である。

噂だけきいていて、いままでいちども金田一耕助の仕事ぶりに接したことのないこの警部補は、当然かれの一言一動にふかい興味と好奇心をよせているのである。

「いやあ、主任さん」

と、金田一耕助は例によってちょっと照れたように、もじゃもじゃ頭をかきまわしながら、

「それはごく簡単な理窟なんですよ。被害者が終始一貫、エプロン・ステージで直立していたとしたら、いま警部さんのおっしゃった説は成立ちましょう。しかし、じっさいはそうじゃなく、被害者は眼まぐるしく動いていたんですよ。ことにお尻をふるときには、当然のことながら、上体をまえへかがめますね。上体をほとんど二重に折りまげたところを、正面から射たれたとすると……上体をまっすぐに起したときの状態では、上

のほうから射たれたとおなじ角度になるんじゃないでしょうかねえ」

「なあるほど」

と、関森警部補はひどく感服して、

「そうすると、被害者は尻ふりダンスの最中にやられたとおっしゃるんですね」

「ぼくの記憶にしてあやまりがなければ、たしかにそうだったと思います。三人とも上体を二重におりまげるようにして、前方の観客に愛嬌をふりまきながらお尻をふっていたんです。そのうちに、飛鳥京子だけがすっくと上体をあげたかと思うと、恐ろしい苦悶がはじまって、それからここへ仰向けざまに転落していったんです。しかし、このことは念のためにあとのふたりの踊子にたしかめてください」

「いや、それはもちろん聞いてみますが、警部さん、これはやっぱり金田一先生のおっしゃるのが正しいんじゃないでしょうかねえ。二階からだとすこし距離がありすぎますからね」

等々力警部もふりかえって、二階の席からエプロン・ステージまでの距離を眼分量で測定しながら、

「それに、吹矢の筒がエプロン・ステージのすぐ下に落ちていたとすればねえ」

「しかし、主任さん、いちおう吹矢の射程距離は測定しておおきになったら……」

と、金田一耕助が注意をしているとき、かたわらで死体をあらためていた緒方医師が異様な叫び声をもらしたので、みなおどろいてそのほうをふりかえった。

緒方先生はいましも、死体からぬきとった吹矢の尖端《せんたん》をピンセットではさんだまままじまじと視つめているのだが、その眼玉はいまにもとびだしそうである。

「先生、ど、どうかしましたか」

「ああ、関森君、この吹矢の取扱いには注意して……うっかりこいつで怪我をするとたいへんだぞ」

緒方先生はピンセットで吹矢をつまんだまま、きょろきょろあたりを見まわしていたが、やがて刑事に命じて、鞄のなかから注射器をいれる大きなニッケル製のケースを出させると、だいじそうに吹矢をそのなかにおさめて、パチンとふたをした。

「緒方先生、その吹矢になにか……?」

等々力警部の質問に、

「いや、いや、いま早計にいうことはできんが、これは吹矢そのもので射殺されたんじゃないらしい。吹矢の尖端に猛毒がぬってあって、それが被害者をころしたものと思われる」

そういわれて金田一耕助もおもわずぎょっと両のこぶしを握りしめた。

そういえば、オーケストラ・ボックスのなかへ転落していく直前の、京子のあの異様にものすさまじい苦悶の痙攣。――それにそこによこたわっている死体の皮膚にあらわれはじめたぶきみな斑点《はんてん》。――それにはたんなる外傷の結果と思えないものがあった。

「先生、猛毒とおっしゃいましたが、いったいなに……?」

「いや、いや、それはもっと綿密に調べてみんことにゃ……とにかく、さっそく解剖にまわさねばならんが、車はきているだろうねえ」

「はあ、さっきから外に待っております」

「しかし、まさかこのままでは……おい、だれかこの娘《こ》のきものをもってきてくれんか」

関森警部補がオーケストラ・ボックスから幕をまくって舞台をのぞくと、一座のものが三々五々、舞台の両袖にあつまって、不安そうなささやきをかわしている。みんなまだ扮装のままなので、ちょっと百鬼夜行というかっこうだった。

警部補の合図で、まもなくオーケストラ・ボックスのなかへ入ってきたのは、支配人の山城岩蔵とふたりの魔女、霧島ハルミと紀藤美沙緒の三人である。ハルミと美沙緒は京子の衣類一式をかかえている。

「いったい、これはどうしたというんです。京子はやっぱり殺されたというんですか」

岩蔵は名詮自性《みょうせんじしょう》、岩のようにいかつい体の、ぎらぎらと脂切った五十男で、ふだんはおよそ人臭いとも思わぬ人物だが、今夜はさすがに眼つきもとがりきっている。

「ああ、ごらんのとおりにね」

と、関森警部補は咬みつきそうな岩蔵の権幕を柳に風と吹きながし、

「それで、支配人、さっそく解剖にまわさなければならんのだが、お客さんにちょっとご挨拶をしておいてもらえないか」

「ご挨拶って、なんてご挨拶するんです」

「ちょっとお訊ね申上げたいことがあるから、いま少しのご辛抱をってね」

「そ、そ、そんなむちゃな。……お客さん、相当もういきり立ってますぜ。このうえむりにひきとめようものなら、どんなに激昂するかしれたものじゃありませんや」

「そこをなんとかなだめて納めるのがマネジャーの役廻りじゃないか。ああ、そう、被害者の身支度ができたら車へ……えっ、なに」

てきぱきと指図をしていた関森警部補は、金田一耕助の耳うちをきくと、

「ああ、そう、それは有難うございます」

と、霧島ハルミと紀藤美沙緒のほうをふりかえると、

「君たちがいっしょだったんだって？　被害者がやられたとき……」

「はあ、あの、そうなんですの。それですっかりびっくりしちまって……」

と、口をきいたのは美沙緒のほうだった。ハルミは蒼くなって口もきけないのである。

「それじゃ、あとで訊くことがあるから、どこへもいかないで……」

死体がエプロン・ステージから運び出されるのを見送って、関森警部補は部下にむかって、それぞれ適当な指図をくだした。

そのなかでいちばん厄介と思われるのは、足止めされたお客さんのなかから聞込みをあつめる役だが、それには井上、三原の二刑事があたることになった。つまり、だれか吹矢をふくのを見たものはないか、いや、吹きてを見ないまでも、吹矢のとぶところを見たものはないかというのだが、それを目撃した人物があったら、いままですでに申出《もうしい》

でがありそうなものだが……と、金田一耕助は首をかしげている。

捜査開始

幕の外に立って山城支配人が、不慮の出来事のため、不本意ながら今夜の興行はこれで打切ることにするが、その筋のご希望により、お客様がたはもうしばらく、めいめいの席にとどまっていただきたい、そして、いずれ警察のかたがたが出向いたせつは、ご存じのことを正直にこたえてあげていただきたい……と、そういう旨の挨拶をすると、観客席からはわっと潮騒《しおさい》のようなどよめきが起った。

それは恐怖と不安と激昂のいりまじったものだったが、そこは山城支配人が要領よく、この事件は当劇場にとっては取りかえしのつかぬ損失であるから、なにとぞ観客諸君にもよろしくご同情を賜りたい、かつまた、おかえりの節には半札を差しあげるつもりであるから、なにとぞ御寛恕《ごかんじょ》のほどお願い申上げたいむねをつけくわえたので、見物のなかには激昂したものもあったことはあったけれど、ちかごろ流行の暴力沙汰にまでいたらなかったのは、不幸中のさいわいだった。

さて、幕外のこういう騒ぎをうしろにききながら、エプロン・ステージから舞台へはいあがった等々力警部は、そこにいならぶ連中のすがたをみると、思わず、

「ううむ！」

と、うめいてあとじさりした。

ギリシャ神話から材をとったこのレビューの登場人物は、筋をしらぬものにとっては、それこそ百鬼夜行とみえたことであろう。

ことに物凄いのは結城朋子で、鷲の翼と鷲の爪の衣裳はともかく、身うごきするたびに頭のうえで、何十本となく蛇ののたくる鬘《かつら》は、それが鬘としっていても気味が悪い。

にょろにょろのたくる蛇をみながら、等々力警部はもういちどううむと唸《うな》った。

「あらまあ、これ鬘でございますのよ。扮装のままでいるようにとのお指図でございましたので、このまんまでいるんですけれど、もうとってもよろしければとってしまいますわ」

朋子がすっぽり鬘をぬぐと、その拍子にまた何十本という蛇が、にょろにょろにょろとのたくったので、警部はまた一歩うしろへとびさがって、

「こら、悪戯をしちゃいかん」

「あら、まあ、ごめんあそばせ。警部さんは蛇がおきらいでいらっしゃいますのね」

ひややかに笑う結城朋子という女は、そのグロテスクなメーキャップも手つだって、いかにも冷たい女のようである。

そこへ作者の柳井良平が神経質らしくせかせかとやってきた。

「結城君、気をつけたまえ。警察のかたに失礼するとろくなことはないぜ」

と、ひとことたしなめておいてから、さて、等々力警部のほうへむきなおって、

「どういうふうに取りはからったらよろしいんでしょうか」

「ああ、ちょっとな、このひとたちに話を聞きたいんだが、どこかこう、静かな部屋はありませんか」

「ああ、そう、それならぼくの部屋を提供しましょう」

「君は……？」

「この座の座付き作者で柳井良平というもんです。さあ、どうぞこちらへ」

小柄で色の蒼白いというよりは蒼黒い作者の柳井良平は、いかにも不健康な世界に活きている人間の見本のように、頬《ほお》がとげとげしくとがって、皮膚の色にも生気が欠けている。それでいて眼ばかり不自然にギラギラ光っているのは、意外な事件に昂奮しているせいであろうか。

作者部屋は楽屋口のちかくにあり、せまくるしい部屋のなかには、デスクがひとつ、椅子が三脚、デスクのうえにはごたごたと本がつんであり、壁にはいちめんにべたべたと、煽情的《せんじょうてき》なポスターが貼《は》りつけてある。

「まず、だれを呼びましょうか」

「いや、だれかれというよりは、柳井君、まず君から話をきかせてください」

「はあ」

柳井は当惑したように、髪の毛をかきむしっている。

椅子が三脚しかないので、等々力警部と、関森警部補、それに柳井良平が腰をおろすと、金田一耕助は立っていなければならなかった。

金田一耕助にはそのほうが都合がいいので、関森警部補が椅子をすすめるのを辞退して、窓のそばへもたれかかった。窓から外を見るとゴミゴミとした浅草六区の裏露地で、すぐとなりの映画館の壁が、鼻のさきにそびえている。すでに変事が外部へもしれているとみえて、野次馬が窓の下へのぞきにきたりした。

「それじゃ、まず第一にお訊ねしますがね、柳井君」

と、切りだしたのは関森警部補である。

「飛鳥京子を殺した吹矢は、観客席からとんできたらしいんだが、京子という女は他人から怨みをうけるような女なんですか」

「さあ」

と、柳井はあいかわらず神経質らしく、髪の毛をかきむしりながら、

「それはこういうところに働いているひとですからね、表もあれば裏もありましょうが、まさかあのひとを殺そうとまで恨んだり憎んだりしてる人間があろうとは思えませんねえ」

柳井は歯切れの悪い口調だったが、それはこういう事件のさいの関係者の、たいていが見せる態度である。

「しかし、げんにああしてものみごとに殺されてるんですからねえ。しかも、こいつ単なる怪我あやまちと思えないとなると、だれか飛鳥京子を殺そうと計画してた人物が

あるにちがいないが……あの娘《こ》、亭主は……？」

「いえ、それはまだ独身ですが……」

「しかし、なにかあるんだろう。パトロンとか愛人とか……」

「はあ、それは……」

と、柳井はあいかわらず煮えきらない態度だったが、それでも、こんなことかくしておいてもすぐしれることだと思いなおしたのか、

「ほら、さっきお会いになったでしょう、支配人の山城岩蔵氏。……あのひとがパトロンということになってたんです。むろん、あのひとにはれっきとしたおかみさんもあれば子供もあるんですがね」

「つまり、そこにトラブルかなんかがあったと……」

「いや、いや、それは……」

と、柳井はあわてて打消すと、

「おかみさんのほうでは割りきってるようですから、そっちのほうはよかったんですが……」

「じゃ、ほかになにか……？」

「つまり、その、なんなんです。お京さんのほうがちかごろちょくちょく浮気をしてたんですね。しかも、浮気のあいてというのがやはりこの一座の二枚目で、碧川克彦という男なんです。それで……」

「ああ、ちょっと……」

と、窓のそばから言葉をはさんだのは金田一耕助である。

「その碧川克彦というのは、たしか吹矢をふく小悪魔に扮してたひとですね」

「はあ、そうです。そうです」

「ふむ、ふむ、それで……？」

と、等々力警部もからだを乗りだす。

「ええ、それですからいまになにかおっぱじまりはしないかという空気は一座のなかにあったんです。マネジャーの山城氏というひとは、じぶんの愛人をおもちゃにされて、だまってるようなひとじゃありませんからね、だから、いまになにかトラブルが起るんじゃないかという予感はあったんですが、まさかお京さんが殺されるとはねえ」

「なるほど、しかしそのお京さんが殺されたとなると、犯人は支配人の山城岩蔵氏だと……」

「いや、いや、とんでもない。もしあのひとがやるとすれば、お京さんよりもむしろ碧川君をねらうのがほんとうじゃないですか。お京さんにはまだ未練たっぷりのようでしたからねえ」

「なるほど」

と、関森警部補は等々力警部と眼で相談をすると、例の吹矢の筒を出してみせて、

「ところで、犯人はこの吹矢の筒をつかったらしいんだが、君、これに見おぼえはな

い？」

テーブルのうえにひろげてみせたハンカチのなかをのぞいてみて、柳井はぎょっとしたように大きく眼をみはった。

「それはたしかに碧川君がつかう小道具のようですが……しかし、吹矢はたしか観客席のほうから飛んできたと……」

「しかし、楽屋から観客席のほうへまわろうと思えばまわれないこともないでしょう」

「ええ、そ、それはもちろんそうですが、しかし、まさか、碧川のやつが……」

と、柳井の蒼黒い額にはねっとりと汗が吹きだしてくる。急になにかに怯《おび》えたように、神経質な態度がいっそう神経質になった。

関森警部補はなおも山城岩蔵と飛鳥京子、碧川克彦の三角関係を追究するが、柳井はすっかり口がおもくなり、煮え切らない態度がいっそう煮えきらなくなった。

関森警部補は等々力警部と眼配せをかわすと、

「ああ、そう、それじゃまだほかに気づいたことがあったら、あとでしらせていただくことにして、つぎは被害者といっしょに踊っていた、ふたりの踊子をここへ呼んでくれませんか」

「はあ、それでは……」

と、柳井はほっとしたように立ちあがると、額の汗をこすりながら出ていったが、それからまもなく入ってきたのは、霧島ハルミと紀藤美沙緒である。

ふたりともまだ扮装のままだけれど、さすがに楽屋着で裸身をつつんでいる。ハルミが平凡なピンクのガウンを着ているのにはんして、美沙緒がすそもひきずりそうな、真っ赤な長襦袢を一着におよんでいるのも、お女郎さんのお女郎さんたるゆえんであろう。ふたりが入ってきたとたん、この殺風景な作者部屋の調和がやぶれて、なにかしらピントの狂った色彩映画でもみるような、変に毒々しい雰囲気につつまれた。

しかし、ハルミも美沙緒もさすがにきょうは神妙で、関森警部補の質問にたいしても、ふたりはかわるがわる事件の起った瞬間の印象を申立てたが、それはだいたい金田一耕助の目撃した事実と一致していた。

ふたりとも気がついたときには、京子の胸にへんなものが突っ立っていて、すでに瀕死の苦悶が京子をおそっていた。そして、ふたりが左右からかけよろうとしたしゅんかん、京子は背後のオーケストラ・ボックスへ転落していったのであると答えた。

「すると、君たちは吹矢がとんでくるところは見ていないんだね」

「ええ、それなんですのよ」

と、美沙緒が体をのりだすようにして、

「そのことについて、いまもハルミちゃんと話し合ってたんですけれど、ふたりともてんで気がついてないんですの。どこから吹矢がとんできたかってこと……」

「それというのがあたしたち、眼かくしみたいなものをしてたでしょう。ぜんぜん見えないわけじゃないけど、……それに客席はいつも暗くしてありますしねえ」

ちかごろはどの劇場でもそうだが、開幕中は観客席を暗くするのが通例のようである。とりわけストリップ劇場では、お客さんがぞんぶんに、お色気を堪能できるようにとの配慮から、ほかの劇場よりいっそう暗くしてあるのがふつうである。

「それに、あのときはいちばん踊りのテンポがはやくなって、動きのはげしかったときだけにねえ」

それについて、そのときの踊りの身振りをここでやってみせてくれないかと、関森警部補がきりだすと、ハルミと美沙緒はおどろいたように顔を見合せていたが、それでもすぐに立って、ふたりで打合せをしながら、そのときの身振りをしてみせた。

それはさっき金田一耕助もいっていたとおりのポーズで、ふたりとも上半身をまえに倒して、もの狂おしくお尻をふりながら、ときどき前後に回転するのである。

「あっ、そうすると、お客さんのほうへお尻をむける場合もあるわけだね」

と、等々力警部が口をはさんで、

「と、いうことはオーケストラ・ボックスのほうへむかって、上体を倒している場合もあるわけなんだな」

「ええ、でも、ハルミちゃん、あれはやっぱりお客さんのほうへむいてたときじゃなかった？　とつぜんお京さんがしゃちこ張ったのは……」

「あたしもそうだと思うんだけど……」

と、ハルミはなんだか急にたよりなくなったという顔色で、

「でも、あのちょっとまえに、お客さんのほうへお尻をむけてたわねえ」

と、ハルミと美沙緒はいまあらためて、新しい事実に気づいたように顔を見合せている。

そうすると、吹矢は客席からとんだとばかりいえなくなるのではないか。なるほど、吹矢の筒は客席のがわに落ちていたのだけれど、それだってオーケストラ・ボックスのなかから、どさくさまぎれに投げ捨てられないこともないだろう。

「ところで、そのとき舞台にいたのは……？」

「岡野さん、岡野冬樹さんがひとりきりなんです」

「その……吹矢を吹く役の碧川克彦というのは……？」

「いいえ、克坊……いえ、あの碧川さんが……」

と、美沙緒は鼻のうえにしわをよせて、妙なわらいかたをすると、

「碧川さんが活躍するのはそのまえの場面で、そこでは登場しないんです」

「ああ、そう」

と、関森警部補はふたりの顔を見くらべながら、

「ところで、君たちもしってるんだろう。ここのマネジャーの山城氏と、飛鳥京子と碧川克彦という男の三角関係を……」

ハルミはさすがにちょっと顔をあからめたが、美沙緒はしゃあしゃあとしたもので、

「そんなこと問題じゃないでしょう。それにマネジャーがやきもちやいてやったとする

と、狙われるのは、お京さんより克坊のほうだったでしょうからね。ハルミちゃん、あんたどう思う？」

「あたしも美沙ちゃんとおんなじですけれど……」

と、ハルミも口ごもりながらもキッパリいった。結局このふたりの意見も柳井良平とかわりはないのである。

さいごに吹矢の筒をみせると、ふたりとも碧川克彦のつかう小道具のようだと思うが、まさか克彦がやったとは思えないし、また克彦に飛鳥京子を殺害するような動機も理由もかんがえられないと、これまた柳井良平とおなじ意見であった。

罠

「ああ、君が碧川克彦君だね。まあ、そこへかけたまえ」

ハルミと美沙緒が出ていくとまもなく、作者部屋へ呼びこまれた碧川克彦は、さすがに顔面がこわばっているが、それでも関森警部補に指さされた椅子にすなおに腰をおろした。

「碧川君、君にきてもらったのはほかでもないんだが……じつはここにあるこの吹矢の筒、これを君に見てもらいたいと思ってね。これ、君が舞台でつかう小道具じゃないかね」

関森警部補はできるだけあいてを刺激《しげき》しないようにと、おだやかな口のききかただったが、それでも碧川克彦はひとめ吹矢の筒に眼をやると、さっとおもてに血を走らせて、

「警部さん！」

と、いきおいこんでなにかいおうとするのを、

「いや、ぼくは警部補だがね。警部さんはこちらにいらっしゃるかただ」

と、関森警部補はわらいながら訂正すると、

「まあ、しかし、そんなことはどうでもいいが、……なにかいいたいことがある？」

「はあ、いや、ぼくもぜひ聞いていただきたいことがあるんです。その吹矢の筒はたしかにぼくのものです。しかし、天地神明に誓って申しますが、飛鳥京子さんを殺したのはけっしてぼくじゃありません。だれかがぼくを罠《わな》におとそうとしているんです。ぼくはこんや、危く犯人のもうけた罠におちるところだったんです」

「罠って、どういう罠だね」

「これです。これを見てください」

克彦は昂奮に呼吸をはずませながら、手に握りしめていたものを、叩きつけるようにデスクのうえへ差しだした。

それはいちまいの便箋だったが、相当皺になっているのを、関森警部補がていねいにひろげてみて、思わず眉をつりあげた。

金田一耕助も等々力警部の背後から、その便箋をのぞいてみて、これまた大きく眼を

見張った。

今夜、魔女の踊りがはじまるとき、観客席のほうへまわって、エプロン・ステージのまえで見ていたまえ。おもしろいものが見られるぜ。

しかも、それがいま金田一耕助のふところにある、あの奇怪な予告とおなじく、新聞から切りぬいた活字の貼りあわせであるのに気がついたとき、金田一耕助はおもわず頭髪に右手をつっこみ、五本の指でめったやたらと雀の巣をひっかきまわした。

「君はこれをいつうけとったんだ」

と、これは関森警部補の質問である。

「夜の部のはじまる直前、ぼくの楽屋の鏡台の鏡に貼ってあったんです」

「それで、君は見物席のほうへいったのかね」

「とんでもない。まさかあんなことが起るとはしりませんでしたけれど、なんだか臭いと思ったので、楽屋であそんでいたんです」

「それについてだれか証人があるかね」

「はあ、ユミちゃん……牧ユミ子といっしょでした。あの娘にきいてくだされればわかります。ほかにもふたりほどいっしょでしたから」

「ところで、この吹矢は君のものかね」

「たぶんそうだろうと思います。しかし、ぼくがその吹矢をつかうのは、魔女の踊りの一幕まえなんです。それがおわると五分ばかりの幕になります。ぼく楽屋へはいるとその管を鏡台のまえにおっぽり出して、すぐ牧ユミ子の部屋へあそびにいったんです。だから、きっとだれかがそのあとで、ぼくに無断でその管を持ち出したんでしょう」

美貌の碧川克彦もまだ年齢がわかいだけに、この恐ろしい嫌疑をうけて、いまにも泣きだしそうな顔である。

「君はさっきだれかが罠に落そうとしたんだといったが、君を罠におとすものがあるとすればそれはだれだね」

克彦はちょっともじもじしたのち、

「それは……」

と、口ごもって臆病そうな眼をあげると、

「ひょっとするとマネジャーの山城さん、山城岩蔵さんかもしれません」

「そのマネジャーがどうして君を罠におとそうとするんだね」

「はあ、あの、それは……」

と、克彦はまたちょっと口ごもったが、すぐ弱々しい微笑を警部補にむけ、さすがに頰をあからめながら、

「マネジャーはお京ちゃん、こんやの被害者ですね。あのひとのパトロンだったんです。ところが、ぼくお京ちゃんに誘われてちょくちょくあそんだことがあるんです」

頰をあからめてはいるものの、ひどくあどけない口のききかたである。そういうことにたいして、全然、罪業感などもっていないらしい。

「なるほど、それでパトロンがやきもちやいてじぶんの愛人をころし、その罪を君にきせようとしたというんだね」

「ええ、でも……」

「でも……？　どうしたというんだ」

「はあ、あの……」

と、克彦はまたちょっともじもじしたのち、

「ぼくに罪をきせたがってるひと、ほかにもいると思うんです」

「それはどういう意味かね」

「はあ、あの……」

と、克彦はペロッと舌で唇をなめると、

「そりゃ、ぼくお京ちゃんとあそびました。しかし、マネジャーはそれでもお京ちゃんに惚《ほ》れてましたから、あんな大それたことするとは思えないんです。ですから、ひょっとすると柳井先生か甲野さんかもしれないと思うんです。柳井先生というのは、ほら、この部屋をかしてくれた作者の先生で、甲野さんというのは音楽担当の先生、ですからオーケストラの指揮者なんです」

「そのひとたちがなぜ君をおとしいれるというのかね」

と、そばから等々力警部が口を出した。

「それはその……」

と、克彦はまたちょっとためらったのち、またしてもひどくあどけない微笑をうかべて、

「ぼくハルミちゃんや美沙ちゃんともちょくちょくあそんだことがあるんです。ハルミちゃんは甲野さんの内縁の奥さんみたいなもんだし、美沙ちゃんは柳井先生の……」

克彦は鼻のうえに皺をよせ、

「これまた、まあ、奥さんみたいなもんなんです」

と、こんどは顔もあからめなかった。

それはべつにふてくされたような態度でもない。またどうせわかることなら、みずからここで暴露してやれといったふうな捨鉢なようすでもなかった。ただあたりまえのことをあたりまえに語っているというふうである。

等々力警部と関森警部補は顔を見あわせ、あきれかえったように苦《にが》りきったが、金田一耕助は大いに興味をもよおした。

「じゃ、あんたは……?」

と、金田一耕助がそばから口を出して、

「こんやの魔女の三人が三人ともあそんだ経験があるんだね」

「ええ、そう」

だんだん大胆になってきた克彦は、一同の顔を見くらべながら眼もとで笑っている。

「それで君は三人のうち、だれにいちばん惚れてるんだ」

と、これは関森警部補の質問だが、かなりにがにがしげなくちぶりだった。

「惚れてるう……？　冗談でしょう。まさかね。あんなことたんなるあそびに過ぎないんですよ。腹がへってるときなにかつまんで口に入れるようなね。おたがいにそうなんだからいいじゃありませんか」

等々力警部はそばからまじまじと、この男の美貌と均整のとれた体軀を見やりながら、

「しかし、君のほうではそのつもりでも、あいてのほうから惚れてきたらどうする」

「まさかねえ、お京にしたってハルミにしたって美沙公にしたって、そんな馬鹿でもないでしょう。おたがいにちょくちょく空腹をみたしているだけのことですよ」

「しかし、そのことが三人の女のパトロンなり内縁の良人なり愛人なりの心をきずつけているということは、君もしってるんだね。その連中のうちのだれかが、じぶんをおとしいれようとしてるんじゃないかと疑ってるところをみると……」

「そりゃあ、まあね。だけどあのひとたちにゃわからないんですよ」

「わからないってなにが……？」

「いえね、あのひとたちの足りないぶんを、ぼくが補いをつけてあげてるってことを……いつだってぼくのほうからあの連中を誘ったことはないんですからね」

「それであんたは、牧ユミ子という娘ともおたがいに空腹をみたしあってるの？」

と、これは金田一耕助である。

「いやあ、ところがあの娘はだめなんです」

「駄目とは……？」

「ぜんぜんしらないんですね。空腹をみたしあったほうがいいってことを。まだ青いんです。固いんですね。歯を立てようとしても立たないくらい、青い固い果実なんです」

だんだん台詞がきざっぽくなってきたので、金田一耕助も辟易《へきえき》していると、

「ああ、もういいよ、わかったよ」

等々力警部がにがりきったようすで、

「それじゃ、君はこの吹矢の管をつかったおぼえもないし、また、あの事件がおこったじぶんには、牧ユミ子といっしょにいたというんだね」

「ええ、そうです。ユミ子に聞いてください。そうそう、ほかにも二、三大部屋の娘がいっしょにいましたから」

「それじゃ、君はもういいから、むこうへいってマネジャーの山城岩蔵君にここへくるようにいってくれたまえ」

「はっ、承知しました」

克彦は立ってわざと軍隊式に直立不動の姿勢で挨拶をすると、

「それにしても、だれがこんな馬鹿なことを考えたものかなあ」

と、小首をかしげて口のうちで、ぶつぶつ呟きながら部屋から出ていった。

等々力警部と関森警部補はにがりきって、いまいましそうに克彦のうしろすがたを見送っているが、金田一耕助はその反対に、一種の爽快《そうかい》さをおぼえている。もっともいくらかきざっぽいのは困りものだが。

あの男はただ求むるものに施行をしているつもりなのだろうし、おそらくかれはそれをもってよしと信じて行っているのだろう。それにかれは歯を立ててはならぬ果実に、むりやりに歯を立てぬだけの思慮はもっているようだ。そこにあの男のモラルがあるのかもしれぬ。

まもなくそこへマネジャーの山城岩蔵が、むつかしい顔をして入ってくると、ギロリとあたりを見まわした。

貼りまぜ手紙

山城岩蔵というのは興行師というよりばくち打ちといったタイプの男である。いや、ばくち打ちが興行師をかねていたころの、興行師のタイプである。

頭をみじかく刈っていて、もう半分白くなったその頭と、おびんずるさまのような色の黒さがよい対照である。顔は童顔といったかんじだが、さすがに眼つきはギョロリと鋭い。まるまると肥った左の薬指にふとい黄金の指輪をはめているのが、昔のばくち打ちを思わせるのである。

山城岩蔵はあの事件が起ったとき、どこにいたかと訊ねられると、表にいたときっぱり答え、それにはいくらでも証人がいると付加えた。

この男はあらかじめ、じぶんに疑いがかかってくるかもしれぬということを、考慮にいれて返事を用意しているのである。

「ところで、山城君、君はこういう手紙に見憶えはないかね」

関森警部補がだしてみせたのは、いま碧川克彦がもってきた活字の貼りまぜ手紙である。

山城はギロリとそれをみると、いくらかのわざとらしさで眉をつりあげ、

「そ、そんなものがどこにあったんで?」

「いや、碧川克彦の鏡台に貼ってあったそうだがね」

「いつ?」

「きょう、夜の部のはじまるまえに」

山城はにやりと不敵の笑みをうかべ、

「わたしゃきょう楽屋のほうへはいきませんでしたからねえ。事件が起ってからはべつですが……ねえ、旦那」

山城の態度にはにわかにふてぶてしさがくわわってくる。脂切って色好みらしい半面、ひとをひと臭いとも思わぬずぶとさをもっているのは、こういう稼業の男としては当然だろう。

「それじゃあなたがたは、わたしがお京を殺して、あの青二才に罪をきせようとしているとでもおっしゃるんですか」

「いや、まあ、そう一足跳びに結論にはいっても困るが……しかし、そうすると君はじぶんの愛人とあの男の関係をしっているんだね」

「そりゃしってますとも、関森さん、こういう世界ですもの。みんな口さがないのが揃ってますからねえ」

「しかし、それをしっていて君はなんとも思わなかった？」

「なんとも思わなかったといやあ嘘になりますね。だれだってじぶんの世話あしてる女に、むやみに手を出されちゃいい気はしませんや。しかし、こういう世界にいりゃあねえ。正式にうちへでも入れないかぎり、仕方のないことなんですよ。お京の浮気はいまにはじまったことじゃござんせん。あの青二才なんかまだいいほうなんで」

「いいほうとは……？」

「お京をしぼろうとしないだけね」

「ああ、そう」

と、そばから金田一耕助が口をはさんで、

「そういう金銭的な貸借関係はなかったというんですね」

「そうです、そうです。ありゃ……碧川ですね、あいつはまだほんの子供なんですね。女をしぼろうなんて悪知恵はないんで。ただ、まあ、女のほうからちやほやされるもんだから、つい浮かれてるってところでしょう。それにお京の浮気についちゃ、多少あっしのほうにも責任がありましたからね」

「責任っていうと……？」

「いやねえ」

と、山城はにやにやとくくれた二重顎をなでながら、

「パトロンなんていってますけどねえ、月々の手当てがおくれたりするばかりか、あべこべにお京のお給金に手をつけたり。……あっしゃ、だから、これで相当お京のおかげで助かってきたんです」

だからそのお京を殺しては、かえってじぶんの損なのだということを、この男はそれとなく強調しているのである。

「まあ、そういうわけで、あっしゃ旦那としての義務を励行《れいこう》しないことがちょくちょくあるもんですから、お京のほうでもたまにゃ浮気くらいする権利があると思ったんでしょうよ。それにあっしにしても、おなじ浮気をするんなら、ああいう無邪気で子供のようなあいてのほうが、無難でいいだろうくらいに思ってたんです。だから、そういうあっしがやきもち……お京を殺すほどのやきもちをやくはずがないじゃありませんか。それもあの青二才がお京ひとりに熱くなってるなら話はべつですが、ハルミや美沙緒ともよろしくやってるんですからね」

「それじゃ、そのことはみんなしってるんだね」

等々力警部がことばをはさんだ。

「ええ、もうさっきも申上げたようにこんな世界ですからね、もうみんなしってますよ。それにあの男、碧川ですね、あいつこそこそしないのが取得《とりえ》でね。こんなことありがちなこってすが、ああいうのはちょっと変ってるな。割切ってるてえのか、ちょっと痛快な気もしますね。じぶんたちの若いじぶんにくらべると……」

山城岩蔵のくちぶりによると、お京と克彦の浮気沙汰を、ちっとも気にしていなかったばかりか、むしろそれをよろこんでいたふうにもうけとれる。しかし、それがどこまで真実だか……かえってそこになにか、この男のうしろぐらさがあるのではないかと、係官の疑惑をまねくのである。

「しかし、お京さんの気持ちはどうだったのかね。碧川のほうでは割切ってても、お京さんのほうで夢中になるというようなことは……」

関森警部補の質問にたいして、山城はちょっと小首をかしげていたが、

「そうですねえ。いままでのあいてにくらべれば、いくらか打込んでたかわかりませんな。それというのが嫌味なこと、かさにかかったり金をねだったりしないこと、そういうところに心をひかれてたかもしれません。しかし、ほかにふたりも関係のある女をもってるような男に、真実惚れてみたところで……お京だってまんざら馬鹿じゃありませんからねえ」

「なるほど」

と、関森警部補はもっともらしくうなずいて、

「君はそうして割切ってるようだが、ほかの連中はどうだろう、柳井という作者や甲野梧郎という音楽家は……？」

「さあ、ほかの連中のことはしりません。作者に音楽家……ちょっとあっしとは人種がちがいますからね。しかし、まさか……」

「まさか……とは？」

「いえ、旦那のおことばによると、碧川に罪をきせるために人殺しをしたようにとれるんですが、まさかあっしと人種がちがうといっても、そのためになんの怨《うら》みもないものを殺そうとはねえ。いや、どっちにしても……」

と、山城はデスクのうえにある切貼りの手紙を指さして、

「そいつはあっしの仕業じゃありませんぜ。あっしにゃそんな知恵はねえし、それにあっしときたらいたって指先の無器用なほうでしてねえ。あっはっは」

山城岩蔵は腹をゆすって豪傑笑いだが、これはこの男のいうとおりかもしれない。これを要するに山城岩蔵という男も、碧川克彦同様に、捕捉しがたい人物のようである。

それにくらべると、そのあとから呼び出された甲野梧郎のほうが、よほど等々力警部や関森警部補の理解の限界内にある人物だった。

甲野は貧しいながらも身だしなみよく、きちんと服装をととのえており、色の浅黒い細面の顔はいささか神経質らしいところはあるが、ちょっと貴公子然としている。こう

いう場所ではたらく人種としては、はっきりとした計算のある人物らしいことを示して、態度もいんぎんでていちょうである。

しかし、なんといっても荒《すさ》んだかんじはまぬがれない。どこか全体にくずれていて、碧川の若若しさからも遠かったし、山城岩蔵の精力ももちあわせていない。

「あなたは霧島ハルミさんと内縁関係にあるそうですね」

あいての態度がそうなので、警部補のことばもついていねいにならざるをえない。

「はあ」

甲野はできるだけくつろごうとつとめているようだが、やっぱり固くなって言葉すくない返事である。

「いつごろから」

「もう三年越しになります。一昨年の秋からですから……」

「同棲していらっしゃるんですか」

「はあ」

「それじゃどうして正式に結婚なさらないんですか。立ちいったことをきくようだが……」

甲野はちらと上眼づかいに警部補をみて、

「いろいろ理由がございまして……」

「いろいろ理由とおっしゃると……？　こんな際ですから、できるだけ腹蔵のないお話をうかがいたいんですが……」

「はあ……」

と、甲野は煮えきらぬ態度で、

「いや、それはわたしとしてはそうしたいんですが、ハルミが承知しないもんですから……それにわたしのほうでももうひとつ、ハルミが信用できないものですから」

「信用できないというのは異性関係のこと？」

「ええ、まあ、そうですね」

「それじゃ、あんたもハルミさんと碧川克彦との関係をご存じなんですね」

「はあ、それはもちろん」

甲野はちょっと屈辱をかんじたのか、耳たぶに紅を走らせたが、それでも白い歯を出してにっこり笑った。たぶんに不自然でこわばった笑いではあったけれど。

「あんなこといまにはじまったことじゃないんです。ハルミはわたしを仮りの塒《ねぐら》にしておいて、好き勝手なことをしてるんです。はじめはずいぶん心を傷つけられましたが、ちかごろはもう達観したというのか……」

と、しみじみとした調子で語っているが、きゅうに気がついたように怪訝《けげん》そうな眼を関森警部補にむけて、

「しかし、そのことがなにかこんやの事件に……？」

「いや、それについてあなたに見てもらいたいものがあるんだが……」

と、関森警部補があの切り抜きの貼りまぜ手紙を出してみせると、甲野は眉をひそめて、

「なんです、これは……？」

「いや、こういう手紙が碧川克彦の鏡台の鏡のうえに張ってあったというんです。だからあの男のいうのに、この事件はじぶんを罪に落そうとしているやつのしわざにちがいない。……」

甲野はそれでも警部補の話す意味がわからないらしく、怪訝そうに眉をひそめてあいての顔を視ていたが、

「だから、じぶんにやきもちをやいている連中のひとりのしわざではないかと……」

と、関森警部補がそこまで説明すると、甲野はやっとわかったのか、あきれかえったように眼をまるくして、しばらく茫然と警部補の顔を見ていたが、やがてくっくっと咽喉のおくで笑った。

「いや、失礼しました。あまり奇抜なご意見ですから……しかし、ハルミの浮気はいまにはじまったことじゃないんで……だが、まあ、かりにわたしが碧川のいうように嫉ぶかい亭主で、あの男にたいしてやきもちやいてたとしても、まさかなんの怨みもない飛鳥君をねえ。ひとひとり殺す決心をするということは容易なことじゃないでしょう。それを魚かなんか料理をするように、……あっはっは」

と、こんどは声を出して笑うと、ハンケチをだして顔の汗をぬぐうた。じっさい、い

やに蒸し暑い晩なのである。

吹矢はどこから

「いや、どうも失礼しました。吹き出したりして……しかし、まさかあなたがたは碧川のそんな奇抜な説に賛成はなさらんでしょうねえ」

「いや、これもひとつの参考意見として、考えてみる必要があると思ってるんですがね」

と、等々力警部がそばから体を乗りだして、

「しかし、甲野君、あなたのご意見はどうです。この事件をどう思いますか」

「どう思うって、やはりこれは飛鳥君にふくむところのある人物のしわざでしょうなあ。碧川に罪をきせるのが目的であるなんて、そんな第二義的な事件じゃないと思いますよ」

「そうすると、やはり山城岩蔵氏か碧川克彦ということになりますかね」

「いや、わたしはだれとも断定しませんが、飛鳥君はちかごろ相当あせってましたからね」

「あせるというのはどういう意味で？」

「いやあ、もうあのひとも年齢的に限界にきてたでしょう。そこへもってきてパトロンの山城氏なる人物があてにならないし、……あの娘がいちばん碧川に熱心だったんじゃないですか。あるいはほんものだったかもしれない」

「ほんものとは真剣に惚れてたってこと？」

「はあ、しかし、こういうことは男のわたしより、女の子に訊いてごらんになるんですな」

「ああ、そう、ときに……」

と、そこで警部は話題をかえて、

「君は被害者のいちばん身ぢかにいたわけだが、吹矢がとんできたのに気がつきゃあしませんでしたか」

「とんでもない。ご承知のとおりわたしはコンダクターですからね。観客席のほう、つまりあのとき三人の魔女がおどっていた、エプロン・ステージのほうへ背をむけていたものですから……だしぬけにだれかがわたしの背中のうえへおちてきたので、びっくりしたらそれが飛鳥君だったというわけで……しかし、そのときだって、まさかこんな大事件だとは思いませんでしたね」

「ところがねえ、甲野君」

と、また等々力警部が身をのりだして、

「吹矢は舞台、あるいはオーケストラ・ボックスのほうから飛んだかもしれないという可能性もあるわけです。君はあのときなにか妙なことに気がつきませんでしたか」

「オーケストラ・ボックスのなかなら大丈夫です。わたしの眼がいきわたっていますからね。それに……」

と、甲野はちょっとかんがえて、

「あのときは全楽器が演奏されていましたから、楽器を演奏したり吹矢を吹いたり、それはちとむりでしょうねえ」

と、唇のはしに微笑をきざんだ。

「それじゃ、舞台のほうはどうです」

「あのとき舞台にいたのは岡野君だけですが、そっちのほうまでは眼がとどきませんでしたね」

「その岡野というのと飛鳥京子と、なにか噂《うわさ》はありませんでしたか」

これは関森警部補の質問である。

「さあ、岡野君には哲学者というアダ名がありましてねえ、女房子供もあり、もうすっかりおさまってますから……しかし、まあ、そこはひとは見かけによらぬものという諺《ことわざ》もございますから……ああ、そう、それにあの男、碧川に嫉妬をかんじてることはたしかです」

「と、いうのは……?」

「いやあ、碧川の青春にたいしてですね。岡野君にも昔はああいう時代があったんでしょうからねえ」

「ところで話はちがいますが……」

と、そのとき横合から口をはさんだのは金田一耕助である。

「飛鳥京子と霧島ハルミ、それから紀藤美沙緒の三人に、ひとつの眼を共有している魔女の役をふるというのは、いったいだれの知恵だったんですか」

「それはもちろん作者の柳井良平君ですよ」

と、答える甲野梧郎のおもてにはちらと不快そうな影が走った。

「あなたはそれを妙だと思いませんでしたか」

「いや、妙だというより悪趣味だと思ったですね。三人が三人とも碧川と関係があるということは、一座のもののみならずこの小屋のご常連のあいだでもしれわたってるくらいですからね。しかし、まあ、考えてみるとあの役をやれるのはあの三人しかないわけで、柳井君としちゃべつに他意があったわけじゃないでしょう」

と、甲野もいちおう柳井を弁護した。

甲野のあとでもういちど柳井良平がよびだされたが、さっきからみると柳井はいっそう落ちつきをうしなっていた。酒でも飲んできたらしく、眼にアルコールの酔いがギラギラしていて、態度などもさっきにくらべてひどく無作法になっていた。

「関森さん、いまマネジャーにきいたんですが、われわれ三人、マネジャーと甲野君、それからわたしの三人に、重大な嫌疑がかかってるんですって？」

甲野といれちがいに入ってくるなり、おっかぶせるようにぶっつけた柳井の息は、アルコールの匂いをさせて熱かった。

「いや、いや、そういうわけでもないが、まあ、そこへかけなさい」

「じぶんの情婦が浮気をしたからって、他人の情婦を殺すトンチキがどこの世界にあるもんですか。それに克公に疑いをかけるためですって？　えへらえへらと笑いたくなるくらいのもんでさあ」

アルコールは人間の性格をすっかりかえる場合がある。いまの柳井良平がそれで、さっきのおどおどとした、神経質そうな態度とはまるでちがっているが、しかし、それは臆病な魂によろいを着せるアルコールの虚勢ともうけとれる。

「しかし、君はさっきどうして、君の愛人と碧川との関係をかくしていたんですか」

「かくす……？　べつにかくしゃあしませんよ。事件が起きたからって、いちいちじぶんの情婦の浮気沙汰を申上げなきゃならんて法はないでしょう。それに……」

「それに……？」

「ぼかああの男……碧川克彦ですね、あの男はそれほど憎んじゃいないんですよ。妙に可愛げのあるやつでしてね。あいつならたまにゃ美沙公を貸してやってもいいくらいに思ってるんです。どうせこっちだってあの女ひとりを守ってるんじゃありませんからな。いっひっひ」

柳井良平は酒臭い息をはきかけながらへんな笑いかたをする。関森警部補は無遠慮にとんでくる柳井の唾に辟易しながら、

「ときにあの魔女の役を三人にふったのは君だそうですね」

「ええ、そう、もちろんそうです。ぼかあこれでも作者ですからね」

「なにかそれにゃ意味があったのかね」

「ああ、それ」

と、柳井はこともなげに、

「もちろんそうですよ。と、いうよりはあの三人の女が克公に夢中になってるってこと、それは一座はもとよりお客さんのあいだでも相当ひろくしられているんだ。むしろそれからああいうくすぐりを思いついたってわけで、いわば一種の楽屋落ちですね」

「三人はそんなに碧川という男に夢中だったのかね」

と、デスクのむこうから訊ねたのは等々力警部である。

「夢中たってあなたがたのお考えのようじゃありませんがね。あの男、物質的な慾がない。だから三人としちゃ無害で出来のいい玩具を手に入れたくらいに思ってたんでしょうよ。いっひっひ！」

「だけど、その三人のなかでだれがいちばん碧川に熱をあげてたと思いますか」

「そうですねえ」

と、柳井は蒼黒い額をたたきながら、

「美沙公はほんとにアソビだったんです。あいつはお女郎というアダ名があるくらいですからね。ハルミだってそうでしょう。そういやあお京は相当真剣だったんじゃないかな」

その点に関しては柳井も甲野とおなじ意見である。

「あんたはさっきマネジャーのことを、じぶんの愛人をおもちゃにされて、だまってるような男じゃないといいましたね」

「ええ、いいましたよ」

「ところが山城氏じしんは、京子と碧川のことをなんとも思っていなかった。むしろ碧川のことを、可愛げのある男だくらいに思ってたというんですがね。君はそれをどう思う?」

「そりゃいちおうそういいましょうよ。大いに妬《や》いてたなんていえんでしょうからねえ」

「そうすると君も……」

と、等々力警部も体を乗り出し、

「碧川を憎んじゃいなかったとさっきいってたが、やはり山城氏とおんなじだと解釈してもいいかね」

これには柳井もぐっとつまって、警部をにらんだ瞳の底には、大きな動揺があらわれた。

「そ、そんな……」

と、いいかけたが、すぐ思いなおしたように肩をゆすって、

「まあ、なんとでも思ってください。ぼくと美沙公のあいだはみんなしってますからね」

「ああ、そう、ときにあなたは事件が起ったときどこにいたんです」

これは金田一耕助の質問だったが、それを聞くと柳井はドキッとしたようにそのほう

をふりかえった。そして、しばらく金田一耕助の顔をにらんでいたが、急に捨鉢な調子になって、

「そのことに関するかぎり、ぼくの立場はいちばん不利でしょうな。トイレで粘っていたんだから。……尾籠《びろう》な話だけど下痢《げり》をしてるんですよ。ご難産で……やっとお腹がかるくなってトイレから出てきたらあの騒ぎで……おかげで下痢もとまっちまいました。いっひっひ」

と、柳井はまた酒臭い唾を吐きとばしたが、急にまたしょげかえったようすにもどると、

「しかし、ねえ、警部さん、断っときますが、ぼくにはとてもあんな器用なまねはできませんよ。吹矢で人殺しをするなんてね。じまんじゃないが、ぼくはいたって無器用なほうでしてね」

最後に関森警部補があの貼りまぜ手紙を出してみせると、柳井はもちろんきっぱりしらぬと断言した。

柳井が出ていくと、

「だれもかれも、いやに碧川克彦に同情的じゃありませんか」

と、関森警部補はいかにもにがにがしげである。

「あっはっは、みんな女をとられても平気だってね。どうもおかしな話だよ」

と、等々力警部も眉をひそめて小首をかしげている。

金田一耕助は無言のまま、もじゃもじゃ頭をかきまわしながら、しきりになにか考えこんでいたが、そこへ招かれてやってきたのはこの座の座頭格の岡野冬樹である。

哲学者というあだ名のある岡野冬樹は、もうすっかり額も禿げあがり、色の浅黒い顔はおしろい焼けに肌がすさんで、いかにも老残の悲哀が身にしみついているかんじである。

「まあ、そこへおかけなさい」

関森警部補がいんぎんな態度でデスクのまえの椅子を指さすと、

「はあ、それでは失礼いたします」

と、岡野の態度もていちょうだった。

席がきまると関森警部補がさっそく質問を切りだして、

「ときにだいたいのことはお聞きでしょうが、飛鳥京子が殺《や》られたときに舞台にいたのは、君ひとりだったそうですね」

「はあ、そういうことになります」

「君、吹矢がどこから飛んできたか気がつきゃしなかったかね」

「さあ、いっこうに……とつぜん飛鳥君がオーケストラ・ボックスのなかへころげこんだので、びっくりしてしまいました」

「舞台のうえにはほんとうに君ひとりでしたか。それともだれか後見人のような人物でも……」

「いや、それはありませんでした。舞台にいたのはわたしひとりですが……しかし、吹矢はたしか観客席のほうからとんできたと聞いておりますが……」

「はあ、だいたいそういうことになってるんですが、しかし、まあ、念には念を入れよということもありますからね」

「ああ、なるほど」

と、しずかに額をなであげている岡野冬樹は、なにかしら物言いたげな素振《そぶ》りである。

金田一耕助が眼くばせすると、等々力警部がそれと察して、

「岡野君」

と、ちょっとデスクから身を乗りだすと、

「あなたこの事件について、なにか気がついていることがおありでしたら、ひとつどしいってくれませんか。こういうことは諸君の協力をえんことには、捜査がながびくばかりで、おたがいに迷惑ですからね」

「はあ、じつはそのことなんですが……」

と、岡野は慎重に一句一句ことばをえらんで、

「わたし、じつはちょっと妙なことに気がついたんですが……」

「妙なこととおっしゃると……？」

「はあ、あの魔女の踊りですがね。あの場面は三人の魔女が主役で、わたしはまあ介添《かいぞ》えみたいなものなんです。つまり三人の魔女をストリップする、その段取りをつけるた

めに登場してるみたいなものなんです。ところが、今夜飛鳥君を一枚一枚剝《は》いでいくうちに、妙なことに気がついたんです」

「はあ、はあ、その妙なことというのは？」

「飛鳥君は両のふと腕に腕輪をはめておりましたろう。ごらんになりましたか」

「はあ、たしかにはめておりました。それがなにか……？」

「その腕輪になにやら細い棒……鉛筆みたいなもんを一本ずつはさんでいるんです。おやと思いましたが、腕の内側でしたし、それに踊りの振りでたくみにかくしてしまいましたので、そのときはなんだかよくわからなかったのですが、いまから思うと、吹矢と吹矢の筒じゃなかったかと……」

一同はおもわず岡野の顔を凝視する。

「吹矢と吹矢の筒を腕の下にかくしていたと……？」

関森警部補は吹矢の筒をとりあげて、じぶんのふと腕にあてがってみる。肘《ひじ》のうらから脇の下まではさむ気なら、十分かくせそうである。ことに飛鳥京子は女としては長身で、それだけ腕もながいはずである。

「それじゃ、あなたは飛鳥京子は自殺したとおっしゃるのかね」

等々力警部の鋭い質問にたいして、岡野はかるく首を左右にふると、

「いや、わたしはなんとも断定しません。ただみたままを申上げるんですが、それに関連して、もうひとつ思い出したことがあるんです」

「はあ、どういうこと？」

「あれは魔女の踊りのまえの幕でした。そこでわたしが吹矢を吹く小悪魔、すなわち碧川君の役になやまされる場面なんですが、初日以来、どうもぴったりふたりの呼吸があわないんですね。そこで、碧川君と打合せをしなおそうとかれの部屋へいったところが……」

　と、岡野はちょっとことばを切る。

「ふむふむ、碧川の部屋へいったところが……」

「なかから飛鳥君が出てきたんです」

「飛鳥京子が……？」

「はあ。飛鳥君はわたしの顔を見ると、なんだかバツが悪そうに顔をそむけて、そそくさといってしまいました。ぼくも飛鳥君と碧川君とのことはしっておりますから、べつに気にもとめずに部屋のなかへ入っていくと、碧川君は留守でした」

　これは碧川の申立てとも一致している。かれは魔女の踊りのまえの幕がすむと、すぐ牧ユミ子のところへ遊びにいったといっている。

「すると、あなたはそのとき飛鳥京子が吹矢と吹矢の筒を持ち出したんだとおっしゃるんですか」

「いや、そうは申しません。あいにくそのときわたしははっきり、飛鳥君が吹矢や吹矢の筒をもっているところをみたわけじゃないのです。ただ、魔女の踊りのまえの幕間《まくあい》に、飛鳥君が碧川君の部屋から出てくるのをみたこと、それから魔女の踊りの場面で、飛鳥君が両の腕輪に鉛筆みたいなものを一本ずつ、はさんでいたのをみたこと、このふたつを申上げているんです」

「そうすると、そのときいっしょに踊っていた、霧島ハルミや紀藤美沙緒はそのことに気がついていたでしょうかねえ」

「さあ、おそらく気がつきますまいよ。あのひとたちは眼かくしをしていましたからね。それにじぶんの踊りに熱中してもいましたし、……そこへいくとわたしはあのひとたちの介添えみたいなもんですからね」

岡野はそれから二、三関森警部補に訊《き》かれたが、それ以上参考になるような知識も持合わせなかった。さいごに関森警部補があの貼りまぜ手紙を出してみせると、岡野は眉をひそめて、ただ首を左右にふるだけだった。

「こりゃ、俄然局面が転回してきましたね」

岡野が出ていくと関森警部補は、額の汗をぬぐいながら等々力警部と金田一耕助をふりかえる。関森警部補の顔にはありありと、新しい緊張の色があらわれているが、等々力警部は用心ぶかく、

「しかし、あの男の話をそのまま鵜《う》呑《の》みにしてよいかどうか……ほかにも証人があればだがね」

「いえね、警部さん」

と、そのときそばからポツリとことばをはさんだのは、もじゃもじゃ頭の金田一耕助である。

「いまの岡野君の話をきいて、ぼくにも思いあたるふしがあるんです。そういえば飛鳥京子の踊りはたしかにおかしかったです。ことに手の扱いかたがね。なにかこういやにぎこちなくって……だが、そういうぼくもはっきりと、腕輪にこんなもの……」

と、デスクのうえの吹矢の筒に眼をやって、

「こんなものが、はさんであったのを、はっきり見たわけではありませんから、証人としての資格はありませんがね」

「金田一先生」

と、等々力警部は鋭い眼つきになって、

「そうすると、飛鳥京子は自殺した。しかもそれを他殺とみせかけて、その罪を碧川克彦におっかぶせようとした……と、そういうことになるんですか」

「いや、いや、いや」

と、金田一耕助はつよく首を左右にふると、

「この事件はそんな単純なものじゃなさそうです。もっともっと奥深いものがあるんじゃないでしょうか」

「と、おっしゃると……？」

「いや、それはもう少しあとで申上げましょう。ああ、結城朋子君がきたようですね」

扮装をおとした結城朋子の印象には、岡野冬樹からうけた印象と、はなはだ共通したものがうけとれた。彼女もまた、岡野とおなじくいままさに過去のひととならんとしているのである。しかし、岡野の悟りすました落ちつきにひきかえて、朋子の態度には虚勢がみられる。それはおそらくこの女のあせりからきているのであろう。マネー・ビルが唯一つの趣味だと楽屋雀から陰口をきかれる彼女の態度には、どこか高慢でギスいところがある。

「警部さま。あたくしになにかご用だそうでございますが、まさかあたくしが吹矢で京子さんを殺したなんて、お思いにならないでしょうねえ」

部屋のなかへ入ってくるなり、朋子のはなったことばがそれであった。いやにねちねちとした切り口上である。

「いや、いや」

関森警部補がさえぎるように、

「お呼びしたからって、いちいち容疑者というわけではありません。こういう場合、関係者一同の腹蔵のないご意見をうかがうのが、ならわしみたいなもんでして……」

「あら、ま、あたくし関係者なんですの。まあ、いや、ほんとを申しますとあたくし、飛鳥京子さんとはおなじ一座にいるというだけのことで、かくべつこれといった深いお付合いもございませんのよ」

「はあ、まあ、それもそうでしょうが、なにかお気付きの点でもございましたらと……」

「そうですわねえ」

と、朋子はわざと大袈裟に眉をひそめて、下唇をかんでいたが、

「あたくしの感じからいたしますと、京子さん、自殺なすったんじゃございません？」

「自殺？」

関森警部補はちらと金田一耕助や等々力警部に眼くばせすると、

「あなた、なにか岡野冬樹氏から聞きましたか」

「あら、どういうことですの。なにか自殺に関するお話？」

と、関森警部補を視つめる眼差しは、なにかしら爬虫類《はちゅうるい》の眼を思わせるようである。

「いや、いや、べつにそういうわけでもありませんが……」

「あたくし、参考までに申上げますが、今夜の事件に関して、まだいちども岡野さんと話しあったことはございません。ですから、岡野さんがどういうご意見をもっていらっしゃるか存じませんけれど、あたくしじしんの感じとして、なんだか自殺じゃないかという気がつよくするんですの」

「それにはなにか理由がありますか」

と、これは等々力警部の質問である。

「はあ、理由といっても具体的な事実ではございませんが、ちかごろあのひと、なんだか捨鉢になっていたようでした。これはあたくしのみならず一座のひとたち、だれでも気がついていたと思います」

「それで、飛鳥京子が捨鉢になっていた理由について、なにか思いあたるふしはありませんか」

「それはやっぱり克坊、つまり碧川さんのことじゃございません？　京子さんはそうとうあのひとにご執心のようでしたからね」

「と、すると、失恋の果ての自殺ということになりますか」

「はあ、それと碧川さんを道連れにしようとしたんじゃございませんでしょうかねえ。いかにも京子さんのやりそうなことだと思うんですけれど……」

「と、いうのは……？」

「はあ、あのひと、ちょっと策のあるひとでございましたわね。べつに陰険というのじゃございませんけれど、秘密癖というのか、なんでもないことをかくしたがったり……そういうふうなひとでございました。そういうひとが思いつめると、ちょっと怖いんじゃございません？」

飛鳥京子だけが真剣に碧川克彦に惚れていたらしいということは、ほかのだれかもいっていた。もしそれがほんとうとすると、結城朋子の説もうなずけなくはない。

「ときにあなたはこういう手紙に見おぼえはありませんか」

最後に関森警部補が例の貼りまぜ手紙を出してみせると、朋子は大きく眼を視張ったが、やがて唇のはしに皮肉な微笑をうかべると、

「これ、どこに……？」

「いや、どこでもいいですが、なにかこういう手紙に心当りは……？」

「いいえ、べつに……でも、ごめんなさい。いまついおかしくなったのは、いかにも京子さん趣味だと思ったものですから……」

「じゃ、あなたはこれも飛鳥京子のしわざだというんですか」

「いえ、あの、断定するわけじゃございませんけれど、ほら、さっきも申上げましたでしょう。京子さんの秘密愛好癖……この手紙、いかにもそういうひとにふさわしそうじゃございません？」

朋子はそこでまた、いかにも滑稽だといわんばかりに、唇のはしにほろ苦い微笑をうかべた。さすがに声を立てて笑うことはひかえていたが……。

結城朋子のあとで表の事務員や牧ユミ子たちが、かわるがわる呼びよせられて、山城岩蔵と碧川克彦のアリバイ調べがおこなわれたが、その結果判明したところによると、山城のアリバイはかれじしんが主張するほど十分とはいえなかったが、それに反して克彦のほうはユミ子をはじめ大部屋の女優ふたりによって十分なアリバイが立証された。克彦は魔女の踊りのあいだじゅう、三人の踊子をあいてに油をうっていたのである。

さて、最後にのこる問題は吹矢がどこから飛んできたかということである。

ここではいちおう、岡野冬樹や結城朋子の証言は取りあげないことにして、念のために実験がおこなわれたが、その結果、いかに肺活量の大きな人物でも、二階の席からエプロン・ステージまで吹矢をとばすということは、不可能だということが立証された。

それでは吹矢はどこからとんできたのか……？　それとも岡野が示唆《しさ》し、結城朋子が明言したように、吹矢はどこからも飛んでこず、飛鳥京子じしんの作為であったのだろうか。

第二のカレンダー

紅薔薇座の踊子殺人事件は、それが何百人という見物を目前においてはなばなしく演じられた、舞台上の殺人事件であっただけに、世間に大きな話題をまきおこすと同時に、捜査当局を極度に緊張させた。

それは吹矢による殺人という異様さもあったが、それ以上に捜査当局を緊張させたのは、吹矢の尖端《せんたん》にぬられた毒物の性質であった。

ここではわざとその毒物の名まえははぶくが、その毒物の性質やまた吹矢の尖端にぬられた量からいって、吹矢は京子のばあいほど、つまりあれほどふかく体内に入る必要はなかったのだ。その毒物の性質上、吹矢のさきがちょっと京子の皮膚をきずつけて、そこから毒物が体内に吸収されれば、それだけで十分目的を達しうる種類の毒物だった。

しかも、捜査当局を極度に緊張させたのは、そういう毒物を製造する材料が、だれの手にもいたってかんたんに入手しうるということである。ただ、その材料からそういう毒物をつくるためには、そうとうの薬学的知識が必要なことはいうまでもないが。……

だから、この事件の犯人は、かならずしも吹矢があんなにふかく京子の胸に突っ立つことを望んではいなかったであろう。ただ、ちょっと吹矢が京子の皮膚をきずつけただけでも、十分犯人の目的を達することができたのだ。そこにこの事件の犯人のなみなみならぬ狡知がうかがわれるのである。

それにしても、吹矢はどこから飛んできたのか……？

そこに捜査当局の悩みの種があった。

あの晩、三宅、井上のふたりの刑事が、足止めをくった観客たちをしらみ潰しに調べたのだが、だれひとりとして吹矢がとんできたのに気がついたものはいなかった。みんな京子が胸へ手をやって苦悶をはじめてから、はじめてそのことに気がついたのである。と、すると、岡野冬樹のサゼストや結城朋子の証言のほうが当っているのだろうか。

捜査が進んでいくにしたがって、ふたりの証言が案外馬鹿にならぬものであることがはっきりしてきた。

まず第一に碧川克彦の楽屋の鏡から発見された指紋である。それはあきらかに糊のついた指紋で、しかも飛鳥京子の指紋と照合された結果、ぴったり一致していることが証明された。さらに飛鳥京子のアパートが捜査された結果、発見されたのがずたずたに切りきざまれたT新聞紙である。T新聞というのは、芸能関係方面に権威をもった新聞だが、飛鳥京子はそれ一紙しかとっていなかった。

「金田一さん」

　事件後三日目、金田一耕助が捜査本部の浅草署をたずねていくと、等々力警部がいかにも気の毒そうに捜査の経過を報告したのち、

「こういうしだいですから、これはやっぱり結城朋子の説があたっているんじゃないですかね。あなたはいつかこれはそんな単純な事件ではないとおっしゃったが……」

「警部さん、わたしの意見はいまもあのときとかわりませんよ」

　と、金田一耕助はいかにもユーウツそうである。

「金田一先生、それにはなにか根拠がおありですか」

　と、反撥するような関森警部補のことばには、ありありと挑戦するようなひびきがあった。

「いや、どうも失礼いたしました。いままでかくしておりまして……関森さん、ひとつこれをごらんください」

　金田一耕助が紙挟みのあいだから取り出したものを、なにげなく手に取りあげた関森警部補は、文字どおり青天のヘキレキに会ったように驚愕《きょうがく》した。いうまでもなくそれは、金田一耕助のもとへまいこんだ、あの活字の切りぬきの貼りまぜ手紙、しかもこんどの事件の警告状である。

「金田一さん！」

　等々力警部は眉をつりあげ、金田一耕助を視すえる眼つきは、いまにもかみつきそうである。

「いや、どうも、……いままでかくしていて申訳ございませんでした」

と、金田一耕助は等々力警部と関森警部補のまえへ、雀の巣のようなもじゃもじゃ頭をペコリとさげると、

「あの事件の過程において、おなじような活字の貼りまぜ手紙がとびだしてきたので、しばらくようすをうかがっていたのです。ところが……」

と、金田一耕助は等々力警部をふりかえって、

「いまの警部さんのお話によると、碧川の鏡台に貼ってあった手紙は飛鳥京子の手によって作成されたものらしいということです。なるほどそれはそうかもしれません。しかし、この手紙はちがうと思うのです。いや、警部さんはおっしゃったが、飛鳥京子のつくった貼りまぜ手紙はT紙からの切りぬきだということですし、しかも、京子はそれ一紙しか購読していなかったということですが、ぼくのほうへきたこれは、明かにA紙からの切抜きのようです。この活字はA紙独得のものですからね」

「しかし、金田一先生」

と、関森警部補はまだ承服しかねる面持ちで、

「新聞には呼売りというものがありますよ。いや呼売りでなくとも、A紙くらいの新聞ならいくらでも入手する方法がありましょう。たとえじぶんが購読していなくとも……ねえ、警部さん」

と、等々力警部のほうを振返って、

「わたしはこれでかえって、いよいよ飛鳥京子のお芝居ではなかったかという気がつよくするんですが」

「と、いうのは？」

「と、いうのは、京子はじぶんが自殺するだけでは満足できなかった。碧川克彦を道連れにしようという、より大きな目的をもっておった。そこでこうして金田一先生を呼びよせておいて、金田一先生によって碧川を罪におとしてもらおうと企んでいたんじゃないでしょうかねえ」

「しかし、関森さん」

と、金田一耕助は熱心をおもてに現わして、

「飛鳥京子はどうしてぼくをしっていたか。また、飛鳥があいう毒物に関する知識をもっていたとは思えない」

「いや、それに対する答えだってしごくかんたんだと思いますよ。まず第一に、金田一耕助先生はそうとう有名でいらっしゃる。ことに『堕ちたる天女』の事件で、浅草の踊子たちには印象がふかいんじゃないですか」

「なるほど」

と、金田一耕助は苦笑せざるを得なかった。

「それから第二の疑問ですが、あの毒物の精製法は外国の探偵小説に出ているそうじゃありませんか。しかも、その探偵小説は日本でも翻訳出版されているそうですから、飛

鳥京子がそれを読んだという確証はまだないにしても、読まなかったともいえませんね。朋子の説によると京子という女はたいそう秘密愛好癖が強かったそうですから、当然、探偵小説なども好きだったんじゃないですか」

関森警部補はかならずしも、金田一耕助に対する対抗意識上そうなったわけではなかったが、しだいに飛鳥京子自殺説にかたむいていった。しぜん、この事件の捜査に関して熱意をうしなっていったのだが、そういうある日の真夜中のこと。

そこがどこだかわからないけれど、真っ黒な部屋のデスクのうえに、ほの暗い電気スタンドがひとつ、ほのかな光の輪を投げかけている。

したがって、眼に見えるものといっては、ほの暗い電気スタンドの光のおよぶ範囲にかぎられている。その光の輪のなかに卓上カレンダーがひらいておいてある。カレンダーの日付けは五月三十日になっている。

とつぜん。

光の輪のなかに一本の手が出てきた。その手は黒い手袋をはめているので、男か女かわからない。手首からさきは光の輪の外にはみだしているので、これまた男か女かわからない。

黒い手袋をはめた手は、そっとカレンダーを一枚めくった。それから、ペン・ホルダーからペンをとって、カレンダーのうえに書きつけた。

「魔女の暦」

それからすぐあとへ、

「第一の犠牲者……吹矢」

と、書いて、そのうえへ縦に棒を二本引いたのは、おそらく完了という意味なのだろう。

それから、ちょっと休んだのちに、

「第二の犠牲者……鎖」

と、書きつけてから、しばらく考えているふうだったが、やがてそのあとへ、

「近日実演仕るべく候」

と、書きくわえた。

黒い手袋をはめた手は、そこでペン軸をもとどおりペン・ホルダーにもどすと、そのまま光の輪から退いた。

手袋をはめた手の持主は、そのまま闇のなかで身動きもしない。あるいは第一のカレンダー作成の成功に満足して、闇のなかでにやにやしているのではないか。

よほどたってから、こんどは二本の手が光の輪のなかにあらわれた。左の手にも黒い手袋をはめているので、依然として男だか女だかわからない。左の手にはマッチ箱をもっている。

黒い手袋をはめた手は卓上カレンダーから、『魔女の暦』を書きつけた一葉をひきち

ぎり、マッチをすって焔のうえにかざした。

『魔女の暦』はたちまち一団の焔のかたまりとなり、やがて白い灰となって机のうえにまいおちる。黒い手袋をはめた手は、両手でそれをもむようにして、もはやなんの痕跡ものこらぬことをたしかめてから、電気スタンドのスイッチをひねった。

すべてが五月八日の夜とおなじで、あとはねっとりとした五月の濃い闇である。

こうして魔女の暦の第二枚目が、もののみごとにまくられたのである。

鉄鎖の女

それは六月一日の朝のこと、金田一耕助が警視庁の捜査一課、等々力警部担当の第五調べ室へふらりとはいっていくと、

「あ、金田一さん！」

と、いきなり等々力警部から、昂奮した声をあびせかけられた。

昂奮しているのは等々力警部ばかりではない。第五調べ室全体が、異様に殺気立った空気につつまれていた。

「け、警部さん！」

と、金田一耕助がぎょっとして、

「ど、どうかしたんですか。なにかまた……？」

「ふたりめがやられたんです。魔女の暦が二枚目をめくりやがったらしい……」

このひととしては珍しく警句を吐いた。

「魔女の暦が二枚目を……？」

「そうです、そうです。いま電話で連絡があったばかりだからよくわからないんだが、紅薔薇座の一件のつづきであることだけはたしかなようだ。これから出かけるところなんだが、あなたもいっしょにいらっしゃい」

そういってから気がついたように、警部はわざと意地悪い眼つきになって、金田一耕助の顔を視なおした。

「金田一さん、ひょっとすると……」

「ひょっとすると……？」

「こんどもまたあなたのほうへ、魔女の暦からなんとかいってきたんじゃありませんか」

「いや、いや、それはありません。ぼくもいま初耳でおどろいているところなんですが……」

「そうですか。それならよろしい。やあ、準備ができたようです。さあ、出かけましょう」

第五調べ室一同の用意ができて、警視庁からとび出すと、表に自動車が待っていた。

「警部さん、ふたり目がやられたって、いったいだれが……？」

「いや、それはむこうへいけばわかるでしょう。あなたごじしんの眼でたしかめてください」

「場所はどこ？」

金田一耕助がふっと不審の眉をひそめたのもむりはない。自動車の目差す方向は浅草方面とはちがっている。

「それが、隅田川の川口なんだそうですがね。こりゃもう正気の沙汰じゃありませんぜ」

「殺人はいつだって正気の沙汰じゃありませんが、なにかとくに……？」

「いえね、あなたのところへあのような変てこな手紙をよこしたことといい、……この事件の犯人はいつかの幽霊男みたいなやつじゃないでしょうかねえ。殺人そのものを楽しんでる傾向があるようですよ」

「殺人淫楽者《いんらくしゃ》……？」

低くつぶやいて、金田一耕助は思わず身ぶるいをする。かつてのあの血なまぐさい『幽霊男』の犯罪のかずかずを思いだしたからである。

「ところで碧川克彦はその後どうです。やっぱりハルミや美沙緒とアソンでるんですか」

「いや、それですがねえ」

と、等々力警部はちょっと、暗然たる顔色で、

「いまになってこんなことをいってもはじまらんし、わたしじしんの責任でもあるんだが、関森君がもう少し先生の警告を重視して、その後の捜査に力瘤《ちからこぶ》をいれていてくれるとよかったんです。ところがやっこさん、朋子の自殺説にすっかり共鳴しちまって、す

っかりってえわけでもなかろうが、まあ、熱意をうしなっちまったもんだからねえ。これ、またブン屋にさんざん叩かれますぜ」

と、慨歎するようにいってから、

「いや、いまのお話の碧川ですがね。あいつがほんとに惚れてるのはハルミや美沙緒じゃなくて、ユミ子じゃないかって説があるんです。恋愛なんて面倒くさくって……と、いうような顔はしてますが、そこはやっぱりねえ」

「ああいうのが案外純情なのかもしれませんね。それで、ユミ子とすでに出来てるってえ形勢がありますすか」

「いや、碧川のほうでは大いにそれをのぞんでるらしいんだが、ユミ子のほうでうけつけないらしい。つまり、ユミ子にゃわからないんですな。京子やハルミや美沙緒との交渉がたんなるアソビに過ぎないってことが……あっはっは、それでユミ子が信用しないってわけらしい」

「青い、固い果実だとかいってましたね。碧川が……」

自動車はまっすぐに東へはしって、隅田川をわたると深川越中島へはいっていった。潮の匂いがにわかに強くなり、睡気を誘うような霧笛の音が遠くきこえる。深川特有の網の目のように走っている川筋に沿ってはしっていると、むこうの岸壁にランチが一艘待機しているのがみえ、白バイが右往左往している。

「あっ、あそこだ、あそこだ」

一同が自動車をおりてそれに乗りこむと、ランチはすぐに川下めざして出発する。梅雨をもう目前にひかえ、きょうは空もどんより曇っている。その曇り空をうつした隅田川のおもても、いんきな鉛色にふくれあがって、妙に荒涼たるかんじである。その川面をきってランチが進んでいくと、まもなく橋をひとつくぐった。と、むこうにみえる橋のうえに鈴成りのようにひとがたかって下を見ている。しかもその橋の柱のひとつをとりまいて、いろんな種類の舟がたくさん群がっており、そこからくちぐちに罵《ののし》りあう声が川風にのってきこえてきた。

「あの橋はなんというんですか」

「朝凪橋というんです」

「あの橋の下に被害者が死体となってうかんでるというわけですか」

「いや、まあまあ、むこうへいってみればわかりますよ」

等々力警部があくまでことばを濁すところをみると、よほど死体にかわったところがあるにちがいないと、金田一耕助も少なからず興味をおぼえた。

やがてむらがる舟をかきわけて、ランチはしだいにスピードをおとしていく。と、眼前に大きくうかびあがってきたのは、朝凪橋の巨大な橋梁《きょうりょう》である。橋の影をおとして、そこだけ小暗い陰をつくっているなかに、貸ボートらしいボートが一艘、ぶかりぶかりとうかんでいる。そのボートを取りまいて、写真班がしきりにシャッターを切っているのをみて、金田一耕助はおもわず眉をひそめた。

「あのボートのなかに……？」

しかし、もう等々力警部の返事を待つまでもなかった。

ランチがちかづくにつれて、その余波をくらったボートがゆらりゆらりと大きくゆれたが、その揺れるボートのなかによこたわっているのは、なんと全裸の女ではないか。しっとりとした橋梁の陰で、女の裸身の曲線が、妙にしらじらとした印象である。しかも、その女の裸身になにやら妙なものがからみついていると思ったら、なんとそれは鉄の鎖ではないか。

女は全裸のまま鉄の鎖でしばられて、ボートのなかにつめたい体をよこたえているのである。

そのとたん、金田一耕助の脳裡にうかんだのは、このあいだ紅薔薇座でみた『メジューサの首』の一場面、荒海の岩の根もとに鉄の鎖でしばりつけられた牧ユミ子！

金田一耕助はおもわずぎょっと呼吸をのんだが、しかし、ランチがボートのそばに横着けになったとき、そこによこたわっているのが牧ユミ子でないとわかって、金田一耕助はなんとなくほっとした。

それは三人の魔女のひとり、甲野梧郎の内縁の妻霧島ハルミであった。

「やあ、警部さん、金田一先生、このあいだはどうも……」

ボートのむこうがわに先着していたランチのうえから、こちらへ声をかけたのは浅草署の捜査主任関森警部補である。昂奮に眼をギラギラかがやかせていたが、金田一耕助のすがたをみたとき、なんとなく忸怩《じくじ》たる色がうかがわれた。

「ふたりめの魔女だね」

等々力警部はボートのなかから眼もはなさずに呟いた。

「はあ、それについて金田一先生、おたくのほうへなにかまた……？」

「いや、それはないそうだ。先生はきょう偶然、本庁のほうへやってこられたので、ごいっしょねがったんだが……」

「ああ、そう、金田一先生」

「はあ」

「兜《かぶと》をぬぎましたよ。こんなことなら先生のご意見をもっと尊重すればよかったんです。いまさらこんなことをいってもあとの祭ですが……」

「いやあ、犯罪というものは、どんなに警戒していても起るときは起るものです。一年は三百六十五日ありますからね」

あっさりとおのれの非を認める関森警部補の人柄が好ましく、金田一耕助はおだやかになぐさめると、

「ときに死因は……？」

「ごらんのとおりです。ほら、咽喉のところにみえるでしょう」

むこうのランチから指さされて、金田一耕助は無言のままうなずいた。

ハルミの白い咽喉のあたりに、くっきりと、なまなましくきざみこまれているのは、

ふたつの大きな拇指《おやゆび》の跡である。金田一耕助はそれをみると、おもわず背筋をつらぬいて走る戦慄を禁ずることができなかった。

「それじゃ、関森君」

と、等々力警部が声を張りあげて、

「犯人は両手で被害者の咽喉をしめ、絶息するのを待って裸にし、鉄の鎖でしばりあげ、それからボートにかつぎこんで流したというのかね」

「いや、ところが警部さん」

と、関森警部補の声は、昂奮しているうえに、川風にさからうことになるので、ついキーキー声になる。

「被害者は殺されるまえに、鉄の鎖でしばられたらしいんですよ。そうとうもがいたとみえて、ほら、全身に鎖ですりきれたらしいかすり傷ができてます」

金田一耕助もさっきからそれに気がついていた。

ぼちゃぼちゃとした、餅のようなハルミの柔肌のうえを、都会の交通網のように縦横に走っているのは、なまなましいみみずばれや血の筋の跡である。ハルミは色白な女だっただけに、いっそうそれらの傷跡と、全身にからみついた鉄鎖の印象が凄惨《せいさん》なのである。

それにしても、これだけの傷跡ができるまで、被害者がもがいたとすれば、ハルミはそうとう長時間、縛りあげられていたということになる。

犯人はハルミを素っ裸にしたうえ鉄の鎖で縛りあげ、さんざん苦痛をあたえたあげく、虫けらでもひねりつぶすように、ハルミの咽喉をしめあげたのだろうか。咽喉をしめあげられるときの苦しさに、ハルミの眼玉はとび出して、その死相はお岩様より物凄く、金田一耕助はいまさらのごとく、この犯人のもつ鬼畜性に慄然たらざるをえなかった。

「それで、犯行の時刻は……？」

と、等々力警部も恐ろしいハルミの形相から眼をそらすと、

「まだ、そこまではいかないんだろうねえ」

「はあ、それは死体をひきあげてから、ゆっくり検屍してもらおうと思ってます。ところが警部さん、金田一先生」

「なに？」

「ここにおもしろいものがひとつ発見されたんですよ」

「おもしろいものって？」

「裸の死体がこのハンド・バッグをもっていたんです」

と、むこうのランチから関森警部補がやすでの派手なハンド・バッグをふってみせ、

「裸の死体がハンド・バッグをもってるってえことじたいがおもしろいのに、さらに、おもしろいのは、このハンド・バッグのなかから一通の手紙が出てきたんです」

「どんな手紙……？」

「紅薔薇座の名前を刷りこんだ便箋に、へたくそななぐり書きですがね。いま読みますから聞いてください」

と、関森警部補はちょっとひと呼吸すると、

「今夜九時。このあいだのところで待っているがどうだ。I・Y生。ハルミちゃんへ」

I・Y生……それは紅薔薇座の支配人、あの脂切った山城岩蔵のイニシアルと付合しているではないか。

金田一耕助はおもわず等々力警部と顔見合せた。

事後殺害

紅薔薇座の内部はいまやまさに蜂の巣をつついたような騒ぎである。

紅薔薇座はきょうが初日で、しかも昼興行がはじまったばかりのところだった。

霧島ハルミのすがたがみえなかったが、こんどのだしものでは、ハルミの出番は比較的あとになるので、そのうちやってくるだろうと、だれも気にとめないでいるところへ、等々力警部や関森警部補、金田一耕助をはじめとして、大勢の係官がどやどやと駆けつけてきたので、表も楽屋もてんやわんやの騒ぎになったというわけである。

しかし、かんじんの支配人山城岩蔵はいなかった。

さっきちょっと顔をみせたが、すぐまた出かけて、どこへいったかわからぬときいて、

等々力警部や関森警部補は不安そうに顔をくもらせたが、とにかく至急さがしだして連れてくるようにと命じておいて、またしても作者部屋がかりの捜査本部にえらばれた。そして、まず第一番に呼び出されたのは小道具の連中だったが、かれらは問題の鉄の鎖をみせられると、言下に『メジューサの首』で使用されたものであることを認めた。しかし、あの興行がおわると同時に、小道具部屋へしまいこんで、べつに注意もしなかったから、いつだれが持ちだしたのかしらぬという返事で、これは至極もっともだった。

小道具の連中につづいて呼びよせられたのは甲野梧郎である。かれは部屋のなかへ入ってくるなり、

「ハルミが……ハルミが殺されたんですって？」

と、押しへしゃがれたような声で叫ぶと、ギラギラするような眼で部屋のなかの一同を見まわした。あいかわらず身だしなみはきちんとしているが、きょうは頭髪が少しみだれて、色の浅黒い顔が、いくらかむくんだかんじである。睡眠不足でもあるのか、白眼のうえを血の筋が走っている。

「まあ、そこへ掛けたまえ」

と、関森警部補はデスクのむこうの椅子を指さして、

「奥さん、お気の毒なことになりましたが……」

と、いおうとするのをさえぎって、

「ハルミが殺されたというのはほんとうですか」

と、おっかぶせるように訊ねる甲野はまだ立ったままで、そんなこととても信じられぬという顔色である。

「ほんとうです。たいへんお気の毒ですが……」

「それで、死骸は……いや、ハルミはいまどこにいるんです」

「いや、それについていろいろとお話もし、また、あなたのお話も伺いたいのですが、立ったままじゃなんですから、とにかくそこへお掛けください」

「はあ。……いや、失礼しました」

と、やんわりそこへ腰をおろした甲野は、まだ半信半疑の顔色で、さぐるように一同の顔を見まわしている。

「ところで、さっそくですが……」

と、関森警部補がちょっとデスクからのりだして、

「あなたはたしか霧島ハルミ君と同棲しているんでしたね」

「はあ」

「お宅は駒形だとか……?」

「はあ、去年ハルミとふたりでむりして建てたんです。ちっぽけなうちですが……」

「それで、あなた、ゆうべ奥さんがおかえりにならなかったことについて、心配なさらなかったですか」

「そんなことはしょっちゅうですから……このあいだも申上げたとおり、あれはわたし

という男を、一種の仮りの塒《ねぐら》にしておいて、好き勝手なことをしているんです。しかし、主任さん、ほんとうなんですか、ハルミが殺されたというのは？」

と、甲野はかさねて念をおすと、まるで救いを求めるような眼で、等々力警部と金田一耕助の顔を視くらべる。まるで、それは嘘であるとでもいってもらいたげに。……

「いや、奥さんが殺害されたということは、もう動かしがたい事実なんですが、それについて失礼ですが、ゆうべあなたはどちらに……？」

「ぼく……？」

甲野はしばらく無言のまま関森警部補を視すえていたが、やがて気がついたように、

「ぼくはうちにいましたよ。きのうはここ休みだったんです。それにきょうからの興行の準備もわりにはやくおわったので、八時ごろハルミとつれだってうちへかえったんですが……」

「駒形のおたくですね」

「はあ」

「それから……？」

「はあ、ハルミはいったんぼくといっしょに駒形へかえったんですが、友達と約束があるとかで、すぐまたどこかへ出かけました。それといれちがいに岡野君……男優の岡野冬樹君ですね、それと振付けの山本孝雄君、それにドラムの入沢松雄君と、この三人があそびにきたので、さっそく麻雀ということになったんです」

「麻雀は何時ごろまで……？」

「はあ、二時過ぎまでやってました。山本君、少し負けこんだので、もうイーチャン、もうイーチャンで、そういうことになってしまったんです」

「それで、麻雀がおわるとほかの連中かえっていったんですね」

「それはもちろん、そんなに大勢泊れるほどの家じゃありませんからね」

と、甲野はひっつったような笑いかたをしたが、すぐまた真剣な眼つきになり、

「それで、ハルミはいまどこに……？」

「はあ、奥さんの死体はいま築地のS病院に収容してあります。解剖してからあなたに引渡すということになりましょう」

「解剖……？　なにか毒殺の疑いでも……？」

「いや、べつにそういうわけじゃありませんが、これが他殺死体を扱うときの慣例ですから……」

「死因は……？」

「だいたい絞殺ということになっています」

「じゃ、こんどは吹矢じゃなかったんですね」

「あなたは吹矢だと思っていたんですか」

と、そばから口を出した等々力警部は、さぐるように甲野の顔を凝視している。

「いや、そういうわけじゃありませんが、いまこちらが解剖とおっしゃったから、また、

飛鳥君を殺した毒がつかわれたんじゃないかと思ったもんですから……」

「なるほど」

等々力警部はうなずいてから、急にデスクから大きく体を乗りだして、

「それで、どうでしょう。甲野さん、あなたこの事件についてなにか心当りはありませんか」

「全然。……」

と、甲野は放心したように呟いてから、

「悪魔のいたずらとしか思えませんね」

と、暗い顔をして付加えたが、それから急に思いついたように、

「警部さん、これ、このあいだの事件となにか関係があるのでしょうねえ」

「それはもちろんあるとみるべきでしょうね」

甲野はしばらく黙想するように、頭をうしろへ反らせていたが、急にしゃんと体を起すと、

「飛鳥君もハルミも魔女の役でしたね」

「甲野さん」

と、そばから口を出したのは金田一耕助である。例のくせで眼をショボショボさせながら、

「あなたはそのことがこんどの事件に、なにか関係があるとお思いですか」

「いや、飛鳥君とハルミとのあいだに、いったいどういう共通点があるだろうかと、いま考えていたものですから……ふたりのあいだの共通点といえば、そのことと、碧川君のことですが、碧川君がまさかこんなこと……いかにひとは見かけによらぬものとはいえね」

甲野は咽喉のおくでひくく笑った。なにかしら気違いめいて、ゾーッとするような笑いかただった。

「ときに、甲野さん、これ、奥さんのハンド・バッグでしょうねえ」

関森警部補がボートのなかから発見されたハンド・バッグを出してみせると、

「ああ、それ……」

と、甲野は気のない視線をそのほうへむけると、

「そうだったかもしれません。いや、たぶんそうだったでしょう。ハルミもそれに似たハンド・バッグをもっていたようですから……」

と、手を出そうともしなかった。

「ああ、そう、それじゃ、これもうしばらくあずけておいてください」

「ええ、どうぞ」

と、甲野はちょっともじもじしていたが、

「あの、警部さん、ぼく、これから築地のS病院へ訪ねていってもいいでしょうねえ」

「それはもちろん。部下のものが案内することになっていますが、そのまえにちょっと

ご注意申上げておきましょう。いらっしゃるときには奥さんのお召物をいっさいご持参下さい」

「と、おっしゃると……？」

「いや、発見された奥さんの死体は、一糸まとわぬ全裸でしたからね」

「全裸あ……？」

と、弾かれたように一同の顔を見まわす甲野の頬には、いっしゅんさっと血の気がのぼったが、みるみるそれが退潮のように退いていくと、強く息をうちへ吸いこみ、

「それじゃ、ハルミは悪戯《いたずら》をされたと……？」

「いや、悪戯をされたのか、合意のうえでかわかりませんが、奥さんは男とそのことがあってからまもなく、絞殺されたもののようです」

内縁とはいえ、良人にたいしてこれほど残酷な告知はなかった。甲野の頬にはまたさっと血の色がのぼったが、急にギラギラともの狂おしい眼つきになって、

「いったい、ハルミはどこで殺されたんです。そしてまた何時頃……？」

「いや、殺害された場所はまだわかっておりませんが、時刻はだいたい、ゆうべの十時から十一時までのあいだということになっています。それについてあなたにお訊ねしたいのですが、奥さんはゆうべだれと会う約束だったか、ご存じじゃありませんか」

「しりません。聞かないことにしてるんです。しつこく聞くといっそう反抗しますし、それにもう慣れっこになっているもんですから……」

と、泣きわらいをするような表情をすると、

「しかし、男となにした形跡があるとすると、碧川君じゃありませんか」

「奥さん、最近、碧川のほかに男は……？」

「さあ……」

「マネジャーの山城岩蔵君などどうです？」

「マネジャー……？」

甲野はまた弾かれたように体をふるわせると、しばらくにらむような眼で等々力警部の顔を視すえていたが、やがてがっくり肩をおとすと、

「マネジャーとそういう事実があったかどうかしりません。しかし、そういうことがあったとしても、ぼくはあえておどろきません。ハルミは多情な女ですし、山城は山城で好色無類の男ですから……」

克彦の恋愛哲学

甲野にたいする訊取《ききと》りがおわっても、まだ支配人の山城岩蔵はかえっていなかった。そこで甲野につづいて呼びよせられたのは碧川克彦だったが、さすがに美貌のこのナイトもつづけざまの大事件に動揺したのか、眼の色もとがりきって、だいぶん考えこんでいるようである。

「碧川君、ゆうべの君の行動を聞いておきたいんだがね」

と、関森警部補が単刀直入に切りだすと、克彦はぎくっと体をふるわせたが、それでもあらかじめ用意をしてきたらしく、すらすらと昨夜の行動をならべたてた。

「ぼく、ゆうべ美沙ちゃんに誘われたんです。それで八時ごろここを出ると、上野山下の松菊という、つまり、その、さかさくらげで落ちあったんです」

と、そこで克彦はかれ一流のあどけない微笑をみせると、

「そこで二時間ほどあそんでわかれると、十時半ごろ田原町の角でユミ子に会ったんです」

「ユミ子に会ったって偶然に会ったの？」

「いいえ、あらかじめ約束してあったんです」

「そりゃまたえらく忙しいんだね」

と、等々力警部もおもわず失笑する。

「ええ、そうなんです。ぼく、とても忙しいんです」

と、べつに得意そうでもなく、それかといって、ずうずうしく居直ったという感じでもないのが、この美少年の特色なのである。

「なるほど、それで、田原町の角でユミ子とあって、それから……？」

「はあ、ところがそんとき、ぼく、つい口をすべらしちまったんです。いましがた美沙ちゃんと遊んできたってことを。……すると、ユミ公め、いきなりピシャッとぼくの頬

っぺたに平手うちをくらわしゃあがって、さっさといっちまったんです。あの娘にゃなんにもわかってないんですよ。あんなこと、男と女がおたがいに皮膚の感覚をもてあそんでる、単なる遊戯にすぎないってこと……」

「ああ、いや、碧川君、君の恋愛遊戯哲学はまたいつか聞かせてもらうとして、ユミ子がいっちまって、それから……？」

「はあ、それからぼく、あいてもないしつまらないもんだから、ぶらぶらあるいて雷門までくると、いつもいくブーケという喫茶店へ入って、そこの女の子をあいてに十二時過ぎまでねばってたんです。そうそう、そのあいだに結城さん、結城朋子さんが入ってきましたよ」

「結城朋子は君に会いにきたのかね」

「とんでもない」

と、克彦は鼻の頭に皺をよせてせせらわらうと、

「あんなひと、こっちから願いさげですよ。貯金函のお化けみたいなひと……」

結城朋子が目下マネー・ビルに血道をあげていることは、このまえの事件以来、捜査当局もしっているが、いまの克彦のいいかたがあまりおかしかったので、関森警部補も思わず吹き出しそうになった。

「それじゃ、その貯金函のお化け女史、たんにお茶をのみにきたってわけ？」

「いいえ、お茶をのみにきたっていうより、甲野さんに電話をかけにきたんですね。音楽

合せのことでなにかちょっと腑に落ちないことがあったらしい。そいで、ぼくがお茶のみませんかと誘っても、またこんどとかなんとかいって、さっさとかえっちまったんです。あのひととってもケチンボ、いや、倹約家ですからね」

「それから君はどうしたの？」

「どうもこうもありませんよ。十二時過ぎ、いや、一時ちかくまでブーケでねばって、それからハイヤーをやとってまっすぐに、アパートへかえりましたよ。ぼくのアパート車坂にあるんです。そうそう、主任さんはご存じでしたね」

克彦のいうことがほんとうとすると、このほうにもアリバイがあるようである。しかし、松菊というさかさくらげで美沙緒とわかれて、十時半ごろ田原町の角でユミ子にあうまでと、それからユミ子にぴしゃんとビンタをくって、雷門のブーケへあらわれるまでが、いささか曖昧《あいまい》といえばいえないこともない。ことにそれが警察の推断している、十時から十一時までという犯行の時刻と一致しているだけ、気にかかるといえばいえるのである。

「ときに、碧川君」

と、そばからことばをはさんだのは等々力警部である。

「君はゆうべ霧島ハルミと会やあしなかったかね？」

「いいえ、会いません」

いよいよ来たなとばかりに、克彦は姿勢を立てなおすと、キッパリ切り口上で答えた。

「ハルミちゃんはゆうべ珍しく、甲野さんといっしょにここを出ましたよ」

「いや、それからまた、どこかで会やあしなかったかと聞いてるんだが……」

「会いません」

と、もういちどキッパリ答えてから、

「なんぼぼくが若いったって、そうは体がつづきませんよ」

「しかし、ひと晩にふたりくらいへっちゃらだろう」

関森警部補がからかいがおに口を出すと、克彦は真顔になって、

「そりゃそうです。いままでだって、ときどきそういうこともあったんです。しかし、ありようをいうと、ゆうべはこととしだいによっては、ユミ公をどこかへつれてって、手ほどきをしてやろうと思ってたもんですから……」

なるほど、それではユミ子にぴしゃんと、平手打ちをくったのもむりはないと、金田一耕助はおもわず苦笑を禁じえなかった。

「ところで、もうひとつ」

と、等々力警部は体を乗りだし、

「ゆうべ作者の柳井良平先生はどうしてたかしらんかね」

「ああ、柳井先生……」

と、克彦は頭をかきながら、

「そのことについて、ぼく、ゆうべ弱っちまって……」

「弱ったってどういうこと？」

「ううん、ゆうべ松菊で美沙ちゃんにくどかれたんです。このままどこかへいっちまおうって。なんでもお京さんのことがあった前後から、先生、とってもやきもちがひどくなって、このまんまじゃやりきれないから、ふたりで関西へでもいっちまおうと、そりゃしつこいんです。ぼく、やっとなんとかいいなだめて逃げ出したんですけれど、なんだか面倒くさくなってきたから、いっそユミ子をくどいて上野から汽車にのって、どっか遠くへいっちまおうかと思ったんです。そしたらぴしゃんでしょう。大がっかりでさあ」

「やきもちがひどいって、柳井先生、どういうふうなの？」

「なんでも、打ったり殴ったり、どうかすると踏んだり蹴ったりするんだそうです。そんなことまえにゃなかったのにっていってました」

「それは飛鳥京子が殺されて以来のこと？」

「ううん、そのまえからだっていってました。つまり、先生、ながいこと、美沙ちゃんとぼくとのことしらなかったんです。それがことしの三月ごろとうとうしれちまって、それ以来のことなんです。でも、お京さんが殺されてから、いっそうひどくなったっていってました」

「それで、君にはなんにもしないの」

「ええ、ぼくになんとも出来ないもんだから、いっそう美沙ちゃんに八つあたりするんだって、そう美沙ちゃんはいってました」

「どうして、君になんにも出来ないの？」

「それは……」

と、碧川克彦が口ごもるのをみて、そばから関森警部補がことばをはさんだ。

「いや、警部さん、この紅薔薇座では碧川君が休むと、ガタッと客足が落ちるんだそうです。だからみんなでこのひとを、まあ、ちやほやしてるんですね」

「だけどねえ、警部さん」

と、碧川は例のあどけない微笑を警部にむけて、

「誤解なすっちゃいやですよ。ぼくなにも人気があるのに増長して、こんなことしてんじゃないんです。だいいちぼくに人気が出てきたの、ことしになってからですものね。ところが、お京さんやハルミちゃん、美沙ちゃんなどに誘われて、ああいうアソビをおぼえたのは去年からなんです。ぼく、ああいうこと悪いとは思ってません。悪いのはマネジャーや甲野さん、柳井先生のほうですよ」

「それ、どういう意味？」

「どういう意味って、女というものはすごく正妻という立場にあこがれをもつもんらしいんですよ。みんなそんなの面倒くさくっててな顔してますけど、じっさいはそうじゃないんです。ところがお京さんは二号でしょう。ハルミちゃんにしろ美沙ちゃんにしろ内縁関係じゃありませんか。そりゃ先生がたにしてみりゃ、本妻にしておいて浮気をさ

れちゃ……と、いう考えなんでしょうけど、そいじゃ卑怯というもんですよ。本妻にしてちゃんと子供でもうませてやってごらんなさい。どんな女だって神妙になりまさあ。それを子供もうませず籍も入れずじゃ、結局、あのひとたちじしん、皮膚の感覚をもてあそんでんのもおんなじじゃありませんか。そいじゃ多少なりとも皮膚の感覚のいいのと、アソビたくなるのはあたりまえじゃありませんか」

碧川克彦は例のあどけない調子で、勝手な理窟をならべたてたが、しかし、胸に手をおいてよく考えたら、克彦のいうことにもいちおうの真理があるようである。

「なるほど」

と、金田一耕助はひどく感心したようにうなずいて、

「碧川君、君のいうのはつまり、女に自覚と責任をもたせろということですね、正妻としての……」

「そうです、そうです。そうすりゃいかにこんな世界だって、そうむやみにまちがいは起らないと思うんです。そうしておいて夫婦のあいだで適当にあそべばいいんです。責任感とアソビ、こいつが両立してごらんなさい、理想的な夫婦ができあがりまさあ」

「君はそれを牧ユミ子に期待してるんだね」

牧ユミ子の名が金田一耕助の口から出たとたん、克彦の頰にさっと血の色がのぼった。瞳がうるんでキラキラ光った。この美少年が頰を紅潮させているところはいよいよ魅力的である。

「ああ、ああ、ぼくいやんなっちゃったなあ」

「なにが」

「ぼく、いま偉そうなこといったでしょう。だけどはじめっからそんなことしってたわけじゃないんです。はじめは夢中でアソんでたんです。皮膚の感覚をね」

と、ちょっといたずらっぽく鼻の頭に皺をよせて、

「みんな旦那さんもってるでしょう。だから、アソんでたところであとくされなんかなくっていいやぐらいに思ってたんです。みんなそのときそのときの刹那《せつな》の肉体のシビレですんじまうんだとたかくくってたんです。そしたらだんだんそうじゃなくなってきたでしょう」

「そうじゃなくなってきたというのは……？」

と、これは等々力警部である。

「まず、だいいちにお京ですがね。いやにメソメソしだしたんです。ほかのひとと手を切って、正式にじぶんと結婚してほしいなんていいだしたんです。そんときはじめてぼく、二号さんや内縁関係の女の不安定な心理をしったんです」

「それで、君はその要求をどうしたの」

「どうしたって、まさか正面きって、それはまっぴらごめんであります、汝はわがアソビの対象物以外のなにものにもあらずなんて、残酷なことはいえませんや。だからいい加減にあしらってたら、こんどは死ぬ、死んでやるなんて、ぼくを脅かしはじめたんで

す」

「死ぬ……つまり自殺するといいだしたのかね」

「ええ、そうなんです。しかもただじゃ死なない、きっとおまえを道連れにしてやるなんて、まるで累ケ淵《かさねがふち》の豊志賀《とよしが》みたいなことをいいだしたんです。ゆうべの美沙公がやっぱりそうなんですよ。ぼくもうんざりしちゃったなあ」

「ああ、ちょっと」

と、金田一耕助がさえぎって、

「飛鳥京子が君を道連れにして自殺をするなんていってたことを、一座のだれかがしってましたか」

「さあ」

と、克彦は無邪気に小首をかしげて、

「しってたかもしれません。そうそう、ぼくハルミや美沙公にそのことしゃべっちまいましたからね。いや、しゃべったというよりも、なんだか心配になってきたもんだから、ふたりに相談したんです。そしたらふたりとも、死ぬ死ぬという人間でまっとうに死んだためしがない、ほっときなさいってもんだから、まあ、安心してたんですけどね。ああ、ああ、お京は死ぬし、ハルミは殺されるし、美沙公は美沙公でまた死ぬ、死ぬといいだしたし、ぼく、まったくうんざりだなあ」

さすがの色男碧川克彦も真から底からうんざりしたように、肩をすくめて溜息をついたが、ちょうどそこへ入乱れた足音がちかづいてきたかと思うと、警官の手をふりほどくようにして入ってきたのは支配人の山城岩蔵である。

生命保険

「ハルミが……ハルミが殺されたんですって？」

このまえのお京殺しのときとちがって、さすがひとをひと臭いとも思わぬ山城岩蔵も、きょうはすっかり度をうしなっているようである。いや、度をうしなっているように、よそおうているのかもしれないが。……

「ハルミが……ハルミが殺されたんですって？」

部屋のなかへ入ってくるなり浴せかけたその声は、この男としてはめずらしくふるえており、精力的な全身が恐怖におののいているようであった。それがお京殺しのときの傲岸《ごうがん》なかまえとだいぶんちがっている。

「ハルミが……ハルミが殺されたんですって？」

と、大きく呼吸をはずませてから、そこにいる碧川克彦に気がついて、

「小僧！　まさかてまえが……」

と、咬みつきそうなその眼つきにも、お芝居とは思えぬ殺気があふれている。

「いや、まあ、まあ」

と、関森警部補がそれをおさえて、

「碧川君、君はむこうへいっていてくれたまえ。用事があったらまた呼ぶからね」

「はあ」

と、碧川克彦がこのあいだとおなじように、直立不動の姿勢で挨拶をして出ていくと、

「マネジャー、まあ、そこへお掛けなさい。いろいろ聞かせてもらいたい話があるんでね」

と、いま克彦が立った椅子を関森警部補が指さした。

「いや、わたしも聞かせてもらわにゃならんが……」

と、山城岩蔵は精悍の気を面にはしらせながら、ギーッと椅子をきしらせて、大きなお臀《しり》をそこにおとすと、

「いまそこでお巡りさんから聞いたんですが、ハルミが殺されたってほんとうですか」

「ああ、ほんとうです」

「いつ、どこで？」

と、たたみかけるように訊ねる山城の顔には、とても信じられないという色が露骨にあらわれているようだ。

そこで関森警部補がかんたんに事情を説明すると、あかぐろい山城の額にしだいに粘っこい汗がふきだしてきて、

「それじゃ、殺《や》られたのはゆうべの十時から十一時までのあいだだっていうんですね」

いる。

「ええ、そう、それについてなにか心当りがありますか」

それにたいして山城がなんと返事をするかと、一同はするどくあいての顔を注視している。

山城はしばらく茫然たる顔色で、無言のまま関森警部補から等々力警部、それから金田一耕助と、順繰りに顔をながめていたが、しかし、少しものなれた観察者ならば、かれがこうして時間をかせごうとしているのだということがわかるだろう。この狡猾な男はいま、どのように陣容をととのえるべきかと思案をしているのだ。

「ねえ、山城君」

と、そばから口を出したのは等々力警部である。

「こういうときには、おたがいにフランクにいこうじゃないか。君はゆうべハルミに逢うたはずだね」

一瞬、山城のふとい眉がぴくっとふるえたが、それでもかれは口をきこうとせず、用心ぶかく警部の顔色をさぐっている。

等々力警部は苦笑をしながら、

「関森君、あの呼び出し状を山城君にみせてあげてくれたまえ」

「ああ、そうマネジャー、あんたこの呼び出し状におぼえがあるだろうねえ」

と、例のI・Y生という署名のある手紙をひろげてみせると、山城のふとい眉がまたぴくりと大きくうごいて、

「そ、そんなものがどこに……」

と、デスクのはしをつかんだ両手が、わなわなと大きくふるえた。

「どこにだっていいが、この手紙におぼえがあるかないか、それを聞いてるんだよ」

山城はちょっと追いつめられた獣のような眼で、ギラギラと一同の顔をにらみまわしていたが、こうなったら、もうかくしてもむだだと思ったのか、急にがっくり肩から力をぬくと、

「いや、どうも恐れ入りました。あんまり助平ったらしいんで、かくせるものならかくしたいと思っていたのがあっしの弱身でした。その手紙ならたしかにあっしが書いたもんですよ」

「いつ?」

「いつって、きのうでさあ。きのうさっと走り書きして、こっそりハルミに手渡したんでさ」

「ハルミとはまえから関係があったのかい?」

「いいえ、ゆうべが二度目でした。なんしろあっしはこのとおりの体をしておりましょう。そこへもってきて、かかあがいっこうものの役に立たねえときてる。そこでお京が必要だったわけですが、そのお京がああいうことになっちまって……と、いってこの年齢でズベ公を買うわけにゃいきませんや。そいで、このあいだハルミにそっと当ってみたところが案外あっさりオー・ケーで、帯紐《おびひも》といてくれたってわけでさあ。それに味を

しめてきのうもその手紙を手渡したところが……」

と、山城はにやりと不敵の笑みをもらした。

「手渡したところが……」

「もちろんオー・ケーで逢うてくれると約束してくれたんでさあ」

「それで、このあいだのところというのは……？」

「向島にある琴吹という待合なんで……ハルミとはじめてできたのもその家でした」

「それで、この手紙にあるとおり九時に逢うたのかい？」

「いえ、約束は九時でしたが、あっしがひとあしさき……そうですね、八時半ごろむこうへいって、ひとりで酒をのんでると、九時過ぎになってハルミから電話がかかってきて、少しおくれるがきっといくから待ってるようにっていうんです。そいであっしも酒はのみあきたしするもんですから、おさだまりの四畳半へ支度をさせて、横になってるところへハルミがやってきたんです」

「それ、だいたい何時ごろのこと？」

「そうですねえ、ああ、そうそう、待たるるとも待つ身になるなで、あっしゃ何度も枕もとの時計をみたんです。ところがそろそろ九時半にもなるのにやってこねえもんだから、いやに待たせやあがると中っ腹になりかけてるとこへやってきたんですから、九時三十五分か四十分てえとこじゃありませんかね」

「それからどうした？」

「それからどうしたって……」

と、山城はみだらな笑みをうかべながら、

「そこはお察しねがいたいですね。こっちは待ちくたびれてたとこだから、さっそくお床へひっぱりこんで……だけど、ハルミのやつがいやにせかせかしてるんで、なんだか興醒めでしたね。まあ、二度目ぐらいじゃしっくりいかねえのもむりはないが、……それですから別れるときに嫌味《いやみ》をいってやったんです」

「どんな嫌味だ？」

「克坊とのときにもこんなにせかせかするのかいって。そしたら、ハルミのやつ、かえり支度をしながらうっふっふと笑ってましたが、ありゃなんですな、女ってものあご亭主にしれてしまうとかえって度胸が坐るらしいんですが、しれるまえはやっぱりなんとなく落ちつかねえもんのようですね」

「別れたって、何時ごろ別れたんだ」

と、質問をすすめる関森警部補の語気には、猜疑のひびきが濃いのである。山城ももろんそれをしっている。しっていながら平然として顔色をかえないのは、かれの心中すでに成算ができているのだろう。

「それですよ。ハルミがかえってから電気スタンドのあかりをつけて、枕もとの時計をみたら十時十五分でしたよ。ちょうど三十分ほどのおたのしみで、いや、もう、あんまりそのものずばりで、これじゃ情も口説《くぜつ》もあったもんじゃねえと、われながらおかしくなって、お床のなかでくつくつ笑ったもんでさあ」

「なるほど、それから君はどうしたんだね」

「どうしたってお極まりですよ。ゆっくりひと風呂浴びて体を洗いきよめ、琴吹を出たなあ十一時ごろ、嘘じゃございません。琴吹へいってきいてごらんなさいまし」

「それ以後、ハルミに会わなかったかね」

「とんでもない。会おうたってハルミがどこにいるかしりゃしませんもの。なにしろ、ハルミはあっしより四、五十分もまえに琴吹を出てるんですからね」

「ハルミはそれからどこへいくともいってなかったかね」

「べつに……そうそう、ゆうべは甲野さんちへ岡野やなんかが集まって、麻雀をやるとかで、どうせかえったって徹夜だろうっていってましたぜ」

「それじゃ、ハルミはまっすぐに家へかえる予定だったんだね」

「だろうとあっしは思ってましたがね。しかしあの女のことだからどうだかわかりゃしませんや。あっしに逢うたあとで口直しに克坊と……なんてことになってたのかもしれません。なんしろハルミがあっしに体をまかせたのなんかも、色気じゃなく慾得ずく、もっとはっきりいやあ、枕金がおめあてですからね」

「ああ、そう」

と、そのときそばから口を出したのは金田一耕助である。

「それじゃ霧島ハルミというのはそういうひとだったんですか。ちょくちょく、つまり、その、枕金かせぎをやるというような……」

「そりゃ、そうですよ、金田一先生」

そんなことしらなかったのかというように山城岩蔵は眼をまるくして、

「こりゃ、紀藤美沙緒だっておんなじこってすがね。ああして裸をみせて脚をあげたり、お臀をふったり、そういうのをまた物色してらっしゃる色好みの旦那や紳士がたがおいでなさる。そういうかたのお眼にとまって口がかかると、ゆうべみたいなところへお供してたっぷりサービスする。げんに甲野なんか去年駒形にちょっとした家をおっ建てたが、あの男にそんな収入なんかありっこはねえですからな。みんなハルミが体で稼いだ金なんですよ」

「なるほど」

と、等々力警部はうなずいて、

「それでハルミや美沙緒が碧川と浮気をしても、先生連中強い文句もいえなかったんだな」

「そういうこってすね。涼しい顔はしていても、みんなそうとう強悪《ごうあく》ですぜ。そうそう、そういえばこれ、ご亭主のやったことじゃねえかな」

「甲野が……？　どういう意味で……？」

「いえね、いまお話をしてるうちに思い出したんですが、ハルミは生命保険に入ってるてえ話でしたよ」

「生命保険……？」

と、関森警部補はおもわずはっと、等々力警部と顔見合せた。

「いったい、どのくらい……？」

「一千万円とかいってましたよ。その額が大きいんで楽屋でも評判になったんです」

「それで、受取人は甲野梧郎になってるんだね」

「もちろん、そうです。つまり、去年家ができたとき、火災保険へ入ったんですね。そんときついでに生命保険へも入っとこうてんで、夫婦とも一千万円のやつに入って、おたがいに受取人になったんです。それをハルミが自慢話につい洩らしたもんですから、当時楽屋で大評判だったんです。調べてごらんなさいまし。たぶんまちがいはねえと思うが……」

一千万円の生命保険！

それは十分殺人の動機になりうると、関森警部補の顔はさっと緊張の色を示した。

アリバイ難

山城岩蔵のつぎに呼びよせられた作者の柳井良平は、このまえのときとおなじように酔っぱらっていた。

蒼黒い不健康な顔に、眼ばかりギラギラぎらつかせて、関森警部補に指さされた椅子に、どしんと腰をおとしたとき、ふうっと熟柿《じゅくし》臭い息を吹っかけて、思わず捜査主任に顔をそむけさせた。

むろん、霧島ハルミ惨殺さるの報は一座のものにしれわたっており、それが柳井をして酒を呷《あお》らせたものらしい。

「主任さん」

と、柳井は肩で息をすると、挑むような眼を順繰りに警部補から、等々力警部や金田一耕助のほうへむけて、

「あんたの訊ねたいことはわかってますよ。ゆうべぼくがどこにいたかってこと訊きたいんでしょう。ところがぼくにゃそれがてんでわかんないんです」

「わからないとは……？　じぶんがどこにいたかわからないってのはどういうわけです」

関森警部補の声は落ちつきはらっていたが、しかし、その眼はするどく柳井の表情の動きを読んでいる。

「こういったからって、みなさんが信じてくれないことはわかってます。だけど、これ、ほんとうのことなんです。ゆうべ十時ごろから十二時ごろまで、じぶんのいたうちがどこなのかてんで見当がつかないし、たとえ見当がついたところで、そのうちのばあ、ぼくなんかしらんというにきまってるんです」

「柳井さん、まあ、少し落ちついたらどうです。アリバイが曖昧だからって、われわれはただちにその人物を、クロと断定するほど軽率じゃありませんからね。だいいち、あ

なたにハルミを殺す動機がありますか」

「それがあるというんです」

「どういう動機が……？」

「ぼく、もうこないだから美沙緒のことで気が狂いそうなんです。そういうぼくの気持ち、一座のものはみんなしってますからね」

「奥さんのことで気が狂いそうなというのは、碧川克彦のことで……？」

「それもあります。だけど、ぼくがほんとうに気が狂いそうになってるのは、それよりもっとほかのことなんです」

「もっとほかのことというと……？」

「ぼく、この春ごろ気がついたんです。美沙緒のやつがいまでも世にも恥ずべき行為、つまり男に媚びを、肉体を売ってかせいでるってことに気がついたんです。それで……」

「あっ、ちょっと」

酔っぱらい特有の無軌道さで、べらべらしゃべりまくろうとするのを、素速くさえぎったのは等々力警部である。

「あんたはいま、いまでも……と、いう言葉を使ったが、それじゃ、以前奥さんが、そういう恥ずべき行為をしていたのをご存じだったんですか」

「ええ、もちろんしってました。だから去年同棲するとき、それだけは止せっていったんです。本人も止すといってたんです。贅沢さえいわなきゃ共稼ぎですからね、十分やっていけるんです。当分は本人もつっしんでたようです。だけど、慣い性となるというのか、あれは金も金だが、いろんな男にいろんなことをされるのが好きな性質なんだ、つまり、うまれついての淫蕩女《いんとうおんな》なんだと、そう気がついたのはことしの三月ごろ、つまりいまからふた月ほどまえのことなんです。それじゃぼくの面目丸潰れじゃありませんか。ぼくはどんなに堕落しても、女房に肉を売らせる亭主にゃなりたくないんです」

「それはごもっともですね」

と、おだやかに合槌をうったのは金田一耕助である。すると、柳井はくるりとそのほうへむきなおって、

「そうでしょう。ねえ、金田一先生、あなただってそう思うでしょう。ところが一座のやつらときたら、ぼくが承知のうえでやらせてると思ってるらしいんです。甲野君がそうですからね。でも、ぼく甲野君といっしょにされたくないんです」

「ああ、ちょっと……」

と、素速くことばをはさんだのは等々力警部である。

「そうすると甲野さんは承知のうえで、奥さんに売色をやらせてたんですか」

「承知のうえでといったところで、まさか奨励してるわけじゃありますまいが、あのひとはもう諦めきってるんですね。悟りをひらいたというのかな。だけど、ぼくはまだそこまでいかない。いや、女房に肉を売らせて、それでよしとするような悟りならまっぴらごめんです。それで、この春以来ぼくと美沙のあいだにごたごたが絶えないんです。

そのことは一座のものはみんなしってますし、それでいてぼくが、美沙のことを諦めきれないってことも、みんなしってるんです」

なるほど、柳井にしろ甲野にしろ、そういう煩悶をもっているとしたら、碧川克彦のことはそれほど問題にならなかったのもむりがないかもしれない。少くとも碧川をあいての場合には金品の授受はなかったのだろうから。

「しかし、そのことがこんどの事件、ハルミ殺しの動機とどういう関係があるというんですか」

と、関森警部補の質問ももっともだった。

「ところがみんないうんです。ほら、いつかのメジューサの首で、ぼくがお京とハルミと美沙に、三人の魔女の役をふったでしょう。そしたらお京があれで、ハルミがこんどこうなったでしょう。だからこのつぎは美沙の番で、みんなおまえが計画樹てたんだろうって……」

「だれがそんなことというんです」

「だれがってみんなです。一座のやつらみんなそう思ってるにちがいないんです。だから、どいつもこいつも妙な眼をして、ジロジロぼくの顔を見るんです」

「ジロジロぼくの顔を見るって……」

と、そばからちょっと身を乗りだしたのは金田一耕助である。

「だれか口に出してそんなことといったひとがありますか」

「いや、口に出していわなくても、みんなそう思ってるにちがいないんです。だから、ぼくがそばへいくと、みんな恐ろしそうに逃げてしまうんです」

「じゃ、だれも口に出してそんなことを、あなたにいったひとはないんですね」

「そりゃ……もちろんそんなことをいうやつがあったら、ぼくだってただじゃおきません。横ビンタぶっくらわして、半殺しの目にあわさせてやりまさあ」

そういって咽喉のおくでどくどくしい笑いをあげる柳井良平は、じじつそういうことがあった場合、相手を半殺しにもしかねまじき権幕である。

金田一耕助はおもわず等々力警部と顔見合せた。

この男は一種の被害妄想症にとりつかれているか、あるいはそれにとりつかれているかのごとくよそおっているのだ。もしこれが擬装とすれば、この柳井良平という男、頭脳といい、その演技といい、百パーセント名優というべきだろうと、金田一耕助は、注意ぶかくあいての酔態を観察している。

関森警部補もあきれたように相手の顔をみていたが、やがてぎこちなく咽喉のおくで痰を切るような音をさせると、

「いや、それはそれとして、それじゃゆうべのことを聞かせてもらいましょうか。ゆうべ十時から十二時ごろまで、どこにいたかじぶんでもわからないというのは……？」

「ああ、それ……」

いっとき、きょとんとしていた柳井は、警部補の質問にあうと、またギラギラと、眼

をぎらつかせはじめて、

「それはこうです。きのうはここ一日休みで、きょうからの公演のリハーサルをやったんです。そしたら意外にはやく稽古がすんで、八時ごろに散会したんです。ぼくは美沙といっしょにかえるつもりだったんですが、ほかに約束があるからいやだっていうんです。約束のあいてがだれだかしりません。克坊かもしれないし、また、ほかの男かもしれない。しかし、どっちにしたってただの約束でないことにきまってますから、ぼくだっておもしろかありません。そこで食傷新道のおはんというきつけのおでん屋でいっぱいやったんです。いや、それがいっぱいならいいんですが、むしゃくしゃしてるもんですからつい飲みすぎて、前後不覚というほどじゃないが、まあ酔眼朦朧《すいがんもうろう》、矢でも鉄砲でももってこいって勢いになったんです。おはんを出たのはちょうど十時頃でした。そこからひょろひょろ千鳥足で、国際劇場のまえまでやってきたところを、へんな女に声をかけられたんです」

「へんな女というと？」

「夜の女、闇の女、ズベ公でさあね」

「ああ、なるほど、それで……？」

「女房に裏切られて、酔っぱらって、矢でも鉄砲でももってこいって勢いになってるところを、ちょっと兄さん、とかなんとか声をかけられたんですからたまりませんや。女房が女房ならこっちもこっちだという勢いで、その女といっしょに流しのタクシーに乗ったんですが、いきさきはあなたまかせで、引っ張りこまれたうちというのが、馬道の裏通りらしいとはわかっていても、さて、そこがどこだったと訊ねられても、いっこう見当がつかないんです。妙にごたごたしたところでしたが、こっちは酔眼朦朧とおいでなすったからね」

なるほどこれはうまい言いのがれだと、関森警部補は半信半疑の皮肉な微笑をうかべている。しかも、この男、お京が殺されたときも、下痢のためにトイレで呻吟《しんぎん》していたという言いのがれだったではないか。

「ただし、座敷のようすはおぼえてます。うすぎたない四畳半で、破れ襖《ぶすま》に『平凡』か『明星』の口絵でも切りぬいたのか、極彩色の映画スターの写真が貼ってありましたよ。ほかにも女が客をくわえこんでるようでしたが、連れこみ宿にしちゃ、やけにうすぎたないうちだと思ったのをおぼえてます。お茶を入れてきたばばあの顔もおぼえてます。五十がらみのふつうのしもうた屋《や》のおかみさんというかっこうでしたが、そんなんだから、かりにぼくがそのうちをつきとめたところであのばばあ、しらぬ存ぜぬで通すにきまってるんです。ねえ、そうじゃありませんか、金田一先生」

なるほど、これもうまい言いのがれだと、関森警部補の疑惑はかえってつのってくるのである。

しかし、金田一耕助は素直にうなずいて、

「ごもっともです。しかし、まあ、念のために捜してごらんになるんですね。馬道の裏通りあたりらしいと、さいわいだいたいの見当はついてるんですから」

「ええ、そりゃもちろんやってみるつもりですが……」

と、柳井が急にしょげたのは、捜しだす自信がなかったのか、それともはじめから捜すつもりがなかったのか。……

「それで、何時ごろまでそこにいたんだね」

と、これは等々力警部の質問である。

「そこを出たのがきっちり十二時でした。ばばあに車を拾ってもらって、……あれ、少しぶらぶら歩いて、じぶんでタクシーを拾っていれば、もう少しあたりの見当もついたんですが、家のまえから乗っちまったもんだから、……それで、ぼく鶯谷の安アパートにいるんですが、自動車でまっすぐにかえってみると、美沙のやつがいかにもお疲れさまといったかっこうでいぎたなく寝てやあがる。そんときにゃあねえ、金田一先生」

「はあ」

「正直の話、ぼく、涙が出ましたよ。亭主は亭主、女房は女房で、それぞれよろしくやってきて、夫婦が枕をならべて寝ながら、もうおたがいの肉体を必要としないほど疲れてるてな、地獄みたいだとお思いになりませんか」

「いや、ご同感ですな。こういっちゃ失礼ですけど……」

「いや、いや、なにが失礼なもんですか。ほんとに地獄です。地獄以外のなにものでもないんです。ほんとはぼく、一刻もはやくこういう地獄の生活からぬけ出したいんです。

清々《せいせい》したいんです。と、いって美沙を失うのはいやなんです。あいつはほんとはいいやつなんです。あんまりひとがいいもんだから、男にだまされ、男におもちゃにされるんです。ぼかあ……ぼかあ……絶対に美沙をうしないたくない！」

感情が激してきたのか、とうとうこの紅薔薇座の座付作者は、声をあげておいおい泣き出した。

等々力警部と関森警部補はこの感情の激発ぶりを、苦りきった顔をして視まもっていたが、金田一耕助はいくらかあいての気持ちがしずまるのを待って、

「話はちがいますがねえ、柳井さん」

「はあ」

と、さすがに柳井もきまりが悪くなったのか、うすよごれたくちゃくちゃのハンケチで涙をふくと、ついでにそれで洟《はな》をかんだ。

「あなた、ハルミちゃんが一千万円の生命保険に入っていたことをご存じですか」

「生命保険……？」

と、聞きかえしてから、柳井は急に思い出したように、

「そうそう、一千万円の生命保険、あれは去年の秋評判でしたな。甲野君もずいぶんはずんだもんだって……」

と、そういってから急に怯えの色をふかくして、

「それじゃ、甲野君が保険金ほしさに……？」

「いや、ところが甲野氏はアリバイがはっきりしているので大丈夫ですが、それじゃ、ハルミちゃんが一千万円の生命保険に入ってたことは、一座のひとたちはみんなしってるんですね」

「そりゃ、だいたいしってるでしょう。ハルミが自慢で吹聴してたんですから」

「いや、ありがとうございます」

と、ペコリと頭をさげる金田一耕助を、等々力警部と関森警部補が、ふしぎそうに視まもっていた。

マゾヒスト

「やあ、岡野君、また君のご助力を仰がねばならなくなりましたよ」

関森警部補に愛想のいい声をかけられて、岡野冬樹はうなずくと、デスクのまえに腰をおろして、

「だいたいのことはさっきマネジャーから聞きましたが、ハルミちゃんのこと、ほんとうなんでしょうねえ」

と、暗く沈んではいるけれど、落ちつきはらった声である。

「ああ、ほんとうですとも」

「裸にされて、鉄の鎖でしばられてたんですって？」

「まさにそのとおり。で、あなたのお考えは？」

「べつにこれって考えはありませんが、もしそれが事実とすれば、この紅薔薇座は悪魔にとりつかれたというよりほかはありませんな」

「で、その悪魔をだれだとお思いになりますか」

「わかりません。わたしにいえることはただそれだけです」

「なるほど」

と、関森警部補は例によって、相手の表情のうごきを注視しながら、

「ときにあなたは、ゆうべ駒形の甲野家で麻雀をやってたそうですね」

「はあ、やってました」

「何時ごろから何時ごろまで」

「さあ……われわれ、振付けの山本先生とドラムの入沢君、それとわたしですが、この三人が甲野先生のところへ集まったのが九時ごろでしたかね。それから麻雀がはじまったんですが、最初の予定では十二時には切りあげるつもりだったんです。ところが山本先生、あのひとは負けがこむとうるさいひとで、とうとう二時ごろまでねばられたってわけです」

「なるほど、それで、その間甲野氏のようすに、なにかかわったところはなかったですか」

「それは当然、かわってましたね」

「どういうふうに……？」

と、関森警部補が体を乗りだすのをみて、岡野は気の毒そうな微笑をうかべた。

「いや、あなたが期待してるようなかわりかたではなく、十二時になっても一時になっても、奥さんがかえってこなきゃ、当然、旦那さんが示すであろうようなかわりかたですね。われわれの手前ってこともありますからね」

「なにかそのことについて、甲野氏はいってましたか。奥さんの不在について……」

「いいえ、べつに……そんなときにゃ亭主たるもの、かえってそれに触れたがらないもんじゃないですか。ハルミちゃんの無軌道ぶりはみんなしってますしねえ。男の見栄としていいたかあないでしょう。われわれとしてもわざとハルミちゃんの話は避けてましたからねえ。しかし、おどろきました」

「おどろいたとは……？」

「いえ、われわれがのんきにパイをもてあそんでいるうちに、どっかの空でハルミちゃんが絞め殺されてたなんてね。十時から十一時までのあいだなんですって？」

「だいたい、そういうことになってますが……」

「もしそれにまちがいがないなら、甲野先生、絶対にシロですね。十時から十一時までといえば、イーチャンからリャンチャンにかかったところで、甲野先生、すこぶる旗色が悪くて、熱くなってた最中ですからね」

「でも……」

と、そばから口を出したのは金田一耕助である。

「そのじぶんじゃなかったですか。結城朋子さんから音楽合せについて電話がかかってきたのは……？」

「ああ、そうそう、その電話で甲野先生にツキがまわったんです。ちょうどその直後でしたかね。甲野先生がマンガンであがったのは……しかも、それを放りこんだのが山本先生でしたから、こんどは山本先生のほうが熱くなっちゃったというわけです」

「だいたいその麻雀、だれがいいだしたことなんですか」

「いや、べつにだれかれというようなもんじゃないんですよ、金田一先生」

と、岡野は渋い微笑を金田一耕助のほうへむけて、

「先生なんかにはおわかりにならんでしょうが、思いのほか稽古がとんとんすすんで、早く体があいたときのわれわれの気持ち、……なんかこう拾いものをしたような、うきうきとした気持ちになりましてねえ。それにだいたい毎日、十時すぎまでしばられてる体でしょう。それが思いがけなく八時に解放されたとなると、なんてますか、小人閑居《しょうじんかんきょ》して不善《ふぜん》をなすとでもいうんでしょうか、いまからかえったってつまらない、イーチャン囲もうじゃないかってことになり、それには甲野先生のおたくがここからちかくもあるし、それに一戸かまえてらっしゃるし、夫婦とも一座のもので気兼ねはないしというところで、いつもあそこへ集まることになるんです」

「あなたがいらしたときは、もうハルミさんは留守だったんですか」

「はあ、いま出かけたところだって、先生みずからちゃぶ台を片付けてました。それっきりハルミちゃんのことには触れなかったんです」

「ああ、なるほど。それじゃ稽古をおわったときには、まだ夕食がすんでなかったんですね」

「そうです、そうです。ですから甲野家へ迷惑をかけるのもというわけで、それぞれ食事をすませて、九時ごろまでに、甲野家へ集まろうじゃないかということになったんです」

「あなたがいらしたのは何時ごろでした」

「九時十分まえくらいでしたかね。わたしがいちばん早かったんです」

「ときに、電話がかかったということですが、甲野家に電話があるんですか」

「いや、それはすぐうらどなりが酒屋になってましてね。そこが取次いでくれることになってるんです」

「甲野氏はいったいどのくらい座を外してましたか」

「そうですねえ」

と、岡野はおだやかな微笑をふくんで、

「三分か五分……そのくらいじゃなかったですか。べつにわれわれをいらいらさせるほども待たせませんでしたからね」

このことはのちに取調べられた山本孝雄や入沢松雄の供述とも一致していた。

さいごに金田一耕助が一千万円の保険のことを訊ねると、岡野はちょっと眼をまるくしたが、すぐにやにや笑って、

「いや、あれは奇抜でしたね。甲野先生、どうしてそんな気になったのかな。当時一千万円、一千万円ってさかんに先生をからかったもんですがねえ。しかし、金田一先生、あなたまさか甲野先生が保険金ほしさに、ハルミちゃんを殺したなんてお思いにならんでしょうな」

「そう思っちゃいけないのかね」

と、これは等々力警部の質問である。

「警部さん」

と、岡野は急にひきしまったきびしい顔になり、

「もし、あなたがたがそういう疑惑をもってらっしゃるとすれば、甲野先生というひとをしらざるも甚しというべきでしょう。あのひとはハルミちゃんを熱愛してるんです。熱愛というよりも崇拝《すうはい》してるんじゃないかと思う。あのひとじしんかくしてますが、わたしの観るところじゃ、あのひとマゾヒスト的な傾向があるんじゃないかと思うんです。ハルミちゃんに踏みつけにされ、浮気をされ、顔に泥をぬられることに、一種の快感をおぼえてるんじゃないかと思うんです。それがあのひとの悲劇で、上野をそうとうの成績で出て、前途を嘱目されてたあのひとが、ふとしたはずみとはいえ、こういうところへ落ちてきて、いつまでも抜け出せないってのも、みんなハルミちゃんの魅力というか、

魔力というか、それに取り憑《つ》かれてるからです。保険金ほしさでハルミちゃんを殺すなんて、それが甲野先生であるかぎり、およそ滑稽なことですよ。ただ……」

「ただ……？　なに？」

と、等々力警部につっこまれて、岡野はちょっと赤面すると、

「いえ、話は飛躍しますが、こうなってくるとわからないのは飛鳥君の事件で、ぼくの考えでは、あれはてっきり自殺……つまり、碧川君に対する面当て自殺だとばかり思っていたんですが……」

と、なにがなんだかわからなくなったというような顔色だった。

岡野についで振付けの山本孝雄と、ドラムの入沢松雄がつぎつぎと呼ばれたが、かれらのいうこともだいたい岡野とおんなじで、ゆうべの甲野にべつにかわったところも見受けられなかったし、また甲野がハルミにべた惚れに惚れたということについても、ふたりの意見は一致していた。また甲野にマゾヒスト的傾向があるということについても、山本ははっきりそれを認めたし、入沢のごときは、

「マゾヒスト的傾向というよりも、あのひとははっきりマゾですよ。そりゃ、女にぶたれたり殴られたりして喜ぶというような、そんな猛烈なんじゃありませんが、惚れた女に鼻のさきであしらわれる、われわれなら横ビンタのひとつも、ぶんなぐってやりたくなるようなことをいったりされたりする、……それがあのひとにとっては無上のよろこびらしいんです。ただし、あのひとだって自尊心ってものがありますから、ほんとに馬鹿

にされるのはいやでしょう。そこのかねあいがむつかしいらしいんですが、それがハルミちゃんだとぴったりするんですね。ハルミちゃんのほうでもそこをよく心得ていて、ほかの女じゃ与え得ない満足を甲野さんにあたえる。そのかわりじぶんも適当に浮気してたって寸法で、甲野さんにとっちゃハルミちゃんはまたなきもの、大袈裟にいえばハルミちゃんなしにゃ甲野先生、いちんちだって生きていけないでしょう。だからこれからさきが心配なんで……」

と、いっていた。

女三態

山本や入沢についで呼ばれたのは柳井良平の内縁の妻、ゆうべ碧川とアツんだといわれる紀藤美沙緒である。

こういうだらしない女にかぎって、兇事や変事にたいしてひどく臆病なのがいるが、紀藤美沙緒もそのひとりらしく、良人の良平にまけず劣らず、彼女もかなりしたたかアルコールを飲んでいるらしかった。しかも良平の場合とちがって、彼女はいくら飲んでも酔いが底にしずんでしまって発散しないらしく、いつも淫らな媚びをたたえている瞳が、きょうは宙につりあがっていた。

しかし、口だけはいたって達者で、

「警部さん、これはいったいどうしたってんですよう。日本は、いや、東京はいま無警察状態なんですか。そうむやみにひとが殺されちゃ、たまったもんじゃないわよう！」

と、入ってくるなりいきなり毒舌をきかせたが、すぐしょんぼりと椅子に腰をおろして、

「ごめんなさい、警部さん、あたしちっとばかり気が立ってるもんですから……だって、みんながこんどはおまえの番だろうてな顔をして、ジロジロあたいをみるんですもの。いやよ、いやよ、あたし殺されるなんてまっぴらごめんよ」

と、この女生酔いはハンケチを眼におしあててメソメソ泣き出した。

「いや、こんどは君の番だなんてことは絶対にわれわれが許さない。その点は安心していてくれたまえ」

関森警部補がなぐさめると、

「ほんとうよ、主任さん、こうなったら頼りにするのは警察ぐらいなもんですからね」

「ご亭主は頼りにならんというのかね」

美沙緒はぐっとつまったが、やがて蚊のなくような声で、

「だってあのひと、すっかり腹を立ててんですもの。なにをするかしれたもんじゃないわ。あんな変な役、お京さんとハルミちゃんとあたしに振ってさ。あんときからあたし、肚《はら》の底のしれないひとだって、少々怖くなってきてるのよ」

だが、そういってから美沙緒はそっと、ドアの外をふりかえって、

「でも、あたしがこんなこといってたなんていわないで……憤るとまたなにをしでかすかしれないんだから……あのひとサジストよ」

「サジスト……？」

と、関森警部補と等々力警部はおもわずはっと顔見合せる。甲野がマゾで柳井がサドとは、なんとまたよく揃ったものではないかと、金田一耕助も大いに興味をもよおした。

「そうよ、ほら、これみてちょうだい」

と、美沙緒がめくりあげてみせた左のふと腕には、なにかでひっぱたかれたような青痣《あおあざ》が、なまなましく残っている。

「これ、二、三日まえに竹の紙切りナイフでひっぱたかれたあとよ。あたいそんときいってやったの。こっちは裸が売物のしょうばいよ。体に生傷が絶えないようじゃ舞台に立つのも差支えるから、折檻《せっかん》するならもっとほかの方法にしてちょうだいって。そしたらあのひと、ようし、それじゃあって、あたいの髪の毛とってひきずりまわすの。ほんとにあのひとったらサドなんだから」

「君はそんなにされてもあの男と別れようとは思わないのか」

「あら！」

と、弾かれたように身を起した美沙緒は、世にも意外なことをきくものであるというように、しげしげと関森警部補の顔を見なおしていたが、やがて、急に小娘のように頬を染め、しなをつくり、

「いやな主任さん、あのひとと別れてしまうくらいなら、あたいひと思いに死んじまったほうがいいわ」

「なんだい、そりゃ……」

「だって、あのひと、ほんとはやさしいいいひとなのよ。ただ、やきもちがはげしすぎるからときどきいやんなることがあるだけなの。でも、あのひとがやきもちやいてくれるってのも、ほんとはあたしを愛して、心配してくれるせいなのね」

と、急にしんみりしてきたので、関森警部補はあきれたように眼を視張った。どうも女というやつはわからないといった顔色である。

「しかし、ねえ、美沙緒君、さっきからの君の話をきいてると、まるでじぶんの旦那さんが、こんどの事件の犯人だといわぬばかりの口ぶりだったぜ。旦那さんが怖くなったの、旦那さんをサジストだの、お京さんとハルミちゃんとじぶんの三人に、変な役をふって、肚の底がしれんなんて……」

「あら、嘘よ、嘘よ、あたいそんな意味でいったんじゃないことよ。そりゃ、あの役が三人に振られたときにゃ、克坊……碧川さんのことを当てつけてんだなと思い、なんて陰険なひとだろうと腹が立ったのよ。それにけさがたひと合戦やらかしたもんだから、つい、よけいなこといったかもしれないけど、あのひと、人殺しなんか出来るひとじゃないわ。なにかというとあのひと酒のむでしょ。あれ気が小さいからなのよ。そいでいて、気が小さいってことひとに指摘されるの、とってもいやがるの。見栄坊なのよ、っまり……サジストだなんて、つい口がすべっちまったけど、あたいをぶったり殴ったりしたあとでは、きっとあたいを抱きしめて、あっちこっちキスしながらおんおん泣くの。ほんとにあのひと可愛いひとなのよ。あのひとがひとを殺すなんて、うっふっふ！」

やっきになって良人のために弁じたてていた美沙緒は、こうして弁じ立てることさえ滑稽であるといわぬばかりに吹き出してしまったから、関森警部補はあきれかえって口もきけない。

「ごめんなさい。警部さんも金田一先生も。あたし、あのひとがそんな眼でみられてたなんて、ゆめにもしらなかったんですもの。あのひとがねえ、うっふっふ、あっはっは！」

と、とうとう椅子のなかで身をもんで、笑いころげはじめたから、これじゃ捜査当局連中、まるで愚弄《ぐろう》されてるのもおなじことである。

「いやあ」

と、関森警部補はにがにがしげに咽喉をならして、

「それじゃ、そういう抽象的な話はぬきにして、具体的な話をきかせてもらおう。ゆうべ君は碧川克彦と逢ったそうだね」

「ええ」

と、美沙緒は顔もあからめず、こういうことにかけては道徳的に不感症らしい。

「上野山下の松菊とかいう温泉旅館だとかいってたが、何時ごろそこで落ちあったんだ

ね」

「何時ごろって、そういちいち時間はおぼえてませんけど、ここを八時ごろ出て、ちょっと買物によりみちして、松菊へいったら克坊もちょうどいまきたところだっていってたわね。八時半ごろじゃないかしら」

「それで別れたのは」

「別れたのは十時ちょっと過ぎ。あのひといやにせかせかしてたから、あれからまただれかに逢う約束じゃなかったかしら」

「君はそのとき、ふたりでどっかへいっちまおうと、碧川を口説いたってえじゃないか」

「まあ、そのときのはずみね」

「しかし、そうとうしつこかったといってるぜ」

「ええ、でも男と女の仲ってそんなものじゃない？　あんとき克坊のほうがすぐオー・ケーしてたら、かえってあたし尻ごみしたでしょうよ。ところがあの子がなんのかんのと逃げ口上をいうもんだから、ついかさにかかってくるのね。ねえ、金田一先生、人間てそんなものじゃございません？」

美沙緒もしだいに落ちつきをとりもどしてきたのか、持ちまえの色っぽさを恢復《かいふく》して、あいてが尻こそばゆくなるようなながしめを、露骨に金田一耕助のほうへふりむけた。

この不意打ちに金田一耕助が、

「ええ、まあ、そ、そりゃそうでしょうなあ」

と、思わずへどもどしたのには、等々力警部もおもしろそうににやにやしていた。しかし関森警部補はにがりきったまま、

「それで、君はそれからどうしたの？」

「まっすぐに鶯谷のアパートへかえって寝たわよ。亭主がさきにかえってるとうるさいと思ったけど、さいわい留守だったのでさっさと寝ちまったのよ。だからあのひとがかえってきたの、全然しらなかったの。それで、けさ眼がさめてからチャンチャンバラバラやらかした。でも、主任さん、あのひとゆうべどこへいってたんですの」

「君でもやっぱりそんなことが気になるかね」

「そりゃ……」

と、いってから、さぐるように一同の顔を見まわしていたが、

「野郎、さてはやっぱり浮気をしてきやあがったな」

「いいじゃないか。おたがいっこだ」

「そりゃそうよ。だけど、あのひとはっきりいわないんだもん。男ってそんなときとても狡いよ。そいであいてはだれ？　この一座の娘？」

「いや、それなら話がかんたんなんだがね」

「かんたんてえと？」

「アリバイが成立するだろうからね。ところがゆうべの旦那さん、国際劇場のまえで見知らぬ女に袖をひかれて、どっかへ喰わえこまれたが、酔っぱらってたもんだから、そ

こがどこだかわからんとおっしゃるんだ」

「なあんだ、ズベ公を買ったのか。ばかだねえ。あっはっは」

こんな女にもやはり嫉妬《しっと》というものはあるらしい。この一座のものではないかという疑惑をもったとき、美沙緒の眼の色はかわっていたが、あいてがズベ公だとわかると、それがために亭主のアリバイが不正確になろうがなるまいが、そんなことはお構いなく、すっかり上機嫌になってしまった。

そこで最後に金田一耕助がハルミの生命保険のことを切りだすと、美沙緒もむろんしっていて、

「しかし、あれ、ほんとかしら、一千万円なんて」

と、いかにも眉唾ものであるという顔色である。

「と、いうのは……？」

「いいえ、だいたい、ハルミってひと、そんな場合、五倍くらい掛値をいうひとなの。だから、甲野先生とおたがいに生命保険をかけあったというのがほんととしても、せいぜい二百万か三百万じゃないかしらと、あたしはそう踏んでたの。そんなことだれにもいわなかったけどね」

金田一耕助はおもわず等々力警部や関森警部補と顔見合せた。一千万円と二、三百万円ではだいぶん比重がちがってくる。たとえわずか千円二千円のために人殺しをする、自動車強盗のようなものが横行する世の中だとしても。

「そのことなら、甲野先生に訊ねてごらんなさい。そんなことかくしたって、すぐわかることですものね」

「ありがとう、じゃ、そうしましょう」

こうして美沙緒の訊取りは、大山鳴動して鼠一匹みたいな結果におわってしまったが、さて、そのあとから呼ばれたのは牧ユミ子である。碧川克彦によって青い、固い果実にたとえられたこの娘は、あいつぐ事件にすっかり怯えきっているようだが、話してみると案外しっかりしたところをもっていることがわかった。

彼女はまずゆうべ碧川克彦にあったかときかれて、会ったと答えた。その時刻はときかれると、田原町の角のスミレという喫茶店へかれがやってきたのは、ちょうど十時二十分だったと答えた。

「しかし、どうしてそんなはんぱな時間に約束したの。稽古は八時ごろにおわったというじゃないか」

「あら、碧川さんはそれを申しませんでしたか。じつはあたしのお衣裳《いしょう》だけがお稽古のときまにあわなかったんです。それが出来上るのがだいたい九時半から十時までだというものですから、あたしだけがここに残っていたんです。それで十時から十時半までのあいだスミレで待合わそうということになったんですの」

「ああ、なるほど」

と、関森警部補はうなずいて、

「それで、そのとき碧川君のようすにいつもとちがったことはなかったかね」

「はあ、そういえば……なんだか世の中がいやになったとか、あたしといっしょにどっかへいこうとか、多少いつもとかわってましたけど、でも、まさかあのひとがハルミさんを……」

と、必死の想いをこめて一同の顔を視まわすユミ子の瞳が、泪《なみだ》にうるんでいるところをみると、ほんとうはこの娘も碧川を愛しているのである。

「ところで、君はゆうべ碧川君にビンタをひとつくれたってえじゃないか」

「まあ、いやなひと!」

と、ユミ子は耳たぶまで真紅に染めて、

「そんなことまで申しましたの。だってあのひとったら、あんまりいやらしいことをいうもんですから、つい腹が立ってしまって……」

「それ、スミレという喫茶店のなかでの出来事?」

「まさか。あのひとがくるとすぐスミレを出ましたの。往来を歩いてるときの出来事ですわ」

「それで、ビンタをくらわして別れたのは何時ごろのこと?」

「別れてから時計をみたら十時三十五分でした」

「それきり、君はかえったの?」

「はあ、あたしのうち小田急沿線の下北沢で、ちょっと遠いもんですから」

「碧川君はそのとき君に、どっか遠いところへいっしょにいこうなんていってなかった？」

「はあ、それはいろいろいってました。伊香保へいこうというかと思うと、いっそ北海道へいこうとか、そうかと思うと関西へいって旗挙げ興行をしようとか、まるで子供みたいなことをいうんですもの、馬鹿らしくなってしまって……そのあげくの果てにはいやらしいことをいうんでしょう。だから、つい、あたしも腹が立ってしまって……」

「いやらしいことってどんなこと？」

「あら！」

と、ユミ子はまたさっと頬に血を走らせると、

「そんなこと、ここでは……」

と、ためらうのを、金田一耕助がにこにこしながら、そばから助け舟を出した。

「つまり皮膚の感覚のアソビと、ほんとの恋愛とはちがうというようなことだったんじゃないの」

「はあ……」

と、真っ紅に頬を染めたユミ子の声は、いまにも消え入りそうである。

「それから、あんたをどこかへつれてって、なにかの手ほどきをしてあげようなんていわなかった？」

「はあ、それですから、あたし、腹が立ってしまって……」

「ピシャッとひとつお見舞い申したわけなんだね」

「はあ」

ユミ子は切なそうに肩をすぼめて、いよいよ消え入りそうな声である。

金田一耕助は等々力警部と関森警部補に眼くばせをした。

これでどうやら碧川克彦の供述の真実性が裏書きされたようである。克彦のゆうべのスケジュールでは、美沙緒とユミ子のふたりの女が予定されていたのである。いかに克彦がわかいとはいえ、ハルミまでは手がまわらなかったであろう。

さて、ユミ子のあとから呼ばれたのは、この一座の大スター格の結城朋子である。

関森警部補の指さされた椅子へ、結城朋子が正面切って坐ったとき、さすがの金田一耕助も、可愛げのない女だと思わずにはいられなかった。なにかしら、ほかの連中とはちがうのだということを見せたい意識があまりにも濃厚で、それがこの女から女らしい魅力と愛嬌をうばい去っているのである。

「あんた、ゆうべ雷門のそばのブーケという喫茶店へいったそうですね」

と、例によって訊役は関森警部補である。

「はあ、参りました。電話を拝借にいったんです」

と、朋子はあいかわらず切り口上である。

「それ、何時ごろのことでした。できるだけ正確な時間がしりたいんですが……」

「正確な時間とおっしゃったって」

と、朋子はわざと大袈裟に眉をひそめて、

「あたしどもいちいち時間と照らしあわせて行動しているわけではございませんから…

…もっともこんなことが起るとあらかじめしってれば、話はべつでございますけれどね」

「いや、ごもっとも」

と、さすがに関森警部補も不快そうに眉をひそめて、

「それじゃだいたいのところでいいです。だいたいのことならおわかりでしょう」

「はあ、そうでございますわねえ。たぶん十時半から十一時までのあいだ、……と、そのくらいでいかがでしょうか」

「いや、それで結構です。しかし、それまであなたはなにをしていたんですか。ここの稽古は八時ごろおわったという話でしたが……」

「シネマみてましたの。六区のT館で……映画は『薔薇の女王』というのでした。だいたいあたしども、もっともっとシネマや他の劇場を見てあるかなければいけないのです。そうでないとどうしても演技が硬化し、ひとりよがりになってしまいますからね。ところが一日三回興行……ひどいときは四回でございましょう。それではなかなかそんなひまもえられないのでございますけれど、きのうは思いがけなく時間があまったものですから、これさいわいと……」

「いや、ごもっとも、ごもっとも」

滔々《とうとう》と弁じ立てる朋子の弁舌に閉口して、関森警部補は手をふると、

「しかし、六区で映画をみていたあなたが、雷門のそばまでわざわざ電話をかけにいらっしゃったというのはどういうわけですか」

「だって、あそこが電車の乗りかえ場所でございますから」

「ああ、なるほど。用件は音楽合せのことだったそうですね」

「はあ、だいたいリハーサルのときから気になってたんですけれど、シネマをみているうちに、どうしても納得がいかなくなって……それでブーケから甲野先生にお電話して、やっとまあ満足がえられたようなわけでございますの」

「なるほど、それは結構でした。ところでねえ、結城さん」

と、そこで関森警部補は体を乗りだし、

「あなたこんどの事件、すでに聞いていらっしゃるでしょうねえ」

「はあ、もうまるで気ちがいざたでございますわね」

「いや、まったく。それについてあなたのご意見をおうかがいしたいんですが……このまえもああしてあなたから、貴重なアドバイスをいただいたもんですからね」

「はあ」

と、朋子は真正面から警部補の顔を視すえながら、

「あたくしこのまえ京子さんのことを、自殺だろうと申上げましたわね。そのことに関するかぎり、こんどのようなことが起ってみても、やはりあたしの考えはかわりませんの。いえいえ、かわらないばかりか、その後岡野さんやなんかの話をうかがって、あた

くしの信念はいよいよ強くなるばかりでございますの。しかし……」

「しかし……？」

「こんどの事件ばかりはあたくしにも見当がつきませんわね。自殺ではとおりそうにございませんし、……ハルミさん、素っ裸で鉄の鎖で縛られていたんですって？」

「はあ、それから両手で咽喉をしめられてるんですね」

「まあ、怖いこと！」

と、朋子はそのときはじめて、恐怖の色を露骨に示して身ぶるいをした。

「それについてあなたのご意見は……？」

「いいえ、さきほど申上げたとおり気ちがいざたとしか、あたくしにも申上げようがございません。まさか柳井先生がごじぶんでお書きになった『メジューサの首』を、地でおいきになるおつもりでもございますまいに……」

「柳井先生……？」

と、聞きとがめたのは金田一耕助である。

「なにかこんどの事件に柳井良平氏の匂いがするとお思いですか」

「いえ、あの、とんでもございません。ただ……」

「ただ……？」

「はあ、あのかたちかごろなんだか生活的にひどく荒《すさ》んでいらっしゃるような気がするもんですから……なにかこう、デスペレートになっていらっしゃるようで……でも、あの、こう申上げたからって、あのかたがこんなことをなすったなんて、それは、あの、けっしてそんなつもりじゃございませんのよ。それに第一、あのかたいたって小心で臆病なかたでございますから……」

「しかし、ねえ、結城さん。その小心で臆病な人間にかぎって、どうかするととんでもないことをやらかすもんでしてね」

「はあ、あの、それはそういうこともございましょう。そういうことはあたしどもより、金田一先生や警察のかたがたのほうがよくご存じでございますわね」

「はあ……」

と、金田一耕助は曖昧にことばを濁してから、

「ときに話はかわりますが、あなた一千万円の保険金のことをご存じですか」

「一千万円の保険金……？　それ、なんのことでございますの」

「いや、ゆうべ殺された霧島ハルミ君に、一千万円の生命保険がかかっていたという話ですがね」

「まあ」

と、朋子は大きく眉をつりあげると、

「いいえ、存じません、初耳ですわ。ハルミさん、そんな大きな生命保険に入っていたんですの」

「あんた、それをしらなかったのかね」

そばから突っこむように訊ねたのは等々力警部で、警部の顔にはありありと疑惑の色がうかんでいた。

「いいえ、存じませんでした。だって、ひとさまがいくら生命保険をかけていらっしゃるか、いちいちしってるはずがないじゃございませんか」

「しかし、そのことはハルミじしんが吹聴して、楽屋中大評判だったという話ですがね」

と、関森警部補の瞳にも猜疑の色が濃くなってくる。

「まあ、そうでございましたの。でも、それだったらあたくしの耳まではとどかなかったのでございましょう。あたくしあのひとたちから敬して遠ざけられているかっこうで、いつも孤独なんでございますのよ。でも、一千万円の生命保険、……たいへんでございますわねえ」

なにがたいへんなのか結城朋子は、感に堪えたように首をふって、なんどもなんども溜息をついた。

デッド・ロック

第一の事件も事件だが、第二の事件が世間をさわがせたことは非常なものであった。その日、六月一日の夕刊は、いっせいにこのことを書き立てると同時に、暗々裡に捜査当局の無能ぶりを攻撃していた。いや、いや、暗々裡どころか、なかには露骨に手きびしい攻撃を加えている新聞もあった。

なにしろまえの事件から半月ほどしか経っていないし、しかも、こんどは一劇場内の出来事ではなく、被害者の死体が世にも無残な形で白日下、大衆のまえにさらしものにされたのである。それだけに一般にあたえたこの事件の犯人の一種異様な鬼畜性と残虐性の印象はなまなましく、かつ深刻だったのである。

しかも、捜査がすすんでいくにしたがって、またしても、この事件の捜査が暗礁《あんしょう》に乗りあげるのではないかという危惧《きぐ》が、しだいに濃厚になってくるにおよんで、等々力警部以下捜査当局の焦慮は深刻だった。

その最初の暗礁を、等々力警部や関森警部補がはっきり意識したのは、例の一千万円の生命保険の問題である。たとえ甲野にうごかしがたいアリバイがあるとしても、一千万円の生命保険は大きい。なんらかのかたちで、それがこんどの事件に関係しているのではないかと、一同はそこに大きな期待をよせていたのだが。……

その期待がもののみごとに裏切られたのは、その日の午後のことである。

甲野梧郎は築地のS病院から紅薔薇座へかえってくると、さっそくそのことについてたしかめられたが、一千万円ときくとかれは思わず失笑した。

「ご冗談でしょう。ええ、そりゃ生命保険へ入ったことは入ったんです。しかし、一千万円なんてとんでもない。百万円ずつなんですよ。ええ、そりゃァハルミが一千万円なんて与太をとばしてることはしってましたし、山本君やなんかにからかわれたこともあります。しかし、ハルミがせっかくみんなをかついでよろこんでるんですし、ぼくとしてもいちいち釈明するほどの問題でもありませんからね。いいかげんなことをいってるぶんは、お茶をにごしていたんです。しかも、ぼくのぶん、つまりハルミが受取人になってたぶんは無意味その後もつづけてますが、ハルミのぶん、つまりぼくが受取人になってたぶんは無意味なような気がしたもんですから、その後解約してしまいました。そのことならD保険会社へご照会ください。そのほかどこの生命保険へも入ってはおりません」

このことに関するかぎり美沙緒の予感が的中していたわけで、ハルミは五倍どころか十倍に吹いていたのである。しかも、それさえすでに解約してしまったとあっては、等々力警部や関森警部補をはじめとして、捜査陣一同は唖然《あぜん》たらざるをえなかった。

これが躓《つまず》きの第一歩で、その後、関係者の供述の線にそって、それぞれ調査がすすめられたが、それはかれらの供述の真実性を裏づける結果になるばかりで、そこから怪しい線を手繰《たぐ》りだそうという努力は、ことごとく水泡に帰してしまった。

向島の琴吹では、ちかごろ山城岩蔵が二度女をつれこんだが、二度とも女がふかいベールで面《おもて》をつつんでいたので、それがハルミであったかどうかははっきりしない、しかし、五月三十一日の晩、女がやってきたのはたしかに九時半を過ぎていたし、かえったのはそれから半時間たつかたたぬかの時刻で、あんまり早いので、男と喧嘩《けんか》でもしたのではないかと思ったと、いうのが琴吹の女中の証言である。

なお、女をかえしたあとで、山城がゆっくり風呂からあがって琴吹を出たのは十一時ごろだったというから、これまた山城岩蔵じしんの供述とぴったり一致している。しかも、山城は琴吹でよんでもらったハイヤーで、今戸河岸にある自宅へまっすぐにかえっているので、そこには疑いをさしはさむ余地はみじんもなさそうである。

つぎに碧川克彦の当夜の行動が詳細に調査されたが、これまたかれの供述のとおりであった。

上野山下の温泉旅館、松菊へ碧川克彦がやってきたのが八時半、十時ちょっと過ぎにそこを出たかれは、十時二十分に田原町の角の喫茶店、スミレへ顔を出している。上野山下から田原町まで、都電でいけば、途中あるくところも加算して、だいたいそんなところだろう。

碧川はジュースをいっぱいのんだきりで、ユミ子とすぐにそこを出ている。そして、雷門のほうへ歩きながらユミ子をくどいたところが、まだ、青い、固い果実であるところのユミ子に、かれの皮膚の感覚アソビ哲学がいれられるところとならず、ピシャッとひとつビンタをくらって、おきざりにされたのが十時三十五分。

それからぶらぶら雷門のほうへあるいて、ブーケへ入りこんだ時刻は正確にわかっていないが、十時半から十一時までのあいだに朋子が電話をかけによったときそこにいたというから、わずかの時間の間隙をぬうて、ハルミを殺して裸にし、鉄の鎖で縛りあげて、ボートで流すという早業は、どう考えてもむりのようである。

甲野梧郎にいたっては完璧無比《かんぺきむひ》のアリバイをもっている。かれは自宅で九時ごろから、真夜中の二時まで麻雀に熱中しており、その間、結城朋子の電話で五分ほど席を立った以外、絶対に家をはなれなかったとは、麻雀仲間の岡野冬樹や山本孝雄、さらにドラムの入沢松雄などが口をそろえて証言するところである。

しかも、一千万円の生命保険云々《うんぬん》のことも、かれの申立てたとおりだったから、動機の点についても、かれをクロとみるには薄弱だった。

ただ、ここにひとり捜査当局から、もっとも臭いとにらまれたのは、作者の柳井良平だった。なんといってもかれは『メジューサの首』の作者だし、しかも、五月三十一日の夜のアリバイが不正確だった。

もっともかれはやっきとなって、あの晩つれこまれた宿を探しまわって、やっと馬道の裏通りにあるそれらしい家をさがしあてた。

そのうちは井本鈴子という女名前になっていて、表向きは吉原あたりの女の仕立物をしているということになっているが、夜になるとよくへんな女が男といっしょに出入りをすると、近所でも評判になっているうちだった。

五月三十一日の晩、じぶんがつれこまれたのはたしかにこのうちであり、応対に出たばばあというのも、井本鈴子という女あるじにちがいないと柳井は主張したが、女あるじの井本鈴子が強くそれを否定したことは、あらかじめ柳井が危惧していたとおりである。いかにもしたたかものらしい井本鈴子は、しらぬ存ぜぬで押しとおしたばかりか、ぎゃくに柳井を名誉毀損《めいよきそん》で訴えてやるといきまいた。

柳井のいうのが真実か、また井本鈴子が否定するのがまことなのか。——

こうなると、たとえ柳井の言が真実としても、それを証明するためには、柳井をそこへくわえこんだ女をさがしだすか、それともふたりをそこへ送りこんだ自動車の運転手をみつけだすよりほかにみちはないが、それはおそらく広い砂浜におちた、ひと粒の真珠をさがしだすより困難なことであろう。それに第一、すっかり泥酔していた柳井は、ろくすっぽ女の顔もおぼえていないというのだからお話にならない。

だが、それかといって柳井良平を逮捕するに足るほどの、たしかな物的証拠もないのである。

なお、死体をのせて漂流していたボートは、隅田公園内にある貸しボート屋、あたり屋といううちの貸しボート七号であることが判明したが、それが紛失したいきさつについては、つぎのような事情があきらかになって、捜査当局を緊張させた。

それは五月三十一日の八時半ちょっと過ぎのことである。ひとりの男が貸しボート七号を漕ぎだして、それっきりかえってこなかったというのである。その男の人相風体について、貸しボート屋の店員がするどく追究されたが、もうひとつ記憶がはっきりしなかった。

なにしろ五月三十一日の晩は天気もよく、陽気も五月には珍しい暑さだったので、あたり屋にも客が殺到し、ことに八時半ごろといえばいそがしくて、てんてこまいを演じていた最中だからいちいち客の顔はおぼえていられなかったと、店員は頭をかきかき弁解した。しかし、女がひとりで漕ぎだしたのはいなかったから、もし、その客がひとりだったとしたら、男だったにちがいないと、そのていどの記憶しかないのであった。

それにしても、五月三十一日の夜の十時十五分ごろ琴吹を出たハルミは、それからいったいどこへ出向いて、だれのためにあのような、むごたらしい殺されかたをしたのであろうか。なにしろハルミは自動車も呼ばず、歩いて琴吹を出ているので、それから以後の彼女の消息は完全に闇のかなたに消えてしまっているのである。

死体解剖の結果、ハルミの死亡時刻は五月三十一日の午後十時より十一時までのあいだと再確認されたが、そのことはいろんな角度からみても妥当だろうと断定された。すなわち甲野の供述によると、八時十五分ごろ駒形のうちへかえった夫婦は、途中で買ってかえったコロッケをおかずに夕食をとったとあるが、解剖の結果ハルミの胃袋から出てきたのは、ちょうどそれくらいの時間かかって消化された米飯とコロッケの材料だった。

また、山城岩蔵の話によると、その晩、ハルミは岩蔵に身をまかせているが、風呂へも入らずに琴吹を出ているのである。ハルミの肉体の一部からは、男の慾情の名残りが検出されたが、それは山城岩蔵の血液型とも一致していた。

だから、こういうことになりそうである。

八時十五分ごろ駒形のうちへかえったハルミは、良人とともにコロッケをおかずにして夕食をとり、後片付けもせずにまた家を出た。甲野の陳述によると、それは八時四十分か、四十五分ごろのことだったろうという。さて、家を出た彼女は、九時ちょっと過ぎ琴吹へ電話をかけて、少しおそくなるかもしれないが、きっといくから待っているようにとあらかじめ岩蔵に告げておいて、九時三十五分ごろにやってきた。それから二、三十分にわたって岩蔵と痴態を演じたのち十時十五分ごろ、自動車も呼ばずに琴吹を出た。

さて、それから……？

まえにもいったように、さてそれからが問題なのである。

捜査当局のやっきの活動にもかかわらず、それ以後の彼女の足取りは、まるで幽霊みたいに消えてしまっているのである。琴吹を出るときの彼女の態度には、ただ顔をかくしていたという以外に、べつに変ったところもなかったというのに。……

こうして、紅薔薇座の踊子殺人事件は一度ならず二度までも、捜査途上でデッド・ロックに乗りあげて、世間のごうごうたる非難をあびたが、さて、そのことが紅薔薇座の興行成績にどういう影響をもたらしたかというと、これは上々吉《じょうじょうきち》の大入りつづきで、連日大入袋が出るという騒ぎであった。

物見高いは都の常というが、また吹矢が飛ぶのではないか、こんど殺されるのはあの娘かこの娘かと、妙な好奇心と期待が連日紅薔薇座を満員の客でふくれあがらせ、そして、それらのお客さんはみんな、じぶんが殺されるところを見にくるんだと、美沙緒にヒスを起させるのであった。

三枚目のカレンダー

ある夜更け。

そこがどこだかわからないけれど、真っ暗な部屋のデスクのうえに、ほの暗い電気スタンドがひとつ、ほのかな光の輪を投げかけている。

したがって、眼に見えるものといっては、ほの暗い電気スタンドの光のおよぶ範囲にかぎられている。その光の輪のなかに、卓上カレンダーがひらいておいてあり、カレンダーの日付けは六月十五日になっている。

とつぜん。

その光の輪のなかに一本の手があらわれた。その手は黒い手袋をはめているので、男か女かわからない。手首からさきは光の輪の外にはみだしているので、これまた、男か女かわからない。

黒い手袋をはめた手は、そっとカレンダーを一枚めくった。それから、ペン・ホルダーからペンをとって、カレンダーのうえに書きつけた。

「魔女の暦」

それからちょっとしばらくやすんだのち、つぎのように書きつけた。

「第一の犠牲者……吹矢」

「第二の犠牲者……鎖」

と、書いて、その二行のうえへそれぞれ縦に棒を二本引いたのは、すでに完了したという意味なのである。

さて、それからちょっと休んだのちに、

「第三の犠牲者……メジューサの首」

と、書きつけてから、しばらく考えているふうだったが、やがてそのあとへ、

「急遽《きゅうきょ》実演のこと」

と、書加えた。

黒い手袋をはめた手は、そこでペン軸をもとどおりペン・ホルダーにもどすと、そのまま光の輪から退いた。

あるいは第一、第二の手の持主は、そのまま闇のなかで身動きもしない。

黒い手袋をはめた手の持主は、第二のカレンダー作成の異様なまでの成功に満足して、闇のなかでにやにやしているのではあるまいか。

よほどたってから、こんどは二本の手が光の輪のなかにあらわれた。左の手にも黒い手袋をはめているので、依然として男だか女だかわからない。左の手にはマッチ箱をもっている。

黒い手袋をはめた手は卓上カレンダーから、『魔女の暦』を書きつけた一葉をひきちぎり、マッチをすって焔のうえにかざした。

『魔女の暦』はたちまち一団の焰のかたまりとなり、やがて白い灰となって机のうえにまいおちる。黒い手袋をはめた手は、両手でそれをもむようにして、もはやなんの痕跡ものこらぬことをたしかめてから、電気スタンドのスイッチをひねった。

すべてがまえ二夜とおんなじで、あとはねっとりとした六月の夜の濃い闇である。

こうして『魔女の暦』の三枚目が、もののみごとにめくられて、世間をみたび恐怖のどん底にたたきこんだのである。

メジューサの首

六月十七日、午前九時。

昨夜、思いがけなく夜更かしをした金田一耕助は、緑ケ丘町緑ケ丘荘のじぶんの寝室で、まだうつらうつらと半睡半醒の境地をたのしんでいたが、となりの部屋でとつぜん鳴りだした電話のベルの、けたたましい音色によってはっと眼をさました。

寝台からおりてスリッパをひっかけ、寝ぼけ眼をこすりながらとなりの部屋へ出て受話器をとりあげると、電話のあいては等々力警部であった。

「ああ、もしもし、金田一さんですか。金田一耕助先生ですね」

と、弾けるような警部の声をきいたとき、金田一耕助ははっきりと眼がさめた。

等々力警部が電話のむこうで、これほど呼吸をはずませるということは珍しい。なにかあったなと、受話器をにぎる金田一耕助の手に、思わず力がくわわった。

「はあ、はあ、こちら金田一耕助ですが、どうしたんです、警部さん、なにかまたおっぱじまったんですか」

「おっぱじまったかじゃありませんよ。金田一さん、紅薔薇座事件の犯人に、また、まんまと出しぬかれてしまいましたよ」

「な、な、なんですって！」

と、金田一耕助もおもわず呼吸が切迫した。

「そ、それじゃ美沙緒がやられたんですか」

「いや、美沙緒じゃありません、美沙緒だったらわれわれも、面目丸潰れになるところだったんだが……」

もし、犯人がこれ以上血なまぐさい犯行を重ねるとしたら、こんど狙われるのは美沙緒であろうというのが一般の意見で、本人もそれに怯え、警察でも彼女の身辺には、げんじゅうに警戒の網を張りめぐらせてあったのである。

「美沙緒じゃないって、それじゃ、いったいだれが……」

「いや、いや、電話でお話するよりもすぐにこちらへきてください。百聞は一見にしかずだから……」

「承知しました、それで、警部さんはいまどこに……？」

「紅薔薇座ですよ。浅草の紅薔薇座にいるんですよ」

「ああ、そう、それじゃこれからすぐにいきます」

浅草ならば食べ物屋はいくらでもある。食事はむこうへいってから適当にやろうと、大急ぎでひげだけあたった金田一耕助、頭のほうは例によって雀の巣のようなもじゃもじゃだから、身支度といってもいたって簡単なのである。セルのひとえに袴をつっかけ、頼みつけのハイヤーに身をまかせたのが九時二十分。

それから約一時間ののちに浅草の六区へ着くと、紅薔薇座の周囲はいっぱいのひとだかりである。そのなかにパトロール・カーが一台ついており、白バイが血相かえて右往左往している。

金田一耕助がやっとひとごみをかきわけて、紅薔薇座のおもてへ自動車を横着けにすると、ちょうどなかから飛び出してきた顔見識りの望月刑事が、

「あっ、金田一先生、いらっしゃい。いま現場撮影をしているところですから、すぐ舞台のほうへいってください」

「ああ、そう、現場は舞台なんですか」

「ええ、そう、犯人のやつ、まえのふたつで味をしめたのか、だんだん凄くなってきやあがる。それじゃわたしは急ぎますから……」

自転車にのってせかせか立ち去る望月刑事を見送って、金田一耕助が小屋のなかへ入っていくと、がらんとした場内を、私服や制服の警官が緊張のおもてをひきつらせてうろうろしている。舞台には緞帳《どんちょう》がおりているが、その緞帳のむこうに忙しくひとの動く

気配がして、おりおりパッと閃光が走るのは、写真班が活躍しているのだろう。

金田一耕助がエプロン・ステージへ這いあがって、緞帳をめくってなかをのぞくと、刑事や警官が十五、六人、まるく輪をつくって舞台のうえを凝視している。金田一耕助が草履のまま、のこのこそのほうへ歩いていくと、

「あっ、金田一先生、ちょうどよいところでした。はやくこちらへいらっしゃい」

と、いちはやく姿を見つけた関森警部補が手招きして、金田一耕助のために席をゆずった。

「はあ、いったいなにが……」

と、ふりかえったひとびとに目礼しながら、金田一耕助も人垣のなかにまじって、舞台のうえに眼をやったが、そのとたん、全身の血という血がいっぺんに凍りついてしまった。ずしいんと心臓が重くなって、舌がからからにかわいて上顎へくっついた。

舞台のうえには鷲のつばさと鷲の爪をもつグロテスクなメジューサの衣裳が、ぱっと八方にひろげておかれ、その中央にちょこなんとのっかっているのは、なんとメジューサの首、……血だらけの結城朋子の生首ではないか。

しかも、その生首にはメジューサのかつらがかぶせてあって、だれかが身うごきをするたびに、その震動で、つくりものの蛇の頭髪が、にょろにょろ、くにゃくにゃのたくるのである。それはさながら悪夢を誘うような光景で、血みどろな無残絵以外の何物でもなかった。

「結城朋子……だったのですか」

金田一耕助は呼吸をのみ、ぐっしょりと手に汗にぎって、改めて朋子の生首を見なおした。

朋子は生首となっても持ちまえのつめたさをうしなっていない。いったい、生首となるまえに、彼女はどういう殺されかたをしたのか。くゎっと視張った眼は恐怖というより驚きの色をしめし、なかば開いた唇のあいだから、少しのぞいた舌のさきに、黒ずんだ血がこびりついているのは、死ぬとき血でも吐いたのだろうか。

生首の切口はあきらかに素人細工で、なにやらひらひらした紐のようなものがいっぱいはみ出し、そのどれもがぐっしょりと血にぬれている。恐ろしさ、気味悪さ。それでいて朋子の顔半面も血で染まっていて、それはこのうえもなく凄惨な観物《みもの》なのだが、それでいて朋子の生首の印象はつめたいという一語につきるのである。それはツンとうえをむいた彼女の鼻のせいかもしれない。

「金田一先生」

と、関森警部補は昂奮に眼をぎらつかせて、

「まんまと犯人にだしぬかれましたよ。こんどやられるやつがあるとすれば美沙緒だと思い、そっちのほうばっかり警戒していたらこのざまです。こうなるとこの犯人、殺人そのものを楽しんでる殺人狂としか思えませんね」

「しかし、ねえ、関森さん」

金田一耕助はゾーッとしたように朋子の生首から視線をそらせると、

「考えてみると朋子も魔女のひとりでしたよ。いや、いや、いちばん偉大な魔女がこの朋子だったかもしれません」

「金田一先生、それ、それ、どういう意味ですか」

「だって、碧川克彦もいってたではありませんか。貯金函のお化けだって……」

「金田一先生」

と、関森警部補はするどく金田一耕助を視つめて、

「それ、どういう意味ですか。朋子の吝嗇《りんしょく》がなにかこの事件に関係があるとでも……?」

「こうして朋子が殺されてみると、なにか関係があるのではないかと考えざるをえなくなってきましたね。朋子の吝嗇はすこし異常だったようですから」

「しかし、それがどういう……?」

「いや、いや、そのことはあとでゆっくり考えるとして、それより関森さん、朋子はこの劇場内で殺されたのですか」

「いや、ところがいまこの小屋のなかを隈《くま》なく捜査させているんですが、どうも犯行の現場はここじゃなさそうですね」

「すると、ほかの場所で朋子を殺し、首にして、ここまで運んできたということになりますか」

「どうもそうらしいんですが……」

「だれがこの生首を発見したんです？」

「けさいちばんに楽屋入りした大道具の工藤順蔵という男ですがね。けさの八時ごろのことだそうです」

「この劇場にだって宿直はいるんでしょう」

「それはもちろん、表にひとり、楽屋にひとり。しかし、楽屋の宿直も舞台裏のほうはゆうべいちど見てまわったが、舞台にまでは眼がとどかなかったというんです。こういう場合、舞台はかえって盲点になってるんですね」

「戸締まりは……？」

「はあ、楽屋の宿直をしていた男……金井啓介という作者見習いの男ですが、七時半ごろ起きて楽屋口を開こうとしたら、すでに開いていたので妙に思ったというのです。しかし、八時ごろ大道具の工藤がやってきてあの生首を発見するまで、べつに気にもとめてなかったんですね」

「で、それ、こじあけられたかなんかして……」

「いや、ところがどこにも無理にこじあけた形跡はないんです。ですからこういうことになりそうなんですね。これは金井という見習い作者の話から想像するんですが……」

関森警部補の話によるとこうである。

ゆうべはここで明方の三時ごろまで舞台稽古があったそうである。ただし三時ごろまでかかったのは、大部屋のわかい娘たちだけで、ライン・ダンスの調子がうまくあわないというので、振付けの山本孝雄がかんかんになって、その時刻まで猛練習をさせたのである。

したがって、ほかのスタッフはいちばん遅いのでも一時ごろまでには引揚げた。結城朋子のごときはスターの特権を発揮して、いちばんさきに稽古をすませ、十二時ごろにはさっさとかえっていったというのである。

「そういうわけですから、三時過ぎまで楽屋口があいていて、だれでも自由に出入りができたわけですね。ですから、犯人は十二時過ぎにどこかで朋子と落合って、そこで朋子を殺し、首にして、三時まえにこっそりここへかえってきた。そして、楽屋のどこかにかくれていて、踊子たちもかえり、見習い作者の金井が戸締まりをして寝るのを待っていた。そしてそのあとで、ああいう舞台装置をやらかして、ゆうゆうと楽屋口から出ていったってわけですね」

「なるほど」

と、金田一耕助はうなずきながら、

「そうすると、このアリバイ調べはなかなか厄介なことになりそうですね」

「わたしもそう思うんです。かりに犯行の時刻を一時としても、ひとの寝しずまる時刻ですからね。はっきりとしたアリバイがないからって、ひとりで寝てたっていわれればそれまでですからね。しかし、畜生ッ、こんどというこんどは……」

と、関森警部補は眼を血走らせている。

かれの頭脳《あたま》にはこんやの夕刊の記事が見えるようで、これでなおかつ犯人をつかまえることができなかったら、進退伺いを出すよりほかはないだろうと、悲愴《ひそう》な決心をしているのである。

「ほんとにそうです。こんどというこんどはなんとかしなければなりませんね」

と、金田一耕助は舞台のうえをあちこちと歩きまわりながら、

「しかし、ねえ、関森さん」

「はあ……」

「この事件の犯人はだんだん調子にのってきてるとは思いませんか。まえのふたつの事件が首尾よくいったところから、いささか有頂天になってるきらいがないとはいえませんね」

「そうおっしゃればそのとおりですが……」

「関森さん、そこがこっちのつけ目です。第一、犯人がふたつの現場をつくったというのは、それだけやつの不利ですよ」

「ふたつの現場とおっしゃると……?」

「朋子を殺して首を斬りおとした場所と、それからここですね」

と、金田一耕助はそっとあの恐ろしい生首に眼を走らせて、

「とにかく、第一の現場を発見すること、それが目下の急務ですが、朋子の家は……?」

「はあ、いま、刑事がひとり出向いていますが。……」

「家はたしか千住でしたね」

「はあ……」

ちょうどそこへ刑事のひとりがちかづいてきて、

「ああ、金田一先生、それから主任さんも、等々力警部さんがお呼びです」

「ああ、そう、警部さん、どこ……？」

「いつもの作者部屋ですが……」

「ああ、そう」

時刻はすでに十一時。ふだんなら開幕の時間だが、おそらくきょうの昼興行はお流れになるのだろう。舞台裏や楽屋では踊子たちが真っ蒼になってふるえている。

ふたりが作者部屋へはいっていくと、等々力警部のまえにユミ子がかたい表情をして椅子に腰をおろしていた。

「ああ、金田一さん、関森君、いま牧ユミ子君が重要な情報をもたらしてくれたんだがね。ただし、それをなんと判断してよいかぼくも苦しんでいるんだが……」

と、そういう等々力警部の顔は、しかし、緊張のためにこわばっている。

「重要な情報とは……？」

「いや、ところがこれはこんどの事件じゃなくて、霧島ハルミが殺された晩のことなんだがね。ユミ子君、つい言いそびれていたことを、こんど結城朋子が殺されたので、びっくりして、まあ、打ちあけてくれたというわけだ。それじゃ、ユミ子君、さっきの話をもういちど、このおふたりのまえで話してみてくれないか」

「はあ」

ユミ子は怯えたような顔色で、ものものしい関森警部補の顔を振仰いだが、すぐ眩しそうに眼をそらすと、それでもうわずったとぎれとぎれの声で話しはじめた。

「このまえ、ハルミさんの殺された晩、あたし、田原町のスミレという喫茶店で、碧川さんに会ったということはお話しましたわねえ」

「ああ、それで……？」

「それから、碧川さんと喧嘩わかれして、そのままうちへかえってしまったとお話したでしょう」

「ふむ、ふむ、それも聞いたが……」

「ところが、あれ、嘘だったんですの」

「嘘？」

と、関森警部補は眼を視張って、

「それじゃ、ピシャッとひとつビンタをくらわせたというのは……？」

「いいえ、あれはほんとうなんです。でも、あたし、そのままかえったんじゃなく、じつは碧川さんのあとをつけてったんです。なんだか悪いような気がしたもんですから、なんとかあやまって仲直りしようと思って……」

「ふむ、ふむ、それで……？」

と、関森警部補はちらと金田一耕助のほうへ眼を走らせる。金田一耕助も無言のままでうなずきながら、ユミ子の横顔を視つめている。

「あたし、なんどか碧川さんを呼びとめようと思いました。あのひとがうしろを振向いてくれたら、声をかけてあやまろうと思ってたんです。ところが碧川さんはいちどもうしろを振向かずに、そのままブーケへはいってしまったんです。あたし、とっても悲しくなって、ブーケのまえを通りすぎると、吾妻橋のほうへ歩いていきました。そのときあたしそのまま死んでしまいたいような気持ちになって、ぼんやり橋のうえから川のほうを見ていたんです。すると……」

と、そこでユミ子が絶句したので、

「ふむ、ふむ、橋のうえに立って川のほうを見ていると……？」

「はい。女のひとがひとりでボートを漕いで、隅田公園のほうからやってくるのが見えたんです。ちょうどボートのそばをランチが通りすぎたので、そのヘッド・ライトでボートを漕いでるひとが女だってわかったんですのね。それで、あたしなにげなくそのひとを見てたんです。ところが、そのひとがボートを吾妻橋の西のたもとにつないで、あがってきたところをみると、それが結城先生、結城朋子先生だったんです」

「結城朋子……？」

と、関森警部補はおもわず大声をあげたが、すぐ気がついたようにあたりを見まわすと、

「結城朋子がボートを漕いで、隅田公園のほうからやってきたというんだね」

「はい」

と、ユミ子はしだいに昂奮してきて、手にしたハンケチを揉みくちゃにしながら、

「しかも、そのときの先生のようすが、なんだかあたりを憚《はばか》るふうだったので、あたしもつい言葉をかけしぶったんです。それでうしろ姿を見送っていると、結城先生がブーケへはいっていったでしょう。それで、あたしまたまたいやあな気がしたんです」

「いやあな気がしたというのは、碧川君とそこで逢う約束がしてあったんじゃないかと邪推したんだね」

と、そうやさしく訊ねたのは金田一耕助である。

「はい」

と、はっきり答えたユミ子の頬は、もえるように真っ赤である。

「それで、君はどうしたの。そのままいやあな気がしてかえったの?」

「いいえ、あの、あたしかえろうと思ったんです。そしたら、結城先生が思ったよりはやくブーケから出てきて、こっちのほうへ歩いてきたでしょう。それであたしはっと思って、横町へまがってかくれたんです。そしたら、結城先生は気がつかずに、そのまままた吾妻橋の西のたもとから川のほうへおりていったんです」

「ふむ、ふむ、それじゃまたボートにのってどっかへいったんだね」

と、関森警部補の昂奮は大きかった。

「たぶん、そうだと思います。そのままあがってきませんでしたから」

「そうすると、君は結城朋子がボートを漕いで、上手《かみて》へいったか下手《しもて》へいったか、そこまではしらないんだね」

「はい」

「それから……？」

「いいえ、それであたしもう碧川さんと仲直りするのもいやになって、そこから電車に乗ってかえったんです」

可憐なユミ子は碧川のあとを追ったということが羞《はず》かしくて、このまえの訊取りのときはかくしていたのだろう。それがこんど結城朋子が殺されたので、あの夜の朋子の行動がなにかこんどの三つの事件に、関係があるのではないかと、打ち明ける気になったのである。

真相への前進

ユミ子が出ていったあと一同は、しばらく茫然と顔見合せていたが、とつぜん、

「畜生ッ！」

と、鋭く舌打ちして叫んだのは関森警部補である。

「朋子のやつ、あの晩、六区で映画を見ていたなんてぬかしおったが。……」

「しかし、ねえ、金田一先生」

と、等々力警部は眉をひそめて、

「わたしにはもうひとつがてんがいかんのだが、いまのユミ子の話にはいったいどういう意味があるんでしょうねえ。いま、関森君もいったとおり、あの晩のことについて朋子は嘘をついておった。嘘をついていた以上、なにか朋子にうしろ暗いところがあったにちがいないし、そのことがこんどの事件に関係しているんじゃないかと思うんですが、それはどういう……？」

「はあ、はあ、はあ……」

金田一耕助は部屋のなかをいきつもどりつ、雀の巣のようなもじゃもじゃ頭をかきまわしながら、しきりになにか呟いている。いま金田一耕助の脳細胞のなかで、決定的ななにものかが形態をととのえつつあるのである。

かれは呻き、悶え、瞳をすえて、なにかを捉《つか》まえようと焦っていたが、そこへ勢いよく駆けこんできたのは新田といって、千住へ朋子のことを調べにいった刑事である。

「主任さん、結城朋子はゆうべうちへかえっていないんです。ですから、朋子はゆうべここを出て、どこかで犯人と落合ってそこで殺害されたんですね」

「朋子の家族は……？」

金田一耕助はまだ立ったまま刑事のほうへ振返った。

「いいえ、ところが金田一先生、朋子はひとりもんで、千住の植木屋の離れをかりて住んでるんですが、ここにちょっとおもしろいものを発見しましたよ」

「おもしろいものって……？」

「ほら、この預金通帳ですがね。朋子のやつ、金をためるのに夢中になってるってえ話でしたから、なにかそのほうから手がかりはないかって、母屋の植木屋の諒解をえて、所轄の井原君とふたりで離れんなかをさがしてみたら、この預金通帳が出てきたんです。ほら、ごらんなさい、ここを……」

新田刑事が示すところをみると、朋子は六月五日に五万円入金しているのである。

「六月五日といやあ、ハルミが殺されてから六日目だね」

と、関森警部補が眼を光らせる。

「そうです。そうです。朋子もときどき体を売っていたとみえて、三千円、五千円という入金はちょくちょくありますが、五万円というのはちと大きいじゃありませんか。これ、ハルミ殺害事件となにか関係があるんじゃ……」

「ひょっとすると、その五万円、山城岩蔵から出たんじゃないかな」

と、関森警部補は呼吸をはずませている。

「ああ、そう、主任さん、それじゃマネジャーをここへ呼んでください。ひとつわたしから訊ねてみたいことがありますから」

「ああ、そう、新田君」

言下に新田刑事が出ていくと、山城岩蔵をつれてきた。

岩蔵は部屋のなかへはいってくるなり、

「警部さん」

と、まるで咬みつきそうな調子で、

「あんたがたはいったいなにをしてるんだ。つぎつぎと三人も女が殺されるのを、おまえさんがた手をつかねてみていなさるのかい。それでおまんまがいただけりゃ結構だが、こちとらはいったいどうなるというんだ。これじゃこの小屋はつぶれてしまう」

しゃべっているうちに岩蔵はじぶんでじぶんの言葉に昂奮したのか、顔の血管がふくれあがって、眼がギラギラと殺気立ってくる。

「いや、まあ、まあ、そういわずに、……こんどこそはなんとかするつもりだから、まあ、そこへ掛けたまえ。金田一先生だい。金田一先生からなにかお話があるそうだから」

「へん、なにが金田一先生だい。女の子をみな殺しにしてしまって、それからのこのこ犯人探しに出かけてりゃ世話あねえや」

と、悪態をつきながらも岩蔵は、等々力警部のしめした椅子に腰をおろした。

「いや、ごもっとも」

と、金田一耕助は恐縮したように首をすくめて、

「じつはそれについて、あなたにお訊《たず》ねしたいことがあるんですがね」

「ええ、ええ、なんでもお訊《き》きなさいよ。だけど、ねえ、金田一先生、あらかじめ言っときますが、おまえさんがた訊くばっかりが能じゃありませんぜ。少しゃ頭脳をはたら

かせておくんなさいよ」

「いやあ、こりゃ恐縮。じつはいまちょっと頭脳をはたらかせてみた結果、どうしてもあなたのご助力をえなければならんことに気がついたんです」

「なるほど、そいつは頼もしいや。それであっしになにをしろとおっしゃるんで……？」

「いや、ちょっと思い出していただきたいんですがね、五月三十一日の晩のことを……？」

「え？」

と、山城岩蔵は案外な顔をして金田一耕助を視直した。

「五月三十一日の晩といやあ、ハルミが殺された晩だが、あっしになにを思い出せとおっしゃるんで……？」

「いや、あの晩、あなたは八時半ごろ琴吹へいらっしゃって、九時十五分ごろハルミさんから電話がかかるまで、ひとりで飲んでいらしたんですね」

「いや、ひとりったって、そりゃおかみや女中がかわるがわる相手をしてくれましたよ。だけどまあ、ひとりといやあひとりみたいなもんですがね」

「ところで、九時十五分ごろかかってきた電話には、あなたがごじぶんでお出になったんですか」

「いや、そりゃ女中が取次いだんです。女中にこれこれこう申しつたえてほしいって頼んでおいて、ハルミはそれっきり電話を切ったんです」

「なるほど、それからあなたはこのあいだ、酒にも飽いたのでおさだまりの四畳半に床をとらせて横になったとおっしゃったが、ハルミさんの電話がなにかそのことについていったんじゃありませんか」

「ああ、そうそう、なんでもハルミのほうから女中に、あっしがいまなにをしてるかって聞いたんですな。すると、八時半ごろにやってきて、ひとりで飲んでるとかなんとか返事をしたらしい。それであんまり飲んでは体にさわるから、ひと足さきに寝かせておいてほしい。じぶんもすぐいくからって、そんな電話だったらしいんだが、しかし、なにかそれが……？」

「いや、まあ、わたしの質問に答えてください。しかし、あなたはこのあいだそのことを、酒にも飽いたからとおっしゃったところをみると、もう相当酩酊していたこともいたんでしょうねえ」

「そりゃ、もちろん」

　と、岩蔵はそこでにやりとわらうと、

「あっしゃねえ、金田一先生、こりゃほんまのことですがこう見えても案外心臓が弱いんです。これで女にかけちゃ見かけによらず照れ屋なんです。そりゃ、お京みてえに長い馴染《なじ》みの女なら、酒の勢いをかりなくてもなんでも要求できますが、一度や二度のあいてじゃ、どうも酒の勢いでもかりなくちゃ、照れくさくって、いいたいこともいえないほうなんです。いや、こりゃ、ほんとのことなんですぜ」

「ああ、なるほど。ところであなたはこのあいだ、ハルミがかえってから枕もとの電気スタンドをつけて時計を見たら……と、おっしゃいましたが、その電気スタンドはいつ、だれがお消しになったんですか」

岩蔵は不思議そうな顔をして、金田一耕助をみていたが、急になにか不安におそわれたらしく、

「そういやあねえ、金田一先生」

と、声をおとして、

「いや、それはこうなんです。あの晩、あっしゃひと足さきに寝床へ入って、枕もとの電気スタンドの光で本を読んでたんです。いや、本を読んでるふりをしてたんですな。じっさいは眼がちらちらとして、本なんか読めやしなかったんですが、首をながくして待ってたようにみられるのも業腹《ごうはら》ですからね。ところがそこへベールをかぶって入ってきたハルミが、こっちのほうへ来ようとして、電気スタンドのコードに足をひっかけたんですな。それで、コードがソケットからはずれて真っ暗がり。しかもかえるときもハルミのやつ、暗がりのなかで支度をしていったんですから、考えてみるとあっしゃあの晩、とうとうハルミの顔を見ずじまいでした」

いまさらのようにその事実に気がついて、岩蔵はじぶんでじぶんにおどろいている。

等々力警部と関森警部補、それからその場にいあわせたふたりの刑事も、一種異様な眼つきをして、金田一耕助と山城岩蔵を視つめている。なにかしら期待のもてる緊張が、

一同の胸をしめつけるのである。

「しかし、山城さん、あなたはあの晩、ハルミさんとそうとう話をしたんでしょうねえ。今夜はどうせ麻雀だから、これからかえっても徹夜だろうってハルミさんがいったとか……」

「いや、いや、いや！」

と、岩蔵はごつい手で金田一耕助を制しながら、

「それもあっしのほうから訊ねたんです。あの晩、山本君とドラムの入沢、それから役者の岡野の三人が、あそこへいって麻雀をするってことしってたもんですからね。それでこんやはかえってもどうせ徹夜だろうっていったら、ハルミはただええ……と、いったきり。……そういやあ……」

と、岩蔵の額からは大粒の汗がいっぱい吹きだしてきて、両眼がものに憑《つ》かれたようにうわずってきた。

「あの晩のハルミは、暗がりのなかでただええとか、いいえとか、そんなことしかいいませんでしたよ。たまに少しながい言葉を話しても、あんな場合ですから押し殺したようなひそひそ声で……畜生ッ！」

「山城君、どうかしたかね」

等々力警部は出来るだけ落着こうとつとめているものの、声がふるえるのをどうすることもできなかった。

いや、等々力警部のみならず、そこにいあわせたひとびとにも、金田一耕助の質問の意味がようやくわかってきて、慄然《りつぜん》たる空気が部屋のなかを極度に緊張させているのである。

「いえ、あの、どうも失礼しました。あっしゃ、あの晩酔ってたから……いや、酔っていながらも、ちょっと妙だと思ったこともあるんです。そのまえに逢うたハルミとなんだか勝手がちがうようだと……」

と、岩蔵はものに狂ったような眼を金田一耕助のほうへすえて、

「金田一先生、そのことはハルミが殺されたと聞いたときも、ちらと頭脳をかすめたんです。道理で……つまり、殺される運命にあった女だから、ゆうべはなんとなく気が乗らなかったんだろうって。だけど、先生、じゃあの晩のハルミは替玉だったんですね」

「替玉だとしたらそれはだれだったと思いますか」

岩蔵は金田一耕助のおもてから眼もはなさず、肩で呼吸をしていたが、とつぜん、

「あっ！」

と、いうようなおどろきの声を放った。

「山城君、どうしたんだ」

「へえ、関森さん、いま思い出したんですが、ハルミ……いや、あっしがハルミと思ってた女が、たったいっぺんだけ妙な声を立てたんです。そのとき、なんだ、ハルミめ、まるで結城朋子みたいな声を出すじゃないかと……」

真相の数々

あの兇悪な三重殺人事件の犯人甲野梧郎を、どたん場になって自殺させたからといって、かならずしも警察の手落ちとばかり責められないだろう。

かれは飛鳥京子を即座に殺した猛毒を用意していて、関森警部補の手がその肩におかれた瞬間、それをおのれの皮膚に刺したのである。その猛毒は左の薬指にはめていた指輪のなかに用意されていて、指輪の一部がするどい突起となって飛び出すしかけになっており、その突起のさきが猛毒によってぬられていたというわけである。

甲野は遺書も告白書ものこさなかったけれど、三重殺人事件の犯人であったろうことは、いろんな点から明かにされた。

かれの住居が駒形にあり、その隣家が酒屋になっていることはまえにもいった。この酒屋は戦前からそこにあるのだが、戦災をうけていちじ焼失してしまった。ところが、この酒屋の土蔵というのが七輪のように吹抜けになったまま、現在でものこっているのである。

酒屋ではちかくそれを取毀すつもりで、したがってほとんど使用することもなく、放ってあり、この土蔵は、母屋ともちょっと離れていた。むしろ、隣家にあたる甲野の家のほうがこの破れ土蔵にちかく、ほとんど軒を接しているのである。

山城岩蔵の訊取りから、ようやく真相の一端をたぐりあてた等々力警部と関森警部補は、部下に甲野の監視を命じておいて、金田一耕助とともに駒形へおもむいた。そして、眼をつけたのがこの土蔵である。土蔵には扉らしい扉もなく、隅のほうに盗まれても惜しくないようながらくた道具がつんであった。

土蔵の床の漆喰《しっくい》は乾いていたが、金田一耕助はその床がきれいすぎることを指摘した。最近だれかが床を洗ったのであろうというのである。

そこで試みに酒屋からバケツに一杯水を汲んできてもらって、それを床にぶちまけてみると、床はほんのわずかだが傾斜しているらしく、水は積み重ねたがらくた道具の下へ流れこんだ。そこでがらくた道具を取りのけて、漆喰をはがしてみると、そこに果して相当多量の血が発見されたのである。

しかも、この土蔵は河岸すれすれに建っているのだから、ここで首を斬り落して、首なし死体を川底へ沈めるのも簡単だったし、あるいは首なし死体をボートにつんで海へ漕ぎ出し、東京湾のどこかへ沈めて、血に染まったボートは底に穴をあけて、これまた川底ふかく沈めたのかもしれないともかんがえられた。

等々力警部と関森警部補は首なし死体発見について、部下に適当な処置を命じておいて、ふたたび紅薔薇座へひきかえし、関森警部補が甲野の肩に手をかけた瞬間、まえにもいったように相手に先をこされてしまったのである。

「ねえ、金田一先生」

手当てのかいもなく、とうとう甲野が最後の呼吸をひきとったとき、関森警部補は絶望のうめきをあげた。

「わたしゃ所轄の捜査主任として、この事件の経過を新聞記者に発表せにゃならんのですが、こりゃいったいどういう事件なんです。甲野は殺人狂なんですか。それともこれらの殺人にゃ、なにか具体的な目的でもあったんですか」

そこは甲野が最後の息をひきとった浅草のK病院の一室である。

表には新聞記者やラジオの報道係りなどがいっぱい押しかけていて、この事件の担当者に面会を強要しているのである。関森警部補は気も狂乱といった顔つきだ。なんといってもどたん場になって、重大容疑者を死なしたのは一大失態なのだからむりもない。

「いや、これはじつにむつかしい問題ですね。主犯も共犯も死んでしまって、しかも、あとになんの遺書も告白書ものこっていないんだから」

「しかし、金田一先生」

と、等々力警部もむつかしい顔をして言葉をはさんだ。

「これはなんとかして恰好《かっこう》だけはつけなければなりません。あの身替りを看破したのはあなたなのですし、それによって急転直下事件が解決にみちびかれたのですから、ひとつ、あなたの臆測《おくそく》でも結構ですからきかせてください」

「はあ……」

と、金田一耕助はもじゃもじゃ頭をかきまわしながら、

「そうおっしゃるなら……それじゃ、これはあくまで臆測ですからそのおつもりで……」

と、立って部屋のなかを二、三度いきつもどりつしていたが、やがて、警部と警部補のまえへきて腰をおろすと、

「ちょっと妙な切出しかたですが、エドガー・アラン・ポーの小説に『ホップ・フロッグ』というのがあります。これは王様ご寵愛の道化師……と、いうことはさんざん王様に愚弄され、おもちゃにされていた道化師が、さいごに王様と王様の寵臣を天井に吊るしあげ、体に火を放って焼き殺すという筋だったとおぼえていますが、この小説にはひとつの寓意があると思うんです。つまり、マゾヒストにもおのずから耐えうる限度があるということです。そして、その限界を超えるとあいてが変質者だけに、その復讐は残忍であるということですね」

「それじゃ、金田一先生のお考えでは、この事件はハルミを殺すために計画されたとおっしゃるんですか」

と、関森警部補は体を乗りだした。

「はあ、わたしの臆測ではそうなるんですが……」

「いや、いや、どうも失礼いたしました。どうぞご遠慮なくさきをおつづけください」

「はあ……」

と、金田一耕助はぼんやり頭をかきむしりながら、

「それともうひとつ、甲野は上野を優秀な成績で卒業した秀才であった。それにもかか

わらずああいう世界へ落ちてきて、抜け出せない。抜け出せない大きな理由がハルミである。ハルミが生きている以上、とてもこの世界から抜け出せないという自覚をもっていた甲野は、ハルミを殺してここでじぶんの半生にひとつの清算をつけよう……と、そういう気持ちもあったんじゃないでしょうかねえ」

「なるほど」

と、等々力警部は力づよくうなずいて、金田一耕助の意見にたいして同感の意を表明した。

「はあ。……以上のふたつの理由から甲野はハルミにたいして殺意を抱くにいたった。しかし、よほど慎重にやらないかぎり、ハルミが殺されればその疑いは、ハルミともっとも縁の濃いじぶんに降りかかるであろうことを甲野はしっていた。そこでいろいろ策を練っているうちに、柳井良平氏が書いたのが『メジューサの首』。しかも、三人の魔女の役をあの三人に振ったので、そのとたん、おそらく甲野の頭脳にあの計画が結晶したのだろうと思うんです。ここにひとりの架空の変質者がいて、三人の魔女を順繰りに殺していく……と、いうことになれば、じぶんにかかる容疑のパーセンテージはうんと薄められるだろう。じぶんよりもむしろ、あの三人の魔女の役を振った柳井氏か、あるいはあの三人の共有のペットになっている、碧川克彦君に疑惑がかけられる可能性のほうが強くなるだろう……というのがおそらく甲野の狡猾な計画だったのだろうと思うんです」

「ううむ」

と、関森警部補は唇をへの字なりに曲げて、

「それじゃ、ほかのふたりはハルミ殺しの動機を瞞着《まんちゃく》するために、やられたとおっしゃるんですか」

「それよりほかに考えられませんねえ。わたしの臆測では……しかし、動機はともあれ甲野の血管のなかに、さっき主任さんもおっしゃった殺人狂的な素質があったことも争えないでしょう。ああいうデスペレートな生活をしているうちに、いつかそういう素質が芽生え、かつ育っていったんでしょうねえ」

「そうすると……」

と、等々力警部が言葉をはさんで、

「金田一先生のご意見では、甲野の最初の殺人予言表に入っていたのは朋子ではなく、やっぱり美沙緒だったとおっしゃるんですか」

「当然そうなるべきだと思いますね。いつか主任さんもおっしゃったが、こういう事件の犯人というやつは案外几帳面で、几帳面ということは見栄坊だってことでしょうねえ」

「と、すると、途中で予言を変更したってことになるんですか」

「いや、予言を変更せざるをえなくなったんだと思うんです。事前にか事後にか、お京殺しの計画を、朋子に覚られたんでしょうねえ」

「金田一先生」

と、関森警部補が体を乗りだし、

「それじゃ、ひとつお京殺しからご説明願えませんか。先生が記者会見でもしていらっしゃるおつもりで……」

「はあ、承知しました」

と、金田一耕助は案外悪びれもせず、

「それでは話をもとへもどして、とにかく甲野は三人の魔女を順繰りに片付けようと決心した。そして、まず第一に眼をつけたのが飛鳥京子です。なんといっても京子がいちばん狙われやすかった。つまり甲野は京子のあせりを利用したんですが、わたしが思うのにねえ、警部さん、お京は先物買いをしてたんじゃないでしょうか」

「先物買いとおっしゃると……？」

「いや、あの碧川という男ですがね。男振りも男振りだが、わたしはあの男の天衣無縫ぶりに大きな魅力をかんじるんですよ。あの男、いまに浅草随一の人気者になるんじゃないでしょうか」

「いや、もうすでにその傾向はたぶんに見えておりますね」

と、関森警部補が相槌をうった。

「はあ、それですから未来の人気者のおかみさんの地位を、いまのうちに獲得しとこうというのが、お京の肚だったんじゃないかと思うんです。ところが相手はいつまでたっても皮膚の感覚のアソビの域を出てくれない。しかもそのアソビ相手はほかにもふたりある。そこでなんとかひと芝居ぶたなければ……と、あせっているところを甲野に乗じられたんじゃないでしょうか」

「あれがお京の芝居とすると、いったい、お京はどういうつもりだったんです？」

「あっはっは、わたしにもああいう女の気持ちはよくわかりませんが、もちろんお京は死ぬ気じゃなかった。碧川に吹矢を吹きかけられて傷つけられた。克坊はきっとあたしを殺す気よ。克坊をなんとかして頂戴って、いったん克坊を窮地におとしいれておいて、あとでなんとか救い出す。あるいはこれもみんな克坊を愛するのあまりの狂気だったのよ、とかなんとか告白して、わあわあ、泣いてみせ、それによって克坊の心をしっかり捉える……」

「……と、いうふうに甲野が教唆《きょうさ》したわけですね」

「そうそう、それに愚かなお京がうっかり乗った。いちかばちかやってみようという気になった。……」

「ところが、甲野がさきまわりして、吹矢の尖端に毒をぬっておいたというわけですか」

「そこを朋子に見られたんじゃないでしょうかねえ」

「あっ！」

と、いうように等々力警部と関森警部補は、おもわず呼吸をのみこんだ。

「なるほど、なるほど、それで……？」

「はあ、朋子もそのときは甲野がなにをしているかしらなかった。しかし、あとでああいうことが起ってみれば、あの女も利巧な女ですから、甲野のやったことの意味がわかった。ですから、お京が殺されたあとの訊取りのときには、まだ甲野と打合せはできていなかったが、取りあえず甲野をかばっておこうというつもりで、強く自殺説を主張したんでしょうが、これはむしろ甲野にとっては有難迷惑だったんじゃないでしょうかねえ」

「有難迷惑とおっしゃると……？」

「いや、あの場合、甲野は絶対安全な立場に立っていた。じぶんでもいってたとおり、かれは指揮者ですから、エプロン・ステージにいるお京には終始一貫背をむけていた。だから、かりに吹矢が舞台から飛んだという疑いが持たれたとしても、かれは……いや、かれひとりだけが絶対に安全だったわけです。つまりそのことを徹底させておこうというのが、わたしをあそこへ招きよせた目的だったと思うのです」

「あっ、なるほど」

と、関森警部補は強くうなずき、

「そうすると、甲野としてはむしろあのとき、吹矢はだれかによって吹かれたと思ってほしかったわけですね」

「そうです、そうです。だからあの晩はまだ甲野と朋子とのあいだに、共犯関係はなかったとみるべきでしょう。甲野としては第一の事件において甲野梧郎は犯人でありえない、したがって第二、第三の事件においても甲野梧郎は容疑者の圏外におくべきである。

……と、こうもっていきたかったのですね」

「わかりました」

と、関森警部補はおもわず手を叩いて、

「だからこそ、第二、第三の事件においても、『メジューサの首』の小道具をつかって、一見して第一の事件と同一犯人の手による犯行であるということが、わかるようにしておいたのですね」

「そうです、そうです。しかし、第二の事件で鎖を使ったのはもうひとつ意味があったと思うのです」

「と、いうのは……？」

「いや、それはおいおいお話しましょう。さて、第一の事件で甲野をかばった結城朋子は、そろそろ奥の手を出して甲野を恐喝しはじめた。そこで甲野のほうからぎゃくにハルミ殺しの相談をもちかけた……」

「それをあっさり朋子が承諾したわけですか」

と、こればかりは等々力警部も半信半疑の顔色である。

「先生、朋子はたった五万円の報酬で釣られたとおっしゃるのですか」

と、関森警部補も納得がいきかねる面持ちである。

「とんでもない。朋子がいかに守銭奴でもたった五万円で人殺しの片棒はかつぎますまい。しかし、ハルミが死ねば甲野のふところに莫大な財産がころげこむはずじゃありませんか」

「莫大な財産とおっしゃると……？」

「ほら、一千万円という生命保険が……」

「ああ！　ああ！　あああ！」

と、等々力警部も関森警部補も握りこぶしを握りしめて、われにもあらず大声をあげた。そして、呆れたように金田一耕助の顔を見ていたが、

「そうです！　そうです！　金田一先生！」

と、関森警部補がとつぜん感動にふるえる声を張りあげた。

「あのとき、楽屋中で大評判だったというあの話を、朋子だけが……朋子のような守銭奴だけがしらなかったというのを、わたしもじつは変に思ったんです。それじゃ、朋子はほんとうに、ハルミに一千万円の生命保険がかかっていると信じこんでいたんですね」

「なるほどねえ」

と、等々力警部もあまりの皮肉、あまりの滑稽に涙をぬぐいながら、

「霧島ハルミには一千万円の生命保険がかかっている。甲野がそれを手にいれるためには、ハルミは死ななければならぬ。しかし、甲野に疑いがかかることは絶対禁物であるということになると、朋子たるものいかなる危険を犯しても、甲野の片棒をかつがざるをえなかったわけですな」

と、ふたたび三たび警部はハンケチで眼をぬぐい、ごていねいに洟までかんだ。

「いや、先生、驚きました。つくづく恐れ入りました。たしかにそうだったのでしょう。それだからこそ朋子はあのとき、生命保険の話などしらなかったとシラを切ったわけですね」

「そうだ、そうだ、そしてその一千万円の生命保険の話が嘘であった以上、朋子は死ななければならなかったわけだ」

と、等々力警部は溜息をつく。

「しかし、先生、あの晩、ハルミはどこにいたんです？」

「それはおそらくこうでしょう。八時半ごろハルミといっしょに駒形へかえった甲野は、途中で買ってかえったコロッケをおかずにご飯を食べた。それからハルミといっしょに寝た。これは朋子がハルミに化けて山城氏と寝ることになっている以上、男と寝た痕跡をのこしておかねばなりませんからね。ああ、そうそう、主任さん」

「はあ」

「さっき甲野の血液型を調べてもらったんですがね、山城氏とおなじ血液型でしたよ。甲野もそれを承知のうえだったと思いますね」

「はっ、有難うございました。それで……？」

「はあ。……さて、甲野はハルミといっしょに寝たが、おそらくそれは合意のうえではなかったと思いますね」

「そりゃそうだろうねえ。ハルミはそのとき琴吹へ出向いていって、山城に身をまかせるつもりだったんだろうからねえ」

「そうです、そうです。ですからそのときすでにハルミはさるぐつわをかまされ、麻の緒かなんかで雁字《がんじ》がらめに縛りあげられていたんでしょう。そして、甲野に犯されたあと、あの破れ土蔵のなかに放りこまれた。むろん、声も立てられず、身動きもできぬようにされていたんでしょうが、それでももがきにもがいているうちに、全身にかすり疵ができてしまった……」

「わかりました！　先生！」

と、ふたたび関森警部補が感激にふるえる声をあげて、

「それゆえにこそ鉄の鎖が必要になってきたわけですね。全身のかすり疵をごまかすために……」

「はあ」

「いや、金田一さん、よくわかりました。音楽合せにことよせて、朋子が電話をかけたというのは、琴吹のほうは万事うまくいった、さっさとハルミちゃんを絞め殺してしまいなさいという意味だったんですね」

「ええ、そう、それから、ボートをおたくの裏河岸へもっていっときますからという意味もあったんでしょう」

「なるほど、隣の電話でそれをきいたかえりに甲野のやつ、土蔵へ立ちより、情容赦もなくハルミを絞め、なにくわぬ顔をして、麻雀の席へかえってきたんですね。なるほど

それなら五分もあれば十分だ。そして、ハルミの死体を鎖で縛りあげ、ボートに乗っけて流したのは、麻雀仲間がかえってからの細工だったわけですね」

と、関森警部補も感に堪えたように溜息をついて涙をぬぐうた。等々力警部もそれが感染したのかともに溜息をついて、

「そうすると、貸しボート屋からボートを盗んでいったというのも、男装の朋子だったわけですか。そして、それを向島土手のどこかへかくしておいて、琴吹を出るとそのボートで吾妻橋までかえってきたのだから、こりゃ、関森君、琴吹を出たあとの女の足取りがつかめなかったのもむりはないやね」

「まったく、そうです、そうです」

と、関森警部補も相槌をうつと、そこにちょっとした沈黙が三人のあいだに落ちこんできた。警部補にとってはそれはおそらく、重い肩の荷をおろしたような、心もひろびろとするような沈黙だったろう。

「いや、金田一先生」

と、関森警部補はとつぜん、ふかぶかとこうべを垂れると、

「これでなにもかもよくわかりました。結城朋子の件はこれ以上ご説明願わなくともわかると思います。ああして、朋子を首にして『メジューサの首』に仕立てたというのも、ひとつは犯人の見栄、もうひとつはやっぱり柳井に罪を転嫁しようという意味もあったんでしょうねえ」

「そうだ、そうだ。第一、第二の事件でともに、柳井のアリバイが不正確だっただけにね」

「先生、ほんとうにありがとうございました」

と、関森警部補は立ちあがって、もういちど金田一耕助のまえに頭をさげると、

「おわりにのぞんでわたしにひとことといわせてください。これは単なる先生の臆測たるにとどまらず、きっと真相そのものでありましょう。ですからわたしも自信をもって、報道陣に発表することができると思います。それではひとつ大威張りで、記者会見と出かけましょう」

そうして関森警部補は、欣然《きんぜん》たる足取りで記者会見の席へと出ていったのである。

火の十字架

残虐予告

「警部さん、よろこんでください。ぼくもおいおいメイ探偵になってきましたぜ」

それは五月もなかばすぎのことである。ある日等々力警部が金田一耕助をアパートに訪ねて、とりとめもない話をしていると、だしぬけに金田一耕助がそんなことをいいだした。

「ああはっは、金田一先生、あなたは昔から名探偵だが、しかし、なんだってそんなことをいいだしたんです。なにかちかごろあなたをして、名探偵の自覚をつよからしめるような事件でもあったんですか」

「いや、事件というほどのことではありませんが……まあ、これを見てください」

と、金田一耕助がデスクのひきだしからとりだしたのは一通の手紙である。等々力警部はデスクごしにその手紙をうけとると、

「おやおや、金田一さん、あなたも隅へはおけない。桃色の封筒とは……」

「まあ、なんでもいいからなかを読んでください。ぼくのメイ探偵たるゆえんがわかりますから」

「承知しました」

等々力警部が張子《はりこ》の虎《とら》のように首をふりながら、しきりに感心しているのもむりはない。

それは女学生などのつかう安手の封筒で、表書きにも、東京都世田ヶ谷区緑ヶ丘町緑ヶ荘内、金田一耕助様と、水茎《みずくき》のあともうるわしく……とまではいかないが、それでもあきらかに女の字で書いてある。念のために警部がうらをかえしてみると差出人の名前はなかった。

おや……と、警部が首をかしげてもういちど表の消印をたしかめると、郵便局は浅草で、投函されたのは五月十七日、一昨日のことである。むろん封はきれいに鋏《はさみ》できってある。

それだけのことをたしかめてから、警部はなかから四つに折った便箋をとりだした。この便箋も封筒同様、安っぽい少女趣味のものである。便箋は四枚あったが、そこにも表書きとおなじ女文字がたどたどしく躍っている。

等々力警部はなにげなく、あまり上手とはいえぬ女文字に眼を走らせていたが、読みくだしていくにしたがって、眉根にきざまれた皺《しわ》がしだいにふかくなっていく。

金田一耕助先生

世間の評判によると、あなたはいままでいちども失敗したことのない名探偵だそうですね。それがほんとうなら、ぜひとも先生におしらせしたいことがあります。

いまこの東京で世にも恐ろしい連続殺人が起ろうとしています。いや、こういうちにも着着として、血なまぐさい殺人計画がすすめられているにちがいありません。わたしはある理由から、この殺人の内容をよくしっております。血なまぐさい殺人計画をねっている復讐鬼の名も、またその男によって血祭にあげられようとしている、何人かの男女の名前もしっております。

わたしの申上げることは、けっしてデタラメではありません。その恐ろしい男がそれらの男女をねらっているのです。そしてねらわれているひとたちは、みんな体のどこかに火の十字架の刺青《いれずみ》があります。これがこの事件のトクチョウなのです。

金田一耕助先生

この連続殺人事件をとめることのできるのは、先生よりほかにありません。なんとかしてこの恐ろしい殺人事件をくいとめてください。お願いです。

哀れな女

追伸

もし先生がこの手紙にお疑ひをおもちでしたら、五月二十日の早朝六時ごろ、新宿パラダイス劇場の楽屋口で待つてゐてください。さうすればこの手紙がデタラメでないことがわかりませう。お願ひです。

「ふうむ」

と、等々力警部は鼻からふとい吐息をもらして、

「金田一先生、これはいったいなんのまじないなんです。ここに書いてあるようなことが果してじっさいに起るのか、それとも先生をおひゃらかしてきおったのか……」

「いやあ」

と、金田一耕助は照れぎみで、

「ぼくにもよくわからないんだが、ただひとつ、その手紙、大きな誤謬《ごびゅう》を犯してる……」

「大きな誤謬とおっしゃると……？」

金田一耕助は悪戯《いたずら》っぽい眼をショボショボさせながら、

「いやあ、わたしのことをいままでいちども失敗したことのない男とありますが、それがそもそもの大間違いでさあ。あっはっは」

と、自嘲するような笑い声をあげると、

「それにしても、どうです、警部さん、とんと外国の探偵小説みたいじゃありませんか。予告殺人とおいでなすったね。これで金田一耕助もいよいよ世界的メイ探偵というわけですかな。あっはっは」

金田一耕助はふたたび自嘲するようにわらったが、等々力警部はにこりともせず、かえってとがめるようなきびしい眼差しで、金田一耕助を視つめると、

「金田一先生、あなたはこの手紙を冗談だと思っていらっしゃるんですか」

「いや、どうも失礼しました。警部さん。ほんとをいうと、ぼく怖いんです」

「怖い……？」

「ええ、そう、その手紙のなかにはなにかしら、ぼくをおびやかすものがある。それがなんであるかぼくにもつかめないんですが、なにかしら邪悪なものが、その手紙のなかにあるような気がしてならないんです」

「この手紙、いつきたんですか」

「きのうの午後の便で……」

「それで……？」

「それで……とは？」

「いや、あなたのことだから、もうなんらかの手をおうちになってるんでしょうね」

「いやあ、多少おとなげないとは思ったんですが、やはり気になるもんだから、新宿のパラダイス劇場というのへいってみました」

「たしか浅草にもパラダイス劇場というのがありますね」

「そうです、そうです。深川にもあるそうです。三館ともヌード・ダンサー星影冴子という女の所有なんだそうです」

「なるほど、それで新宿のパラダイス劇場へいってごらんになって、なにか発見するところがおありでしたか」

「いや、べつに……いま『熱砂の女王』という映画のほかに女剣劇レビューというのをやってますが、それもきょうまでで、あしたからは映画もかわり、ショウのほうもいま浅草のパラダイスでやっている、星影冴子のヌード・ショウがやってくるそうです」

「なるほど、それで……？」

「いや、いまのところわかっているのはただそれだけです。なにしろその手紙だけじゃまるで雲をつかむようなものですからね」

「しかし、この手紙の差出人についちゃなにか……」

「いや、それですがね。警部さんもいま消印を改めていらっしゃいましたが、それ浅草でしょう。浅草だといつかの花鳥座事件ね、（注――『堕ちたる天女』参照）あれでぼくの顔も相当あの方面で売れてるんじゃないかと思うんです」

「ああ、あの花鳥座の事件ね」

と、警部もあの陰惨な事件を思いだしたのか、ゾクリと肩をすくめると、

「すると、先生はこの手紙の筆者を、浅草の踊子かなんかじゃないかとおっしゃるんで？」

「そうじゃないかと思うんです。それにあしたからかかる星影冴子のこともありますしね」

「星影冴子といやあ、わたしも名前はきいておりましたが、劇場を三つももってるとはしりませんでしたね」

「女ながらもなかなかのやり手らしいんですね。じぶんのもってる三つの館を、一週間ずつまわってあるく、それがパラダイスの呼物になってるんだそうです」

「で、金田一先生はこの手紙がなにか星影冴子と、関係があるんじゃないかと……？」

「まさかね」

と、金田一耕助は皓《しろ》い歯をだしてわらうと、

「そこまでは飛躍しませんが、ただその手紙が浅草で投函されたということと、それからパラダイス劇場へは、その追って書きにある五月二十日から、いま浅草に出ている一座がひっこしてくるということと……そこになんらかのつながりがあるのかないのか……それもぼくにはまだなんともいえないんですが……」

「それで、金田一先生はあしたどうなさるおつもりですか」

「しかたがありませんやね。朝がはやいんで少々つらいとは思うんですが、やっぱり出かけてみようと思ってますよ。どうせ騙《だま》されたつもりでね」

等々力警部はまじまじと、金田一耕助の顔を視つめていたが、

「ああ、そう、それじゃひとつわたしもお供しますかな。鬼が出るか蛇が出るか……なんだか楽しみじゃありませんか。あっはっは」

こうして金田一耕助と等々力警部は、あの怪しい手紙にさそわれて、翌朝はやく指定の場所へ出かけたのだが、あとから思えばそれではすでにおそかったのである。

義足の男

問題の五月二十日、朝五時。

浅草馬道にあるゴンダ運送店の主人権田平蔵は、朝五時というのにけたたましい電話のベルで起された。

かたわらをみると女房のやす子が、乳呑み児をかかえてすやすやねている。平蔵もまだ眠りが足りず、それに温い寝床をはなれる気にもなれなかったので、

「ええい、ままよ」

と、ごろりと寝がえりをうつと、もうひと眠りしようとするのだが、店のほうで鳴りはためく電話のベルは、いつまでたってもやまなかった。

「ちっ、おい、やす子、やす子」

と、そこは亭主関白の位で、女房をたたきおこしにかかったが、やす子はただムニャムニャとねぼけたようにつぶやくだけで、平蔵の注文どおりには起きてくれなかった。むりもなかった。やす子は産後まだ三か月、ゆうべも乳呑み児がむずかって、ろくろく眠るひまがなかったのである。

「ちっ、やかましい。これじゃ寝てようたって寝てられやしねえ」

平蔵はぶつくさ呟《つぶや》きながら、それでも温い寝床をはなれて、店の帳場へ出ていった。

「ああ、もしもし、お待たせいたしました。こちら馬道のゴンダ運送店でございますが……ああ、パラダイスさんで……毎度どうもごひいきに……いえ、もう、すみません。すっかり寝こんでおりましたもんですから……えっ、なんですって？　はあ、はあ、な

るほど、はあ、はあ、すると、なんですか。六時までに新宿のほうへお運びしなけりゃなりませんので……？　こいつは大変だ。いえね、ゆうべマネジャーの立花さんからお電話は頂戴していたんですが、いつものとおり九時まででいいんだとばかり思っておりましたもんですから……えっ、早朝興行をおやりになるって？……だって、きょうは金曜日じゃございませんか。へえ、へえ、いや、どうも、そりゃまあ、そちらさんのご都合しだいで……へえ、へえ、どうも恐縮いたしました。はっ、承知いたしました。いま、うちの時計で五時十分ですから、これからさっそくお荷物頂戴にあがれば、六時には新宿のほうへおとどけすることができましょう。あっ、ちょっと、ついでながらお荷物は何個……？　はあ、はあ、トランクが三個……？　それじゃ小型のトラックで大丈夫ですね。それじゃのちほど……マダムやマネジャーにどうぞよろしく」

ガチャンと受話器をたたきつけるようにおくと、

「ちっ、勝手にしやあがれ。それならそれとゆうべのうちになぜ言っておかねえんだ。おい公吉、公吉、起きろ、起きろ、朝飯前にひと仕事だ」

と、二階に寝ている住込みの店員に忿懣《ふんまん》を投げつけると、平蔵はさっそく女房の寝ている枕もとで、身支度《みじたく》をはじめる。

「おまえさん、どうしたのさ、こんなに朝はやくから……」

と、さすがにやす子も眼をさまして、寝床のなかから鎌首をもたげている。

「なあに、パラダイスの仕事だあね。いつものとおり、九時までに新宿へもってきゃいいんだとばかり思ってたら、六時までに運べときやがら、紋日《もんび》でもねえのに早朝興行だとさ。へん、あの業《ごう》つくばりめが、朝っぱらからあんなばばあの裸なんかだれが見にくるもんか。おうい、公吉、起きねえか。野郎、しゃんしゃんしねえと、クビだぞ！」

「まあ、おまえさん、そんなに大きな声を出して、赤ん坊が眼をさますじゃないか」

「眼をさますじゃないかもねえもんだ。ほら、もう眼をさまして泣いてるじゃねえか。ざまあみろ。あっはっは、坊や、ごめんよ。お父《とっ》つぁんも坊やとおんなじで、眠いところを起されたんでむずかってるのさ。ああ、福田か、ご苦労、ご苦労。小型三輪でいいよ」

　ことし高校を出たばかりの仕込店員の福田公吉が、三輪トラックの支度をすると、

「それじゃ、ちょっといってくる。かえったらすぐ飯にするからな」

　街頭へ出ると五月の朝の空気がすがすがしい。公吉はねむい眼をこすりながらハンドルをにぎって、

「親方、なんだってパラダイスじゃ、こんなにはやく荷物を運びだすんです」

「それがさ、早朝興行をやるんだとよう。公吉おまえならどうだ」

「どうだって、なにがどうなんです」

「だからさ。おまえに切符をロハでやるからといえば、星影冴子の早朝興行を見にいくかい」

「そんなの願いさげでさあ。それよりぐっすり寝てたほうがよっぽどましでさあ」

「あっはっは。色気よりも眠気がさきか。おまえもまだ子供だな」

「だけど、親方、星影冴子ってすごいんですってね」

「凄いってなにがさ」

「亭主を三人もってて、三人の亭主を浅草と新宿と深川と、三軒のパラダイス劇場のマネジャーにしておいて、じぶんは一週間ずつ順繰りに、その三人の亭主のとこをまわって歩くんだってえじゃありませんか」

「あっはっは、おまえも色気よりも眠気いっぽうかと思ってたら、やっぱりそういう話に興味をもつ年頃になってるんだな」

「だっておかしいじゃありませんか。いったいどこにいるのがほんとの亭主なんです」

「なあに、情夫というやつさ。三人が三人ともな。なにしろ、星影冴子というのが戦後それこそ裸一貫で、あれだけの財産をつくったような女だから、おおかたそのほうも精力絶倫《ぜつりん》なんだろうよ。おっと、そこでいい」

どこもおなじことだが、早朝の盛り場ほどわびしいものはない。それはちょうど紅白《べにおし》粉《ろい》の化粧をおとした浮《う》かれ女《め》の素顔をみるように、醜いめんだけが眼にうつる。路面には前夜の客が捨てていった紙屑の類がいちめんに散らかっていて、人影といえばバタ屋くらいのものである。

「お早うございます。ゴンダ運送店からまいりましたが……」

と、平蔵がまっ暗といってもいいほどの、浅草パラダイス劇場の楽屋口へ顔をのぞけたのは、時間にしてちょうど五時三十分だった。

「ああ、ご苦労さん」

と、平蔵の声をきいて、奥からゴトゴト奇妙な足音をさせて出てきたのは、もうこの時代には珍しくなっている復員服の男だったが、平蔵はひとめその顔……と、いっても薄暗いので、はっきり見たわけではなかったが、それだけにいっそうゾーッと肌に粟立《あわだ》つものをおぼえずにはいられなかった。

それというのがその男、大きな黒眼鏡をかけたうえに、さらに大きな感冒よけのマスクをかけている。それに奇妙な足音だと思ったのも道理で、片脚は義足らしいのである。

「あ、あなたは……？」

「ああ、おれか」

と、黒眼鏡の男はマスクのおくで、ひくいしゃがれた声で呟いた。

「おれは小栗啓三といって、こんどここへやとわれた男だ。マダムの星影君とマネジャーの立花にひろってもらったんだよ。こんごなにぶんよろしくたのむぜ」

小栗という男はひくい、聞きとりにくい声でこう呟くと、平蔵からなるべく顔をそむけるようにしているが、それもむりはないと平蔵は薄気味悪がりながらも、いっぽう同情しずにはいられなかった。

この男が黒眼鏡や大きなマスクをかけているのは、伊達《だて》や酔狂ではなく、おのれの醜い容貌をかくすためらしかった。暗いのでよくわからなかったが、マスクの下から大きな筋肉のひきつれが、左右の頰にはみだしている。顔面によほど大きな疵跡《きずあと》があるらしく、同情は同情として、やっぱり薄気味悪くもある。

「あ、さ、さようで。それで荷物というのはこれですね」

楽屋口を入ったすぐとっつきに、大きなトランクが三個つんである。いずれも頑丈なしろものだが、相当古く、浅草から新宿、新宿から深川へと、ゴンダ運送店の手でいままでたびたび運んだ見おぼえのある品だ。

「ああ、そう、このいちばん大きなやつは相当重いから気をつけろ。なかにゃだいじなこわれものが入ってるんだからな。あっはっは」

と、さいごのあっはっはという笑い声を、呼吸をうちへひくようにして笑ったのが、ゾーッとするほど気味わるかったのを、平蔵はのちになって思いあたったのである。

「承知しました。トランク三個ですね。それじゃこれを……」

と、伝票にサインしてわたすと、

「ああ、そう」

と、小栗という男は軍手をはめた手でそれを受取り、無造作にポケットへねじこむと、

「それじゃ、たのんだよ。あっ、それから新宿へいったら、あっちのマネジャーの滝本君によろしくってね」

「滝本さん、ご存じですか」

「ああ、よくしってる。深川のほうでマネジャーをやってる三村君もね。みんな昔の仲

間だあね。そのうち順繰りに挨拶《あいさつ》にいくつもりだからって、そういっといてくれ。あっはっは」

また、呼吸をうちへひくような陰気な笑い声をあとにのこすと、小栗啓三はゴトゴトと義足の脚をひきずりながら、奥のほうへ消えていった。

「親方……」

と、平蔵のすぐうしろに立っていた公吉が声をひそめるようにして、

「なんだか薄気味わるいひとですね」

「つまらねえこと気にすんな。それより、トランクをつみこむから手をかせ。や、こ、こいつはなるほど重いや」

と、ふたりがかりでやっこらさと、三個のトランクを三輪トラックへつみこんだ平蔵と公吉が、五月の街頭に砂ほこりをまきあげながら走りだしたのが、五時四十五分ごろのことであった。

ヌードの女王

早朝の一時間のひらきは大きい。

権田平蔵が浅草パラダイスの楽屋口へかけつけたころは、まだ街頭は眠りからさめきっていなかったが、それから四十五分たった六時十五分ごろには、新宿の繁華街は、も

うかなりの活況を呈していた。

　ことに新宿パラダイスの楽屋口は、甲州街道と新宿駅をつなぐ道路にめんしているので、車輛の交通量はかえって表通りより多いくらいである。

　その楽屋口から二十メートルほどはなれたところに、上総屋《かずさや》という一軒の居酒屋のようなものがあった。これは夜を徹して甲州街道をやってくる勤勉な百姓たちが、下肥汲《しもごえく》みにとりかかるまえに、一服していくところで、早朝の五時から六時ごろまでが、いちばん客のたてこむ時刻である。したがって、だいたいの客種はきまっているのだが、けさにかぎってちょっと毛色のかわった客がふたり、店頭に陣取っておでんで酒をのんでいる。

　ひとりは背広をきた中年の紳士だが、いまひとりというのがかわっている。頭といえば雀の巣のような蓬髪《ほうはつ》で、いまどきめずらしくセルのきものにセルの袴《はかま》をはいている。さすがものなれた上総屋の亭主にも、このふたりばかりは身分職業、ちょっと見当がつきかねた。ただわかっていることは、このふたりがだれかを待っているらしいことである。かわるがわるしきりに表の道路を気にしている。六時十五分。

「あっはっは、金田一先生、これはどうやら一杯くわされたらしいですね」

「と、するとひどいやつですね。貴重なあなたの時刻を空費させて……」

「いや、いや、わたしはかまわんが、それより朝寝坊のあなたが、大奮発をして起きてこられたのにね。あっはっは」

と、等々力警部は気の毒そうに、金田一耕助の寝不足の顔をみてわらった。そうでなくともいつも眠そうな金田一耕助の眼が、けさはいっそう眠そうにショボショボしている。

「ほんとうですよ。しかし、これでひとつのよい教訓をえましたよ。署名のない手紙は信用すべからず……それからむやみな好奇心をつつしむべしとね。あっはっは……おや」

金田一耕助はとつぜん笑い声をのどのおくでおしころすと、ちょっと椅子から体をのりだすようにして外をのぞいた。

ふたりが坐《すわ》っているところから、新宿パラダイスの楽屋口が真正面にみえるのである。金田一耕助と等々力警部は五時四十五分からそこに陣取っているのだが、だれもその楽屋口から出たものはなく、まただれもそこへ入っていったものもなかった。幾台かのタクシーやトラックが、その楽屋口のまえをとおったが、そこに停った車はなく、また、スピードを落したと思われるようなトラックもなかった。

ところが、金田一耕助と等々力警部が、そろそろ諦《あきら》めかけようとしていたころ、正確な時間でいって六時二十五分、問題の楽屋口へ一台の小型三輪トラックがよたよたと着いた。

よたよたなんていうと権田平蔵に叱られるかもしれないが、途中でエンジンに故障でも起したのか、文字どおりよたよたとしたかっこうでやってきたのである。

約束の時間より二十五分おくれているので、平蔵はちょっと首尾が悪かったが、案外なことに楽屋口のドアはぴったりしまっている。

平蔵がベルをおすと、よほどたってから足音がきこえてきて、まもなくドアがひらくと、なかから顔を出したのは三十五、六の男である。パジャマのうえにガウンをはおって、眠そうな眼をショボつかせているが、ちょっとした好男子である。

「あっ、滝本さん、おそくなりまして……」

と、平蔵は腕時計に眼を走らせると、

「急いだらかえってエンジンに故障を起しやがって、お約束の時間より二十五分おくれました」

「なあに、急ぎやしないよ。どうせショウの幕が開くのは正午過ぎだもの」

と、滝本はつまらなそうに生欠伸《なまあくび》をかみころしている。

「えっ？」

と、平蔵は鳩が豆鉄砲でもくらったように、眼をパチクリとさせながら、

「だって、けさは早朝興行があるというじゃありませんか」

「馬鹿もやすみやすみいいなさい。平日に早朝興行をやったところでだれが観にくるもんかね」

「だって、浅草のほうじゃそういってましたぜ」

「浅草は浅草、こっちはこっちだ。立花君もどうかしてるぜ、朝っぱらから電話をかけてきたりしてさ。まあ、いいから荷物はこっちへ入れときたまえ。そりゃ、遅いより早

いに越したことはないがね。ああ、眠い、眠い」

平蔵は狐につままれたような顔を公吉と見合わせると、

「ちっ、馬鹿にしてやがらあ」

「なんだと？」

「いいえ、あんたのことじゃねえんで。立花さんでさあ。こっちも眠いのに起されてさあ。いい面の皮でさあ。まあ、なんでもいいから、公吉、運びこむだけは運びこもうじゃねえか」

「親方、いったいこれはどういうんです」

ふたりとも中っ腹になっているから、いきおい荷物の取りあつかいもぞんざいである。ふたつのトランクをはこびこむと、さいごにいちばん大きなやつに手をかけたが、トラックからかつぎおろしたひょうしに、公吉の手がすべったからたまらない。がらがらと大きな音を立てて、大トランクが舗装道路へ転落したが、その衝撃にトランクのふたががくっとゆるんだ。

しかも、その瞬間、平蔵と滝本の口から、いっせいに、

「あっ、危い！」

という、叫び声がもれたので、公吉はあわててトランクのそばからとびのいたが、そこへカーブをまがってやってきたトラックが、どしんとトランクにぶつかって、急停車した。

「やいやい、気をつけろ、まぬけめ！」

と、平蔵は気がたっているから、いきおい罵声も鋭いのである。さっきからあんなにサイレンを鳴らしていたのが、きこえなかったのか」

「なにを！　てめえたちはつんぼか。

「そんなヘボ・サイレンが役に立つか。どっかへいって新しいのとかえてこい！」

「なにを！」

トラックの運転台からひらりとわかい助手がとびおりた。

「おい、おっさん、いまいったことばを、もういちどいってみろ」

「なんどでもいわあ。そんなヘボ・サイレン……」

「この野郎！」

あわやつかみあいの喧嘩《けんか》がはじまろうとするところへ、

「ああ、君、君、喧嘩はあとまわしにして、ちょっとききたいことがあるんだがね」

と、ふたりのあいだにわって入ったのは、よれよれのセルによれよれの袴をはいた、小柄で貧相な男である。

「えっ！」

と、これはまたあまり風変りな止め男に、平蔵もトラックの助手もちょっと毒気をぬかれたかたちだったが、相手は平然たるもので、

「ちょっと、お訊《たず》ねいたしますがね。あのトランクはいま君が運んできたんでしたね」

「それが、どうしたんだ」

と、平蔵はまだ気が立っている。

ふとみるとトランクのそばには背広の男がうずくまって、なにやらしきりにかきまわしている。

「どうしたもこうしたもない。いったいあれはどうしたんですか」

と、金田一耕助にトランクのそばまでひっぱってこられた平蔵は、

「わっ、こ、これは！」

と、踏みつぶされた蛙のような声をあげてとびのいた。

いまトラックからうけた衝撃のために、錠前がこわれたのだろう。バックリひらいたトランクの口から、眼もあやな舞台衣裳がこぼれているが、それらの衣裳のなかに、宝玉のようにくるまれているのは、一糸まとわぬ全裸の女である。

ヌードの女王、星影冴子であった。

一匹の牝と三匹の牡

それからしばらく、世間を恐怖のどん底に叩きこんだ、あの残虐きわまる連続殺人事件の幕開《まくあ》きとしては、これはまことに恰好のプロローグと思われたが、それにしても、これはまた意外なことには、ヌードの女王、星影冴子は死んでいるのではなかった。殺

害されたのではなかった。冴子はただ昏々と眠りほうけているのである。

それはさておき、冴子のからだはただちに新宿パラダイスの楽屋にある、冴子の部屋へはこびこまれたが、その部屋をひとめみたとたん、金田一耕助と等々力警部は、おもわず大きく眼を見はった。

それはまるで相当高級なアパートのフラットみたいに、台所からバスからトイレまで付属している、三部屋つづきの豪勢なものである。

やがて報らせによって医者がかけつけ、それから少しおくれて所轄の淀橋署から、捜査主任の高橋警部補が数名の部下をひきつれて、おっとり刀でかけつけてきた。

「あっ、警部さん、いったいどうしたというんです。ヌード・ダンサーの星影冴子がトランク詰めにされて送りこまれてきたというお電話でしたが、あなたどうして朝早く、こんなところに……」

「いや、高橋君、それはいずれ話をするとして、まず被害者の身柄だが……」

冴子のからだはいま豪奢《ごうしゃ》なダブル・ベッドのうえに寝かされている。

むろん、もう裸ではなく、派手《はで》なパジャマを着ているのだが、金田一耕助と等々力警部は、全裸の冴子がこの部屋へはこびこまれてきたとき、マネジャーの滝本が、タンスのなかからズロースやパジャマをとりだし、母親が赤ん坊の面倒をみるように、かいがいしく彼女の世話をしているのをみて、ふたたび大きく眼を見張ったのである。

冴子を診察した熊谷医師の診断によると、彼女は多量の睡眠剤をのんでいるらしく、目下ふかい昏睡状態にあり、このままでも大丈夫とは思うが、なお念のために入院したほうがよかろうとのことであった。

「滝本君、君がこの劇場のマネジャーなんだね」

高橋主任がまだこの事件の性格につうじていないので、取りあえず等々力警部が訊取《ききと》りの役をかってでた。寝室のとなりの豪奢な居間のなかである。

「はあ、あの、おっしゃるとおりですが……」

「それじゃ、取り急ぎあのひとを入院させなきゃならんが、あのひとにゃ近親者はいないのかね」

「はあ、あの、近親者というと肉親という意味ですか。それならひとりもいないんですけれど……」

「すると、住居は……？」

「はあ、あの、それが……」

と、滝本は困ったように渋面つくって、しきりに頭をかいていたが、

「いや、どうも失礼しました。こんなこと、どうせすぐしれることですから、ここで白状しときますが、このひとは三軒住居をもっているんです」

「三軒というと……？」

「はあ、あの、ごらんのとおりここもそのひとつですが、ほかに浅草のパラダイスと深川のパラダイスの楽屋にも、これとおなじようなフラットができていて、冴子は、一週

間ずつ順繰りに、その三軒の劇場を興行かたがた滞在して歩くんです。そして……」

「そして……？　どうしたの？」

と、あいてがちょっと鼻白むのをみて、等々力警部がするどくつっこんだ。すると滝本は急にふてくされたようなにやにや笑いをうかべながら、

「いや、つまり、それはこうなんです。あのひと……星影冴子という女は、つまり、その、三人の亭主をもってるんですな」

「三人の亭主……？」

等々力警部をはじめとして、金田一耕助も高橋主任も、それからまだその場にいあわせた熊谷医師も、おもわずあいての顔を見なおした。

「いや、亭主でわるけりゃ男妾《だんしょう》と訂正してもけっこうです。で、浅草に滞在しているあいだは立花良介という男が、すなわちかくいうわたしがマダムの亭主役をつとめるという人物が、それからここで興行中は滝本貞雄、すなわちかくいうわたしが深川に逗留中は三村信吉というわけです。こうしてこのひとは一週間ごとに交替で、三人のタイプのちがった男をあいてに、閨房《けいぼう》の遊戯を楽しめるというわけで、それと同時に三人の男を鞭撻し競争させ、それによって多々《たた》益々《ますます》興行成績をあげようという寸法で、なかなか抜目のない女ですよ。あのひとは……」

冴子の生命に危険がないというので安心したのか、それとも男妾というじぶんの立場の照れくささをまぎらすためか、滝本貞雄は上気ぎみですっかり多弁になっている。そ

の饒舌《じょうぜつ》のなかには、いやしい露出の快感というか、あるいはすてばちな自虐趣味というようなものがかんじられて、金田一耕助はこの男の無性格ともいうべき空虚な人柄に、大いに興味をそそられた。

「それで、君たち三人の男のあいだには、かくべつ争いはおこらなかったのか」

と、にくにくしげに言葉をはさんだのは高橋警部補である。新宿という繁華街を管轄内にもっていれば、いろんな変ったタイプの情事を耳にするが、このケースにはなにかしら、高橋主任の神経をいらだたせるものがあった。

「争い……？　と、とんでもない」

と、滝本貞雄は西洋人がやるように、大きく肩をすくめると、挑戦するような眼つきになって、

「われわれの仲は、しごくうまくいってますよ。われわれはみんな二週間の禁慾をしいられるかわり、そのあとの一週間というものは、あのすばらしい肉体を、じぶんの思うがままにすることができるんでさあ。だから、われわれにとっちゃあのひとはいつも新鮮だし、おそらくあのひとにとっても、われわれはつねに新鮮なんでしょう。一週間ごとにあいてがかわるんですからね。ひとそれぞれ、閨房の技術にもちがった好みありというわけでさあ。あっはっは」

と、滝本貞雄はどくどくしい笑い声をあげると、眼玉をわざとくるくるさせながら、

「それでもね、念のためにわれわれ四人、年に二回くらい、懇親会というのをひらくん

でさ。ヌードの女王と三人の騎士が一堂に会して、裸の饗宴《きょうえん》というやつでさあ。そのときにゃ男たち、それぞれ特技をふるって大いに女王様にサービスするというわけで、いちどお眼にかけたいくらいのもんですぜ」

滝本貞雄の露悪と自虐はますますえげつなくなってくる。

それにおっかぶせるように高橋警部補が口を出した。

「年齢をきいとこう。この星影冴子というのはいくつかね」

「二十八と称してましたがね。ただしかぞえ年でですよ。ぼくは満は苦手でね。もっともほんとに二十八なのかどうか、ほんものの亭主じゃねえんで、戸籍をみたことはありませんがね」

「それで、君は……？」

「ぼくは三十四歳、大正十四年六月うまれですから、これは正真正銘というところなんで」

「立花とかいったな、浅草の男は……？」

「ええ、そう、立花良介、年齢はそうですねえ、四十一、二というところですかね。脂切った男ざかりというところでしょう」

「深川の三村信吉というのは……？」

「ああ、これがいちばんわかい。ぼくより四つ年下ですから、ちょうど三十ですね。ヌードの女王のペットというところかな。昔は立花さんの稚児さんだったんですがね」

滝本貞雄の露悪趣味はまたひとつ、えげつないことをくわえて、高橋警部補をいまいましそうに唸《うな》らせた。

しかし、おなじ部屋の一隅の、こころよい安楽椅子に腰をおろして、さっきからこれらの押問答をきいていた金田一耕助は、一種のもどかしさを禁ずることができなかった。

ことの起りは浅草のパラダイスにあると思われる。しかもそこには立花良介という冴子の愛人のひとりが住んでいるのだ。この部屋にも電話がそなえつけてあるところをみると、浅草のパラダイスの楽屋のフラットにも、電話があるとおもわれるのに、なぜ滝本貞雄はそちらへ連絡してみようとしないのか。いや、なぜ捜査主任がそれについて注意を喚起しようとしないのか。……

金田一耕助がそれに関してなにかいおうとしたときである。

廊下のほうから刑事がふたり、問題のトランクをかつぎこんでくると、

「主任さん、ちょっとこれ……」

と、なんだか緊張したおももちである。

金田一耕助も椅子から立ちあがってそばへよってみると、刑事が指摘しているのは、トランクのあちこちにあけられた小さな孔である。外から見たのでは革の古さにカモフラージされて気がつかないが、内部からみるとはっきりわかる。それはあきらかに錐《きり》であけられたもので、しかも、その孔の新しさからして、ごく最近の仕事であると思われる。

「これ、ひょっとすると空気抜きじゃありませんかね」

「畜生ッ、するとあの女をトランク詰めにしたやつは、はじめからあの女を殺す意志はなかったんだな」

「あっ、そ、それじゃ……」

と、そのときとつぜんなにを思いだしたのか、そばから驚きの声を放ったのは、マネジャーの滝本貞雄だった。

「それじゃ……？　どうしたのかね」

と、高橋主任のするどい質問に、

「いや、いや、ぼくは……あんまりびっくりしたので、いままで忘れていたんですが……」

と、卓上電話のそばへかけよると、そこにあるメモに眼を走らせた。その顔色にはいままでみられたような露悪や自虐の趣味は消えて、なにか混乱した頭を整理しようとするかのように、きっと唇をかみしめていたが、

「いや、失礼しました。じつはこうなんで」

と、乾いた唇をなめながら、

「けさはやく、そうですね。あのトラックがつく三十分くらいもまえだったでしょうか。浅草の立花さんから電話がかかってきたんです。その電話で、ぼく眼をさましたんですが、用件はこうでした。いまトランクを三個そちらのほうへ送りだしたが、そのうちの

一個、つまりいちばん大きなやつは、すぐに赤坂のクイーン・ホテルの星影冴子あてへ送りとどけるようにと、そういうんです。ぼく大いに不平だったんですが、それが冴子の希望というもんですから、やむなく承諾は承諾したんですけれど……」

「赤坂のクイーン・ホテルというのはどういう意味？」

高橋警部補がするどく追究すると、滝本はまた自虐的な冷笑をうかべて、

「いや、それはこうです。冴子も精力絶倫ですが、それでも相手かわれどぬしかわらずで、いつも孤軍フントゥするもんですから、ときどき休養を欲することがあるんですね。そういうときはいつもクイーン・ホテルへ逃避するんです。むろん、舞台のほうはつとめるんですが、その期間だけ男を避けるわけですな。だから、そういう休養期間にあたったやつは災難で、それだからってこちらの興行の日数を、それだけ延長させるというわけにはいかんでしょう。だから、ぼく立花さんには承諾の返事をしておいたが、じっさいはトランクをクイーン・ホテルへまわす気なんかなかったんです。休養期間は来週の深川の興行まで延期するように、むりにでも冴子を説きふせてやろうと思っていたんです」

滝本貞雄は平然として語っているが、これではまるで、一匹の牝《めす》をもてあそぶ三匹の牡《おす》の残虐もおなじではないか。さっきからの滝本の話をきいていると、冴子が三人の男をもてあそんでいるのか、それとも三人の男がひとりの冴子をおもちゃにしているのか。

金田一耕助は胸糞が悪くなるような気もちだったが、ちょうどそこへ救急車が冴子の

身柄をひきとりにきた。

炎の十字架

ところが、いよいよ冴子のからだを運び出そうとするまぎわになって、それまでいっさい無言の行でいた金田一耕助が、そのときはじめて口を出した。

「ああ、ちょっと……冴子さんの体をはこびだすまえに、もういちどわたしに体を調べさせていただけませんか」

「なにか疑問の点でも……？」

と、熊谷医師がふしぎそうな顔をするのを、金田一耕助はかるくうけて、

「いえ、なに、医学的な疑問じゃなくて、ほんのちょっとでいいんです。滝本さん、いいでしょう」

「しかし、あのひとの体なら、さっき裸のところをさんざんみたじゃありませんか」

「いや、ところがただひとところ、見落しているところがあるんです。ほんのちょっとでいいんですから」

滝本は疑いぶかそうな眼で、金田一耕助のもじゃもじゃ頭を視つめていたが、

「それじゃ、どうぞ」

と、ふしょうぶしょうに寝室のドアを開いた。

金田一耕助はダブル・ベッドのそばに立つと、あらためてそこによこたわっている星影冴子という女を見なおした。

さっきはただヌードの女王としてのみ見すごしていたのだけれど、いま滝本からきいた奇怪な性生活を念頭において見なおすと、そこにはあきらかに頽廃の色が濃いのである。いきいきと舞台に立っているときは、それほどにもかんじられないのだろうけれど、こうして昏睡状態におちいっている素顔をみると、眼のふちにくろい隈《くま》がふかく、これが三十前後の女かとおもわれるほど、憔悴《しょうすい》の色が濃いのである。

「金田一先生、調べてみたいとおっしゃるのは……？」

と、そばから高橋主任に注意をされて、

「ああ、そうそう、滝本さん、ひとつパジャマの左の腕をまくってみてくれませんか」

滝本はまたギロリと金田一耕助の顔をにらんだが、それでもいわれるままに冴子の左の腕をまくりあげた。それが肩の辺までまくりあげられると、そこに現れたのはふとい金色の腕環である。それはいかにもこういう種類の女の趣味にかないそうな、蛇がまきついている意匠で、幅五センチくらいもあろうか。筆者はさっきトランク詰めの冴子のことを、一糸まとわぬ全裸の女といったけれど、げんみつにいえばそれはまちがっている。冴子は文字どおり一糸もまとうていなかったのだけれど、ただひとつ、この腕環だけが左腕にまきついていたのである。

「滝本さん、恐れいりますが、その腕環をちょっと外してみてくださいませんか。ほんのちょっとでいいんです」

「この腕環をはずしてどうしようというんだ！」

「滝本君、腕環を外してみたまえ」

咬《か》みつきそうな滝本に、おっかぶせるように等々力警部がそばから要求した。警部のあたまにもそのときさっと、金田一耕助のところへまいこんできた、あの奇怪な予告の一節がひらめいたのである。

滝本はもういちど、咬みつきそうな眼で金田一耕助と等々力警部の顔をにらんだが、それでもパチンと音をさせると冴子の腕から腕環を外した。

と、その下から現れたのは、なまなましい朱彫りの刺青である。それはあきらかに十字架のかたちをしているが、その十字架からは炎々として焔がもえあがっている。

「火の十字架……」

と、口のうちで呟いて、等々力警部はおもわずふとい吐息をもらした。

これでいよいよあの哀れな女の警告状は、真実をつたえてきたことになるようだ。

「いや、どうもありがとうございました。滝本さん、腕環をもとどおりに……それから熊谷先生、どうぞお運びください」

熊谷医師がつきそって、冴子のからだが救急車で運び去られると、一同はまたもとの居間へかえってきた。

「ときに、滝本君、さっきの話だがね」

と、等々力警部がおだやかに切りだした。

「浅草の立花良介氏がクィーン・ホテルへとどけるように指令したトランクのなかに、星影冴子さんが入っていたということについて君はどう思うね」

「あっ、そうだ」

と、滝本ははじかれたように警部の顔をみなおすと、いきなり卓上電話の受話器をわしづかみにした。

「ああ、もしもし、もしもし、ああ、もしもし、畜生ッ、表の事務所の連中、だれもいないのかな。ああ、もしもし、ああ、だれ？　君は……？　原田君……？　むやみに持ち場をはなれちゃ困るね、こんなときだからなおのことだ。まあ、いい、まあ、いい。それよりちょっと外線へつないでくれないか」

外線へつながると、滝本はあらためてダイヤルをまわしていたが、

「ああ、もしもし、浅草パラダイス……？　こちら新宿パラダイスの滝本だが……ああ、おはよう。……君は……？　ああ、札場の水島君か。……立花さんの部屋へつないでくれないかな。ちょっとききたいことがあるんだが……」

滝本は受話器を耳にあてたまま、いらいらしたように腕時計をみている。

金田一耕助も誘われたようにじぶんの腕に眼をおとしたが、時計の針はちょうど七時半を示していた。

滝本は受話器を耳にあてたまま、いらいらと一同の顔を睨《ね》めまわしていたが、

「なに？　いくら呼んでも返事がない……？　まだ寝てるんじゃないかって？　そ、そんな馬鹿な！　第一、マダムは……いや、いや、それはまあいいが、さっき立花さんからおれのところへ電話がかかってきたんだぜ。ああ、それは君もしってるんだね。それじゃね、君、すまないが楽屋へいって立花さんをさがしてみてくれないか。至急たしかめたいことができたんだ。たのむぜ。立花さんがいたらすぐこちらへ電話するようにって……」

ガチャンとたたきつけるように受話器をおいた滝本は、しだいに兇暴さをましてくる眼つきで、ギロギロと一同の顔を見まわしていたが、急に思いだしたように、

「さっきの運送屋はどうしたんだ。ゴンダ運送店の亭主は？」

ここにおいてゴンダ運送店の亭主権田平蔵は、やっと登場の機会にめぐまれたというわけである。かれもかれの雇人の福田公吉も、さっきから腹をペコペコにすかせて、一刻もはやくこの時がくるのを待っていたのだ。

それだけに居間へよびこまれて、高橋主任から質問をうけるやいなや、まるで油紙に火がついたようにベラベラしゃべりはじめた。ときどきそばから福田公吉も言葉をはさんで、平蔵の証言の真実性を裏書きした。

滝本もはじめのうちはただ不思議そうに平蔵の話をきいていたが、その口から小栗啓三という名が出たとたん、弾《はじ》かれたように二、三歩そのほうへ踏みだした。

「な、な、なんだって！　そ、そ、その男、小栗啓三と名のったって……？」

「ええ、たしかにそういってましたよ、暗いので顔はよくわからなかったんですが、なんだか大きなひきつれがあるのを、黒眼鏡と大きなマスクでかくしてるようでしたね。それから義足をはめていたようで……」

滝本はいちいちなにか思いあたるところがあるらしく、いまにもとびだしそうな眼をして、平蔵の話をきいていたが、話題が義足にふれると、ふうっと眉をしかめて、

「義足……？　それはなにかの間違いじゃないか。あいつが義足をはめてるはずがないが……」

「ああ、いや、それじゃわたしの間違いかもしれませんな。なんだかひきずるような歩きかたをしておりましたから……」

「ひきずるような歩きかた……？　ひきずるような歩きかたなら立花さんもそうだが……」

「ああ、そういやあそうでしたね。ま、いずれにしても、あのひと、あなたがたの昔のお仲間だそうで、いずれそのうちに、こちらや深川の三村さんとこへも挨拶にいくってことづけでしたよ」

「な、な、なんだと、おれんとこへ挨拶にくる……？」

そう叫んだときの滝本の顔色こそみものだった。額にぐっしょり汗をうかべて、大きく視張った眼球には、ギラギラと血の筋が走っている。

「滝本君、その小栗啓三というのはどういう人物だね」

高橋主任の質問にたいして、

「ええ、あの、それが……」

と、滝本は追いつめられた獣のような眼つきになって、ギラギラと一同の顔を視まわしていたが、そのとき、卓上電話のベルがけたたましく鳴りだした。

しかし、なにに怯えたのか滝本は、鳴りはためく電話を、まるで怖いものでも見るような眼つきで視すえたきり、受話器をとりあげようともしなかった。

かわって高橋警部補が電話に出た。

「ああ、そう、それじゃどうぞ、つないでください。……ええこちら新宿パラダイス……浅草パラダイスですか。ええ、マネジャーもここにいますけど、ちょっと手がはなせないんで、かわりにわたしがききましょう。ええ……？　はあはあ、なるほど……つまり、居間のほうはあけっぱなしになっているが、寝室のほうは鍵がかかっていてひらかない。そして、いくら呼んでもマダム……ああ、ちょっと、マダムというのは星影冴子さんのことですね。ああ、なるほど、いくら呼んでもマダムもマネジャーも返事がない……そして……えっ、なんですって……？　サン……？　サンてなんです。えっ硫酸や塩酸の酸……部屋のなかから強い酸のにおいがする……？　えっ、えっ、りゅう、硫酸かなんかをぶちまけたような匂い……」

そのとたん、金田一耕助は袴の裾をさばいて立ちあがっていた。

「警部さん、こ、こ、こりゃ、浅草へいったほうがよさそうですね」

それから約三十分ののち、浅草パラダイスの楽屋にある、冴子と立花の寝室のドアを叩きこわして、一歩なかへ踏みこんだせつな、金田一耕助は脳天から、真赤にやけた鉄串でもぶちこまれたような、はげしいショックをかんじてふるえあがった。

噫、残虐！

職業柄、金田一耕助はいままでずいぶん、いろいろかわった変死体を眼にしてきた。そのなかには、いかにものなれた人間でも、眼をそむけずにはいられないような、無気味でむごたらしい死体もあった。

しかし、その朝、すなわち五月二十日の早朝、浅草パラダイスの楽屋にしつらえられた、冴子と立花良介の情事の場でみたそのものほど、残虐をきわめた死体はいままでいちどもみたことがなかった。

新宿パラダイスの楽屋にある寝室とちがって、こちらの寝室にはベッドがふたつならんでいるが、そのベッドのひとつのうえに男がひとり、それこそ一糸まとわぬ赤裸で、仰向けの大の字にしばりつけられているのである。しかも、死体はごていねいにも、ふとい麻の緒でしばられたうえを、鉄の鎖で二重にベッドにしばりつけられている。

男はまず寝ているところを麻の緒で、首をしばられたらしい。咽喉をまいた麻の緒が、ベッドの頭部にある鉄柵にしっかりと結わえつけられている。こうして、まず犠牲者をうごきのとれないようにしておいて、あとは犯人の思うがままに、さいしょ麻の緒でベッドにしばりつけ、そのうえなお念のために鉄の鎖でしばったものらしい。

なんのことはない、犠牲者はベッドのうえに、磔《はりつけ》にされているようなものだが、この磔に鉄の鎖をもちいたのは、これからのべる理由によるもののようである。

こうして磔にされた犠牲者は、それから鼻の孔に脱脂綿をつめこまれている。鼻孔をふさがれた犠牲者は、いやでも口をあけねばならない。その口のなかにガラス製の漏斗《じょうご》がおしこまれていて、そこから塩酸が注ぎこまれたのである。

酸鼻《さんび》をきわめた死体といっても、これほどむごたらしい死体はまたとあるまい。

鬼畜のようなこの事件の犯人も、さすがに漏斗から塩酸をそそぐときには手がふるえたのか、それとも、わざとそうしたのか、顔いちめんに塩酸がとび散って、頭部から顔面へかけて、ペロッとひと皮むけたそのむごたらしさは、とてもふた眼とはみられない。

金田一耕助はひとめそれをみたとたん、げえッと嘔吐《おうと》を催しそうな悪寒をおぼえて、背筋をつらぬいてはしる戦慄を、しばらくおさえることができなかった。

しかも、塩酸によってむごたらしく腐蝕されているのは、頭部や顔面ばかりではないのだ。体のずいしょに、なまなましい赤剝けができているのだが、とりわけひどいのは左の二の腕と右脚のくるぶしで、この二か所はげっそりと、肉がえぐられたように腐蝕されている。

つまり、犯人が犠牲者をベッドに磔にするのに、麻の緒だけでは安心ができないで、鉄の鎖をもちいたのは、こういう残虐な手段にうったえることを、あらかじめ計算にいれていたからだろう。麻の緒だけでは塩酸でやけきれる場合をおそれたのである。

むろん、ベッドのシーツや敷蒲団《しきぶとん》も、いちめんに塩酸の洗礼を浴びていることはいうまでもない。一同がふみこんだときには、さすがに下半身は毛布でおおうてあったのだけれど、その毛布などもところどころ、ボロボロに腐蝕していて、まるで塩酸の大饗宴《だいきょうえん》、大盤振舞いであった。

それにしても、鼻をつままれて口から塩酸をそそぎこまれた死体……。

金田一耕助は、いつかそういう探偵小説を読んだことがあるが、こんどの事件の犯人もおそらくおなじ小説を読んでいて、その模倣《もほう》をしたのではあるまいか。そして、模倣だけにいっそう手がこんでいて、脱脂綿や漏斗を用意しているのは、おそらく犯人のもがきのために、みずから塩酸の飛沫《ひまつ》を浴びることをおそれたためであろう。

だが、それだけ冷静にことを行ったとすると、あやまって顔面や頭部に塩酸をこぼすというのはおかしい。ましてや、体のずいしょに塩酸をふりまいているのは、あやまってというよりは、故意にやったのではあるまいか。

故意とすればそれはなぜか。ひと思いに殺すにはあきたりないほどのふかい憎しみか、それともほかにもっと重大な意味があるのではないか。

それはさておき、この酸鼻をきわめた現場へ、急報によって所轄の浅草署から、捜査主任の関森警部補ほかおおぜいの係員がどやどやとかけつけてきたのは、それから約三十分ののち、すなわち八時半ごろのことだった。

表主任の水島の案内で居間へ踏みこんできた関森警部補は、そこに等々力警部と金田一耕助を発見すると思わず大きく眼を視張った。

「警部さん、金田一先生も……ど、どうしていまじぶん、こんなところにいらっしゃるんです」

『魔女の暦』の事件で、関森警部補は金田一耕助ともおなじみになっているのである。

「ああ、いや、関森君、わけはあとで話すがね。とにかくあのドアのなかへ入ってみたまえ。ただしあらかじめいっとくが、腰をぬかしちゃいかんよ。あっはっは」

等々力警部は渋面つくって、ひっつったような笑い声をあげた。

関森警部補は、さぐるようにふたりの顔色を見くらべていたが、すぐほかの連中をひきつれて、叩きこわされたドアのなかへ入っていったが、つぎの瞬間、

「わっ！　こ、これは……」

と、腹の底からしぼり出すような、おどろきの声のコーラスである。

それからしばらく、凍りついたようにシーンとしずまりかえっていたが、やがてバタバタと寝室のなかからとび出してきたのは、関森警部補である。

眼をギラギラとギラつかせながら、

「警部さん、金田一先生、いったい、こ、これはどうしたというんですか」

と、まるで咬《か》みつきそうな調子になるのもむりはない。

「いや、関森君、失敬、失敬。あのドアを叩きこわすまえに、いちおう君に連絡すべきだったんだが……」

と、等々力警部が死体発見までのいきさつを語ってきかせると、関森警部補のおどろきはいよいよ大きかった。金田一耕助が出してみせた、哀れな女よりの警告状に眼をとおしながら、

「そうすると、だれかこんどのこの事件を、あらかじめしってたやつがあるんですね」

と、昂奮に声をふるわせている。

「ああ、そう、だからまず第一にその女をさがしだすことだね」

「関森さん、その手紙はあなたにおあずけしておきましょう。どうせここが捜査本部になるんでしょうから」

「とにかく、淀橋署と協力してやってくれたまえ。それからその手紙だが、星影冴子が覚醒したら、いちどみせてみるんだね。あるいは心当りがあるかもしれん」

「それにしても、きょうの事件の時間まで、ぴったりといいあててるのは妙ですねえ」

金田一耕助はなにをかんがえているのか、肩をすぼめてぞくりと体をふるわせた。

それにしても、これだけの大惨劇がどうして、だれにも気づかれずに遂行されたかということについては、表主任の水島がつぎのように説明している。

「ご存じですかどうですか。マダムは二週間おきに一週間ここへ逗留するんですが、マダムの逗留中は楽屋のほうへはだれも宿直をおかないことになっているんで……つまり、

マネジャーの立花さんご自身が、おれが宿直の役をやるからとおっしゃって……」

「と、すると、マダムの留守中は宿直がいるんだね」

「はあ、そのときは交替で宿直をおきます。むろん、マダムの逗留中でも表のほうには宿直がおりまして、じつはゆうべはわたしが、宿直だったんですが、マダムの逗留中はぜったいに、楽屋のほうへきてはならんという、マネジャーの命令なもんですから……」

星影冴子の逗留中、なぜまた立花良介がそれほどまでに、楽屋からひとを敬遠したかというその理由は、それからまもなく寝室のなかを調査することによって想像された。

寝室のふたつのベッドのあいだには、小さなデスクがそなえつけてあったが、そのデスクにはとくべつにしつらえられたかくし引出しがあった。そしてその引出しのなかから出てきたのは、おびただしい星影冴子の裸体写真である。

しかも、それらの裸体写真は、いずれもベッドのうえによこたわっている彼女を撮影したものだが、モデルになっている星影冴子はどの写真でもよく眠っているようである。

じぶんの細君を眠らせておいて、良人がその裸体写真を撮影するという小説が、ちかごろ問題になったことがあるが、立花良介にもそういう趣味があったのだろうか。それにしても女の裸体になれているはずの立花に、そういう変った趣味があるというのは不思議だと、金田一耕助は首をかしげた。

しかし、ごく最近にもそういう撮影がなされた証拠には、使用ずみだがまだ現像されていないフィルムが二本と、十二枚どりのフィルムの八枚までが使用されて、ナンバーが九と表示されている精巧なカメラが、おなじかくし引出しのなかからあらわれた。

それではひょっとすると、ゆうべもそういう撮影がおこなわれたのではないか。睡眠剤で星影冴子を睡らせておいて、彼女の裸体写真を撮影したうえ、おのれも衣類をかなぐりすてて、無心の冴子をもてあそんだ。そして、そのあと不自然な遊戯につかれはてて、熟睡しているところへ犯人にふみこまれたのではないか。

もし、そうだとすると立花じしんが、犯人にとってお誂えむきの機会を提供していたことになる。

劇団南十字星

平日における浅草パラダイスの開演は、午前十時半ということになっている。したがって従業員の出勤するのは、九時半ということになっているが、きょうは使いが八方にとんだとみえて、九時にはだいたい顔がそろった。

ショウの連中も呼び出されて、おっかなびっくりの顔色で、楽屋をウロウロ、ソワソワしている。

午前九時。

現場では写真班がフラッシュをたき、鑑識課員が指紋の検出に大童である。おくればせにかけつけてきた警察医の橋本先生も、ひとめ死体をみたせつな、ううむとばかりに唇をへの字なりにねじまげた。いかにものなれた警察医でも、この死体ばかりは顔をそむけたくなったであろう。

いっぽう楽屋口のちかくにある幕内主任の部屋では、いちおうここを捜査本部として、さっそく訊取りが開始されている。関森警部補にはまだこの事件の性格がよくのみこめないので、等々力警部がみずから訊取りにあたることになった。

「あんたが幕内主任かね」

「はあ、山本五郎と申します」

幕内主任の山本五郎は後頭部と小鬢《こびん》にわずかばかりの髪の毛をのこして、あとはきれいに禿げあがった頭をもつ、ふくぶくしく肥満した男である。顎が赤ん坊のように二重にくくれている。

「この劇場に小栗啓三という男がいるかね」

「小栗啓三……？」

と、山本五郎はだるま大師のように太い眉をひそめて、

「いいえ、そんな男はおりませんが……」

「顔に大きなひきつれがあって、義足かなんかで少しびっこを曳いてる男だというが……」

「いいえ、そ、そんな男はこの劇場には……もっともマネジャーの立花さんが少しびっこをひいてましたが、顔に大きなひきつれのある男なんて、そ、そんな男はひとりもこ

の劇場にはおりませんよ」

「立花さんはどうしてびっこをひいていたんですか」

と、そばから金田一耕助がことばをはさんだ。

幕内主任の山本五郎はぎょっとしたようにそのほうをふりかえると、しばらくうさん臭そうに、金田一耕助のもじゃもじゃ頭を見ていたが、それでも赤ん坊のようなてのひらで、まるまるとふとった顎をなでながら、

「はあ、なんでも戦争中空襲にやられたんだとかいう話で……」

「悪いのは右脚のくるぶしですね」

「はあ、ショウイ弾の破片でやられたとか……」

「ああ、そう、警部さん、どうぞ」

金田一耕助がかるく頭をさげると、等々力警部がまた訊取りをすすめていく。

「山本君はしかし、小栗啓三という名をきいたことはないかね」

「いいえ、いちども……いったい、どういう男なんです。その小栗啓三というのは……？」

「いや、小栗啓三と名乗るびっこで、顔に大きなひきつれのある男が、けさの五時半ごろこの楽屋にいたんだそうだ。そして、そいつはゴンダ運送店の主人、権田平蔵にむかって、こんどここへやとわれたものだ、マダムの星影冴子やマネジャーの立花にひろわれたものだと名乗ったそうだ。しかも、そいつは新宿パラダイスのマネジャー滝本貞雄

君や、またおなじく深川パラダイスのマネジャー三村信吉君もしっているとみえて、そのうちに挨拶にいくといってたというんだがね。そして、そうそう、新宿パラダイスの滝本貞雄君は、たしかに小栗啓三という男をしってるらしいんだが……」

「ああ、そう、それなら……」

と、幕内主任は汗っかきとみえて、額ににじむ汗をぬぐいながら、

「昔のお識合いなんでしょう。あのひとたち、……つまり、いまおっしゃったマダムとここのマネジャーの立花さん、それから、新宿深川の両パラダイスのマネジャー、滝本さんと三村さん、それからもうひとり、星影冴子ショウのメンバー富士愛子と、この五人は戦争まえからおなじ一座にいて、戦争中は移動劇団やなんかで苦労したという話ですから……」

等々力警部はちらと金田一耕助のほうへ眼をやると、

「その富士愛子というのはきょうきてるかね」

「いいえ、それがここ二、三日休演しておりますんで……脚をくじいて踊れないからって、おとついかさきおとつい、電話をかけてまいりまして……」

「富士愛子じしんがかけてきたのかね」

「いいえ、男の声でした。愛子は歩けないからって……」

「住所はどこかわかるかね」

「はあ、それは調べればすぐわかります」

「それじゃ、あとで調べて報告しといてくれたまえ」

「はあ、承知しました」

「ところで、これはさっき表主任の水島君にきいたんだが、立花マネジャーは星影冴子が逗留中は、楽屋のほうへは宿直をおかなかったそうだね」

「はあ、しかし、それはここばかりではなく、新宿でも深川でもおなじだときいてますが……」

と、山本幕内主任はちょっと口もとをほころばしかけたが、すぐまたはっときまじめな顔にかえった。

「ああ、すると、それは立花マネジャーの意見ではなく、星影冴子の希望なんだね」

「さあ……」

と、山本幕内主任はとぼけたように小首をかしげて、

「それはどうだかわかりませんよ。案外、三人のマネジャーの一致した希望じゃありませんかね」

「さっき五人の男女は戦前から、おなじ劇団に属していたといったが、つまり、そういう因縁から、ああいうへんな四角関係ができあがったのかね」

「ええ、まあ、そりゃそうでしょうなあ」

と、山本主任はあいまいな薄笑いをうかべながら、

「つまり、昔、生死をともにした仲だった。ところが戦後はマダムがひとりぬきんでて

人気者になった。なにしろ、あのひとが日本で最初に裸になったんですからね。それでまあ、ほかの三人がマダムにたかった……と、いっちゃ失礼ですが、まあ、たかったんですね」

しかし、ただそれだけではあるまい。星影冴子の異常な愛慾生活には、なにかもっと深いわけがあったにちがいない。

「さっき、あなたは……」

と、そのとき、そばから金田一耕助が、またくちばしをさしはさんだ。

「立花良介氏は深川で空襲にあったとおっしゃったが、そのじぶん、移動劇団が深川で公演をやってたんですか」

「いや、それはそうではなく、戦局切迫してくると、輸送も思うようにいかないので、移動劇団も解散して、みんな徴用されて深川のどこかで風船張りをやってたそうです。ほら、風船爆弾とかいうやつ……そこを三月十日の大空襲でやられたとか……」

「ああ、なるほど」

と、金田一耕助はうなずいて、

「ところで、あなたはあの死体をごらんになりましたか」

「はあ、それは……当分飯がのどを通りそうにありませんな」

と、山本幕内主任は薄気味悪そうに苦笑いをしている。

「ところで、あの死体は左のふと腕が、ひどく塩酸でやられてますが、あそこになにか立花さんの目印になるようなものがあったんじゃありませんか」

「はあ、あの……十字架の刺青がありました。それも十字架がもえてるところで……」

　等々力警部はぎょっとしたように、

「星影冴子にもおなじ刺青があるのをしってるかね」

「はあ、あの、さっき申上げた五人のご連中、ぜんぶおなじ刺青があるんだそうで……」

「それはどういうわけだね。燃える十字架団とでもいうような結社でもつくってるのかね」

　と、関森警部補がそのときはじめて、詰問するような調子でするどくことばをはさんだ。

「ご冗談で……あのひとたちが戦前所属してた劇団が、『劇団南十字星』とかいうんで……それで、空襲でやられて顔やなんかが、わからなくなったときの目印にっていうわけで、五人おなじ刺青をしといたんだそうで……」

　その目印の刺青を塩酸でやきけしてあるというのは……と、等々力警部はにわかに胸騒ぎをおぼえはじめた顔色で、

「君、君、山本君、君はあの死体をとっくりと見たろうねえ」

「いえ、あの、ところが……とってもわたしどもシロウトにゃ、あんな凄い死体、ふた眼とは見られませんや」

「いや、しかし、あの死体、立花マネジャーにゃちがいないだろうねえ」

山本幕内主任は一瞬ポカンとした顔色で、等々力警部をながめていたが、みるみるその顔面から血の気がひいていったかと思うと、

「そ、そ、そりゃそうでしょう。あ、あの部屋で殺されてんですから。し、しかし、わたしにゃわかりませんよ。あ、あのとおり顔がめちゃめちゃになってんですし、そ、それに目印の刺青が……」

と、語尾をふるわせた山本主任の顔からはいっぱい汗が吹き出してくる。

第二の事件

警察医橋本先生の診断によると、兇行の演じられたのは昨夜の二時前後であろうという。

そのことは常識的な判断とも一致している。劇場がハネてひと風呂浴びて、夜食にいっぱいのんだあと、睡眠剤で星影冴子を眠らせておいて、ああいういかがわしい裸体写真を撮影して、さて、それから変態的な遊戯にふけったものとすると、立花良介の寝こんだのは、ちょうどその時刻になるはずである。

ただし、立花良介にそういう趣味嗜好があったということは、劇団、あるいは、劇場関係者のうち、だれもしるものはなかった。しかし、立花が相当の写真マニヤで、いわゆる芸術写真というやつにこって、みずから現像から焼付け引きのばしまでやっていた

ことは事実で、居間のほうからそれらに要する器具も発見され、またその設備もととのっていた。

「それにしても、警部さん」

と、橋本先生が立ち去ったのち、関森警部補は声をひそめて、

「あの死体はひょっとすると、立花じゃないんじゃないかとおっしゃるんですか」

「いや、はっきりそうとはいいきれんが、多分にその可能性はあるわけだ。相好《そうごう》のみわけもつかなきゃ、目印になる刺青の部分まで、ごていねいに焼き消してあるんだからね」

「それに右脚のくるぶしの傷痕もね」

と、金田一耕助がポツンと、警部のことばに合の手をいれた。

関森警部補は思わず呼吸を大きくうちへ吸って、

「もし、あれが立花の死体でないとすると、立花じしんが犯人では……」

「探偵小説にはよくあるやつですね」

一同は意味ありげに、しばらく視線をからみあわせていたが、そこへ幕内主任の山本五郎がふたたびやってきて、富士愛子の所書きをおいていった。

富士愛子は下谷車坂の若竹荘というアパートに住んでいて、パトロンや愛人の有無はともかく、表向きは独身ということになっている。

「ああ、ちょっと山本さん」

と、金田一耕助は出ていこうとする山本幕内主任を呼びとめると、

「ここへ表主任の水島さんを呼んでくれませんか。もういちど聞きたいことがございますから」

「はあ、承知しました」

山本五郎が出ていくと、関森警部補は刑事のひとりに富士愛子の所書きをわたして、若竹荘へ走らせた。

「ねえ、警部さん」

と、関森警部補は昂奮《こうふん》に眼をギラつかせて、

「いまの山本の話によると、五人の男女に昔なにかあったんですぜ。ただ単におなじ釜《かま》の飯を食った、苦楽をわかちあったというだけで、星影冴子が三人の男にくらいつかれて、おもちゃになってるはずがありませんからね。星影冴子はなにか暗いかげがあるんですぜ」

「そう、それは当然考えられるね。それに火の十字架の刺青だって、空襲で被爆したときの目印としちゃ、少々用意が好すぎるようだ」

「と、すると、金田一先生のところへきた、この哀れな女よりの手紙というのも、真実をつたえてるということになりますね」

「つまり、小栗啓三という男が、どういう意味でか復讐鬼と化して、火の十字架の刺青のある、五人の男女をねらってるというわけですね」

金田一耕助はなにか深く考えこみながら、放心したような声でぼんやりつぶやいたが、

ちょうどそこへ水島が顔を出した。

「ああ、水島さん、さっきちょっと訊きおとしたんですが、けさ早く立花マネジャーが新宿パラダイスの滝本さんに電話をかけたそうですね」

「はあ、あの、しかし、わたしは立花さんだとばかり思ってたんです。あのひと、関西人でちょっとアクセントがちがうものですから……」

「で、けさの電話の声も立花さんとおなじアクセントだったとおっしゃるんですね」

「はあ、ですからわたし、立花さんだとばっかり思ってたんですけれど、そのじぶんには立花さんはもう……」

と、水島表主任はゾーッと総毛立ったような顔色である。

「それ、何時ごろでした？」

「さあ……それがあいにく時計を見なかったもんですから……眠くて、眠くて……」

「ああ、そう、それで立花さん、なんといったんですか。新宿パラダイスを呼び出してくれといったんですか」

「ええ、そう、ああ、いや、そうじゃありませんでした。新宿パラダイスへ電話をかけたいから外線へつないでくれといったんです」

「それで、通話がおわると、すぐもとどおりに切替えたんですか」

「いいえ、あの、そうじゃなく、外線へつないだら、君はまた寝てもいいって……話が長くなるかもしれん、と、そう立花さん……じゃなかった、そのときの男がいうもんですから、わたしゃそのまま寝ちまったんです」

「ここの楽屋からは直接外部と話ができないのかね」

と、これは等々力警部の質問である。

「はあ、いや、そうしたほうがこっちは助かるんですが、そうするとファンからやたらに楽屋のほうへ電話がかかってうるさいもんですから、まあいわばわれわれのところが電話の関所みたいになってるんです」

「ああ、なるほど」

と、金田一耕助はうなずいて、

「ところで、七時半ごろ新宿パラダイスから電話がかかったとき、すぐあなたが出たようでしたね」

「はあ、あのとき、ちょうど眼をさましまして、もういいだろうって、線を切りかえたところへ、新宿からかかってきたんです」

「ああ、そう、いやありがとうございました」

「金田一先生、電話になにかご不審でも……？」

水島表主任が出ていくと、関森警部補が眉をひそめた。

「いや、電話をかけたのがだれにしろ、そいつはこの劇場の機構に相当通じたやつだということが、これではっきりしましたね」

「と、いうことは、そいつはやっぱり立花良介だと……？」

「いや、そうかんたんに飛躍もできませんが……」

それからかわるがわる劇場関係のものが呼び出されたが、だれもこの事件についてしるものはなく、また、だれも小栗啓三なる名前をきいたものはなかった。

また、この事件の捜査が厄介《やっかい》視されたのは、犯人がなにひとつ遺留品をのこしていないことである。

立花良介をベッドに磔にした、あの麻の緒も鉄の鎖も、それから口へつっこんであったガラスの漏斗も、全部星影冴子ショウ所属の小道具であった。星影冴子ショウにはあいだに奇術がはさまれることになっていて麻の緒や鉄の鎖、それからガラスの漏斗などは、その奇術につかわれる小道具なのである。

さらに驚くべきはあの塩酸だが、それも劇場のものであった。

と、いうことは犯人がよくよくこの劇場の内部事情に、精通しているものであるということを示しているのではないのか。

午前十時半。

関森警部補に外から電話がかかってきた。楽屋の電話は星影冴子の居間のほかにもう一本、捜査本部になっている幕内主任の部屋のすぐ外にそなえつけてあるのである。

関森警部補は受話器をとりあげて、ふたこと三こと話をしていたが、

「な、な、なんだって……？」

と、咬みつくようにひと声叫んだのち、あいての話に熱心に耳をかたむけていたが、

やがて、

「よし、すぐ出向いていく！」

と、ガチャリと受話器をおくと、凄い眼をして部屋のなかへ入ってきた。

「警部さん、金田一先生」

と、のどのおくで押しつぶされたような声を立てて、

「富士愛子が殺られてるそうです。若竹荘のじぶんの部屋で……」

顔に傷のある男

下谷車坂の若竹荘というのは、高級とまではいかないが、戦後よくある、やっと体を入れるに足ればいいといった程度の、鼻のつかえそうな小っちゃなアパートとはちがっていた。

ことに富士愛子が占有している部屋は、八畳の居間に六畳の寝室、台所やバス・ルームもゆっくりとってあって、女のひとり住居にはもったいないような部屋であった。したがって、部屋代も相当かさむはずだから、富士愛子はショウの出演料以外に、どこかに財源をもっていたにちがいない。

さて、その富士愛子は寝室のベッドのなかで、くびり殺されているのである。ただし、寝ていたところをくびり殺されたわけではなく、殺されてからベッドのなかへつれてい

かれたらしい。谷井刑事が発見したときは、額から羽根蒲団がかぶせてあったそうである。

金田一耕助はひとめその死体を見たせつな、あきらかにこちらのほうの事件が、けさの浅草パラダイスの事件より、さきであることを覚った。五月二十日という季節の陽気に、富士愛子の死体はそろそろ細胞がくずれはじめている。

愛子はおそらく三十をもう相当こえているのであろう。そろそろ脂肪のつきかけた体はヌード・ショウの売物として、あまり魅力があるとは思えない。顔も美人というにはかなりかけはなれている。

彼女はなにか細紐様のものでくびられたらしく、薄気味悪い土色に変色したのどのまわりに、なまなましい跡がのこっている。ブラウスとスカートのうえに派手な薄地のガウンをひっかけていて、スリッパは寝室になかった。

「たいへんな事件だな。こいつはたいへんな事件だな」

関森警部補が昂奮のあまり、まるで檻《おり》のなかの猛獣のように、部屋のなかを歩きまわっているところへ、急報によって所轄の下谷署からも、捜査主任の神保警部補をはじめとして、おおぜいの係員がどやどやとかけつけてきて、この朝、新宿、浅草についで、若竹荘がまた火事場のような騒ぎになった。

若竹荘の管理人、緒方竹蔵はすっかりどぎもを抜かれた顔色で、

「いえ、もう、あたしゃ富士さんがうちにいるとは、ゆめにも思いませんでしたので……

…たしか十七日の晩でしたか、当分かえらないからって電話がかかってきたもんですから……」

「愛子じしんの声でかかってきたのかね」

「いえ、あの……男の声でした。富士愛子の代理のものだがとおっしゃって……」

「それで、けさこの死体を発見したいきさつは……？」

下谷署の捜査主任、神保警部補はまだ事情がよくわからないので、ここでも等々力警部が訊取りにあたっている。

「はい、それはさっき、そこにいらっしゃる刑事さんがお見えになって、ぜひともこの部屋をみせろとおっしゃるもんですから、仕方なしに合鍵でドアをひらいたところが……」

と、緒方管理人はしたたりおちる汗をぬぐっている。

「なるほど、それで、富士愛子にはパトロンでもあったのかね。相当ぜいたくな暮しのようだが……」

「いえ、それがよくわかりませんので……そりゃ外で逢っていらしたのかしりませんが、ここへはそういうかた、お見えになったことはないようで……そりゃあ、各自鍵をもっておいでになりますけれど、もう足かけ五年越し、ここにお住いですから、そういうかたがいらしたら、わかりそうなもんだと思うんですが……」

「でも、ちょくちょく訪ねてくる人間はあったんだろう」

「ええ、そりゃまあ劇団のかたやなんかが……」

「愛人かなんかあったろうかね」

「それはあたしにお聞きになるより、劇団のかたにお聞きになったほうが……」

「だけど、愛人らしき男が訪ねてくるようなことはなかったかね」

「いいえ、ところがあのかたについちゃ、劇団のほうでももっぱら評判なんで……」

「評判とは……？」

「富士愛子さんの趣味は貯金だって。色より慾にこりかたまっていらっしゃるって……」

なるほど、愛子のあの容貌なり姿態なりでは、そのほうが賢明だったかもしれない。

愛子はおのれをしっていたのであろう。

「しかし、浅草パラダイスのマネジャー、あるいは新宿、深川の両パラダイスのマネジャーあたり、ときどきやってくるんじゃないか」

「さあ、お見えになったかもしれませんが、そうたびたびは……つまり、眼につくほどには……第一、富士さんてかたがあんまりお客さんを好まないかたでした。なにしろ、趣味が貯金てかたですから……」

「それじゃ、小栗啓三という男が訪ねてこなかったかね」

「小栗啓三さんてどういうかたで……？」

「顔に大きなひきつれがある男で、びっこをひいてる人物だが……」

とつぜん、緒方管理人の顔から、退潮のように血の気がひいていった。

「ああ、しってるんだね。そういう男を……？」

「はあ、あの……あれはいつでしたっけ。今月のはじめごろじゃなかったでしょうか。富士愛子という女がこのアパートにいるかって、わたしどものところへ顔をのぞけたのは……？　あのときはもうゾーッといたしましたんで……」

「ゾーッとしたというのは……？」

「いえ、あの、黒眼鏡に大きなマスクをかけてるんですが、それでも顔にひどいひきつれがあって、片眼がつぶれたようになってるのがわかりますんで……眼鏡やマスクをとったら、いったいどんな顔だろうって……」

「それで、富士愛子に会っていったのかね」

「はあ、朝の九時ごろのことで、富士さん、まだ出勤前でしたから……」

「その男に会ってから、富士愛子の態度はどうだったね」

「さあ……どうとおっしゃっても、ここはそれぞれ独立した家屋の集まりみたいなもんですから……」

「それで、その後もその男、ここへ訪ねてきたふうかね」

「はあ、ちょくちょく……何度きたかしりませんが、あたしもその後二度会いました。家内も二、三度会ったそうで……なにしろ、ああいう眼につく顔ですから、くるとまたきたよなんて噂《うわさ》をするもんですから……」

「神保君」

と、等々力警部は下谷署の捜査主任をふりかえって、

「その小栗啓三という名前で、顔に大きなひきつれのある、びっこの男について、情報を集めてくれたまえ。このアパートの住人で、ほかにもそういう男に会ったのがいるだろうから」

「はあ、承知しました。すると、そいつが……？」

「ああ、第一の容疑者なんだ」

現場のようすから察すると、愛子は居間のほうで殺されたらしい。三面鏡のまえの腰掛けの下に、スリッパが脱ぎすててあったが、片っ方は裏返しにひっくりかえっていた。そうすると愛子は三面鏡にむかってお化粧をしているところを、うしろからくびり殺されたのであろうか。しかし、それだと相手のすがたが鏡にうつるはずだから、犯人がふいを襲うにはあまりいいチャンスとはいえない。してみると、これはあきらかに犯人の擬装ということになるが、では犯人はなぜ擬装する必要があったのであろう。

被害者はそのときなにかやっていた。そのやっていたことを、犯人はひとにしられたくなかったのであろう。では、被害者はなにをやっていたのか……。

三面鏡とちょうど反対の方角に、窓にむかってデスクがすえてあり、そのうえに映画雑誌が二、三冊雑然とおいてある。ほかにソファと椅子が三脚、部屋のぜいたくさに比して、家具調度は粗末である。

愛子は貯金が趣味だということだが、酒だけはたしなんだらしく、台所にサントリー

の空瓶がたくさんならんでいた。

金田一耕助と等々力警部、それに関森警部補の三人は、あとを神保捜査主任にまかせて十二時半ごろそこを出ると、とちゅうで昼食をしたためて、浅草パラダイスへもどってきたが、ちょうどそこへ淀橋署の高橋警部補から電話がかかってきた。

星影冴子がそろそろ覚醒しそうだというのである。

時計を見ると一時三十分。

金田一耕助と等々力警部、それから関森警部補の三人がすぐその足で、新宿角筈にある三光病院へかけつけると、待合室で高橋警部補が待っていた。

「どう？　もう会ったのかい？」

ほかの外来患者に気がねして、等々力警部が小声で訊ねると、

「いえ、まだ……でも、もうすぐでしょう」

と、腕時計を見ながら、

「深川から三村信吉という男がきてますよ」

「深川パラダイスのマネジャーだね」

「ええ、そう」

「滝本は……？」

「いっしょです」

「冴子の部屋にいるの？」

「ええ」

「で、滝本のアリバイは……？」

「けさの三時半すぎまであの部屋で、麻雀をやってたというんです。表の宿直の原田という男と、ほかのふたりもわかってます。原田が表へかえって時計を見ると、四時十五分まえだったといってるんですが」

「三村のほうはきいてみなかったかね」

「いいえ、これもききました」

「で……？」

「このほうもはっきりしたアリバイがあるようです。深川パラダイスの表主任の細君が死んで、ゆうべがお通夜だったそうです。それで三時過ぎまでのんでたというんです。調べればすぐわかることですから、まさか嘘はつきますまい。むろん、深川のほうへはさっそく連絡しときましたがね」

　三人がひそひそ話をしているところへ、看護婦がやってきた。

「どうぞ」

　と、三人を眼で招いて、

「でも、まだあまり複雑なお話はできませんから、そのおつもりでどうぞ」

　時計の針はちょうど二時を示している。

哀れな女

覚醒したとはいえベッドのなかの冴子の瞳は、くさった魚のように薄白くにごって、彼女はまだじぶんの立場にたいして、はっきりとした自覚がないらしかった。

眼がさめると見しらぬ部屋のなかに寝かされていて、ふたりの情人が心配そうにじぶんの顔をのぞきこんでいる。これはどうしたことだろうと思っていると、さらに警察のひとがあいたいといっていると聞いて、いよいよわけがわからないといった顔色である。

「貞雄さん、信ちゃん、いったいどうしたというの。あんたたち、なにかあたしをかつごうとしてるんじゃない？」

だだっ児がだだをこねるようなことばの内容だが、まだ言語中枢がおかされているとみえて、アル中患者のように呂律《ろれつ》がまわらない。

「いや、ねえ、マダム、あなたはただ睡眠剤を多量にのみすぎただけのことなんですよ」

滝本がわざとさりげなく注意をすると、

「睡……眠……剤……？」

と、冴子はのろのろとつぶやいたが、急にその頰に血がのぼってきたのは、睡眠剤とあの恥ずべき写真との関聯性《かんれんせい》について、彼女はうすうすかんづいているのかもしれない。

「だって、……そのことと警察といったいなんの関係があるのよう。あたし自殺をくわだてたおぼえはないのよ。ああ……」

と、冴子はベッドから体をおこしかけたが、まだ運動神経のバランスが完全に恢復《かいふく》していないとみえて、すぐまた枕のうえにぐったりと頭をおとした。

「いけませんよ、マダム、無理なすっちゃ……あなたはゆっくり静養しなきゃいけないんです。当分おとなしくしていらっしゃい」

猫なで声で毛布をなおしてやっているのは、深川パラダイスの三村信吉である。

滝本のことばによると、この男はかつて立花良介の稚児さんだったということだが、なるほど色白の華奢《きゃしゃ》なからだは、おなじ好男子でも、滝本のたくましさとよい対照をなしている。ちょっと混血児のようなかんじのする男で、ゲイ・ボーイというほどではなくとも、いやらしいという感じはまぬがれない。

「だって信ちゃん、それじゃショウはどうするの？　ここはどこ？　いま何時？」

あいかわらず呂律はよくまわらないが、そういうことが気になるところをみると、理性もだいぶ眼覚めているらしい。

「そんなこと気にかけないほうがいいんだよ。それより警察のひとにあいますか」

「ああ、警察……？」

冴子は思いだしたように小首をかしげて、

「貞雄さん、それどういう意味？　どうして警察のひとにあわなきゃならないの？」

「ぼくにもよくわからないんだけど、ここにいる熊谷先生が面会を許可したもんだから

「……」

「熊谷先生……？」

冴子は枕もとに立っている熊谷医師と看護婦のほうへ、薄白くにごった眼をむけると、

「ああ、そうそう、ここ病院だったのね」

と、思いだしたようにつぶやくと、

「貞雄さんも信ちゃんも、あたしいま警察のひとにあう必要があって？」

信吉は滝本と眼をみかわせていたが、

「ええ、マダム、それはやっぱり……ぼくにもよくわからないんですけれど」

冴子はふたりの顔を見くらべながら、なにかを思いだそうとつとめているらしかったが、急に思いだしたようにあたりを見まわして、

「立花はどうしたの？　あのひとだけどうしてここにいないの？」

「いや、それより警察のひとはどうします。さっきから待っているんだが……」

「ああ、また、警察ね」

理性がしだいにもどってきたのか、薄白くにごった冴子の瞳に不安そうな影がさして、

「なにかあったのね」

と、ちょっと考えこむふうをしたが、思考がまとまらないのか、弱々しく首をふって、

「いいわ、あんたがたのいいようにして……」

金田一耕助と等々力警部、それから浅草の関森警部補と淀橋の高橋警部補がこの病室

へはいってきたとき、星影冴子はだいたいこのような状態だったのである。

「ご気分のすぐれないところを恐縮ですが……」

医者や情人たちをとおざけたあとで、いんぎんな調子できりだしたのは等々力警部である。

「ちょっとゆうべのことを思いだしていただきたいのですが……ゆうべ小屋がはねてからのことですがね。ゆうべ小屋がはねて、お風呂へはいって、それからあとのことですがね」

「なにか……ゆうべ、あったのでしょうか」

「ああ、いや、そのことは考えないで……とにかくゆうべ風呂からあがってから、どんなことがあったか、それを思いだしていただきたいんですがね」

「はあ……」

と、四人の顔をみくらべている冴子の瞳には、ありありと危惧《きぐ》の色がうかがわれた。まだはっきり覚醒していない彼女の神経をもってしても、四人の顔色のものものしさから、事態の容易ならぬことが理解されたらしい。

「ゆうべのことといっても、べつに……」

「ああ、そう、それじゃわたしのほうからお訊ねしましょう。ゆうべ劇場がはねたのはだいたい九時半でしたね。それからあなたはお風呂へはいった。そのお風呂からあがったのはだいたい十時ごろだとわかっています。あなたはそれからまっすぐに、楽屋の二階にあるあなた……いや、あなたと立花良介氏とのお住居へあがっていかれた……と、だいたいそこまではわかっているのですが、それからあとどんなことがあったか、それを思いだしていただきたいんですがね」

冴子は等々力警部のことばの意味を、一句一句理解しようとするかのように、必死となって警部の唇のうごきをみていたが、急に大きく眼をひらくと、

「立花が……どうかしたんですの？　立花になにかまちがいが……？」

「ああ、いや、いや！」

等々力警部は大きな掌で冴子の動揺をおさえると、

「いまそのことは考えないほうがいいんです。それよりも十時ごろ、楽屋の二階にあるお住居へかえっていかれて、それからどうしました？」

「はあ、べつにこれといって……」

と、冴子はまた不安そうに、四人の顔をひとりひとり見わたすと、

「あたしが風呂からあがってきたとき、表主任の水島さんが居間へきていて、立花となにかとうちあわせをしていました。つぎ興行のことやなんかです。そのあいだあたしは鏡にむかって寝化粧をしていたんです。そこへ幕内主任の山本さんもやってきて、打合せの仲間にはいりました。その打合せがおわってふたりが部屋を出ていったのは十時四十分ごろでした。立花はふたりを送っていったんです」

「ふたりを送っていったというのは……？」

「いえ、あの、あたしが滞在中は、楽屋のほうに宿直をおかないことにしているもんですから、立花が楽屋の戸締まりをしなければなりませんの」

「ああ、そう、それでふたたび立花さんが部屋へかえってきたのは……？」

「ちょうど十一時でした」

「楽屋の戸締まりをするのに二十分もかかるんですか」

「いえ、戸締まりくらいならかんたんですけれど、楽屋にだれかのこっているといけませんから、立花は部屋ごとにのぞいてあるくのです」

「ああ、なるほど」

と、等々力警部はちらりと金田一耕助のほうへ眼くばせをする。立花良介はあの秘密の遊戯をたのしむために、そのように用心していたのだろうと警部は思った。

「それから、どうしました」

「はあ、立花が楽屋のなかを見まわっているあいだに、あたしは酒の用意をしました。缶詰《かんづ》めをあけたり、チーズを切ったり……」

「それで、十一時ごろから酒盛りがはじまったんですね」

「はあ」

「それから……？」

「それからよくおぼえておりませんの。たしかウイスキーを五杯くらいかたむけたんでしょうか。それからあとのことはいっこうに……」

「酒をのんでいるうちに前後不覚になるようなことが、いままでにもちょくちょくあったんですか」

「はあ……」

と、冴子はまたどんよりにごってきた眼を、パチパチとまばたきながら、

「浅草ではときどき……」

「浅草ではときどきとおっしゃるのは、新宿や深川ではそういうことがなく、浅草だけでそういうことがあったんですか」

「はあ」

「あなたはそれを妙に思いませんでしたか。浅草だけでそうなるということを……」

「いいえ、べつに……だって……」

「だってとおっしゃるのは……?」

「はあ、……と、申しますのは、日本酒だとお銚子《ちょうし》の一本一本で、酔いのふかくなるのがわかりますわね。したがって、いまじぶんがどのくらい酔うているかという自覚がございましょう。ですからよいかげんのところで切上げますわね。ところがウイスキーなんかのばあい、五杯なら五杯のんで、まだそれほど酔うているとは気がつかないで、もう一杯かさねたところ、さいごの一杯で足をとられる、前後不覚になるということがございますわね。そのときのからだの調子で……」

「ああ、なるほど……それで……?」

「ところが、貞雄さん……滝本も以前は洋酒党だったんですが、いちど痔《じ》をやってから、洋酒をのむと出血すると申しまして、日本酒党に転向したんです。ですから新宿ではあたしもお付合いで日本酒をやりますし、信ちゃん……三村はあんまり酒がいけないほうで、むしろあたしが深酒をするのをとめるほうですから……」

「なるほど、わかりました。ところであなたは睡眠剤を常用しているというようなことは？」

「いいえ、以前はかなりやったんですの。それをお医者さんからとめられて、睡眠剤よりアルコールのほうがまだいいとおしえられたものですから……」

「それじゃ、ウイスキーのさいごの一杯で、急に前後不覚になるのを、立花氏が睡眠剤を盛るんじゃないかと、お考えになったことはありませんか」

「さっき、滝本から睡眠剤を多量にのんでるときいて、びっくりしたんですけれど……」

と、眼をふせてひくい声でつぶやく冴子の頰《ほお》に、そのときまた血の色がさしてきたのをそこにいる四人の眼は見のがさなかった。

そのことについて、等々力警部がもっとつっこんできこうとしているところへ、熊谷医師がはいってきて注意をあたえた。冴子の容態はまだ長時間にわたる質問に、耐えうるまでには恢復していないのである。

「ああ、それじゃ、関森さん」

と、金田一耕助が関森警部補をふりかえって、

「さっきの手紙をみせて、星影さんに鑑定してもらったらいかがでしょう。だれの筆蹟かお心当りがあるかもしれませんから……ほんのはしっこだけみせて……」

「ああ、そう、それじゃ……」

と、関森警部補があの残虐予告の、哀れな女よりの手紙のさいしょの一枚だけを冴子にみせて鑑定をこうと、

「まあ、これ……」

と、冴子はふしぎそうに眉をひそめて、

「富士愛子さんの筆蹟じゃないかしら。……あたしどもといっしょに働いている……」

「いや、どうもありがとうございました」

と、金田一耕助はうれしそうににこにこしながら、ペコリと頭をひとつさげた。

生活の設計

「滝本君、まあそこへかけたまえ。君もゆうべ浅草パラダイスで、どういうことがあったかしってるだろうねえ」

そこは新宿パラダイスの楽屋における、冴子と滝本の情痴のフラットの居間である。三光病院から滝本と三村を伴なってかえった金田一耕助や等々力警部の一行は、まず滝本をよびいれての訊取りだった。

「はあ、それはさっき浅草パラダイスの水島君に電話でききましたが……」

さすがに露悪家の滝本貞雄も、ことがあまりに酸鼻をきわめているので、ショックが大きかったのか、眼つきが鋭くすわっている。

「なるほど……それで君はこの事件をどう思う？」

「どう思う……って、マダムはどういってました？」

「いや、マダムはただ、ゆうべ十一時すぎから立花氏と酒をのんでいたところが、急に酔っぱらってしまって、前後不覚になってなんにもしらないといってるんだが……」

「すると、マダムに睡眠剤をもったのは……？　立花さんだということになるんですか」

と、滝本の顔色には猜疑《さいぎ》の影がふかかった。

それにたいして等々力警部がなにかいおうとするのを、金田一耕助がよこからすばやくさえぎって、

「ええ、そう、マダムのお話をきくとあきらかにそういうことになりそうですな。それについて、あなたなにかお考えは……？」

「はあ、いや、じつは……」

と、滝本はそわそわとてのひらににじむ汗をハンケチでこすりながら、

「じつはけさがたお話したように、けさはやく立花さん……だとそのとき思ったもんですから、ここでは立花さんで話をすすめさせてください。つまり、立花さんから電話がかかって、三個のトランクのうち一個だけは、赤坂のクイーン・ホテルへ送りとどける

ようにといってきたとき、ぼくはすでに立花さんにある種の不信の念をもったんです。なんといっても、あのひとがいちばん老獪《ろうかい》ですからね。ぼくとマダムの、その、つまり交歓の機会をはばもうと、あのひとが策謀してるんじゃないかって気がつよくしたんです」

「しかし、君はけさがた三人のあいだはうまくいってるといったじゃあないか」

と、高橋警部補が突っ込むと、滝本はにやりと不敵の笑みをうかべて、

「いや、それはいちおうそういうことになっておりますがね。しかし、人間の気持って複雑なもんですから……」

「はあ、はあ、それで……」

と、金田一耕助が高橋主任をおさえるようにしてあとをうながす。

「はあ、それで……いまいったように、電話をきいたときすでに、立花さんにたいして不信の念をもっていたでしょう。そこへもってきてマダムを詰めこんであったトランクに、空気ぬきの孔があけてあったとしったとき、ぼくは俄然はげしい憤りにもえたんです。なにもかも立花さんのやったことだと……」

「立花さんはどういうわけで、そういうことをやるんでしょう」

金田一耕助は眉をひそめて、ふしぎそうに滝本貞雄を視つめている。等々力警部はほかのふたりに眼くばせをして、金田一耕助にまかせておくようにと注意をした。

「いや、それはこうです。ぼくたち三人の男はいまある人物から恐喝されているんです。

そのうち命を頂戴に参上するって……」

「それはまた……」

と、金田一耕助はギョッとしたように、

「どういう人物にどういう事情で……？」

「いや、それがまったく誤解なんです。誤解ですから会ったらよく話してやって誤解をといてやろうと、ぼくじしんはべつに恐れてもいなかったんですが、立花さんはそうとう気にしているようだとマダムは話していました。ほら、けさがたゴンダ運送店のおやじの口から出た小栗啓三という男ですがね」

「ああ、そう、それはいったいどういう人物です。浅草パラダイスでも話が出たんですが、だれもしらなかったんですが……」

「ああ、いや、それが小栗啓三じゃわからないんですが、青木俊三といえば浅草のオールド・ファンならしってるはずです。軽演劇南十字星のスターで、立花さんと人気をあらそってた役者なんです。立花さんも立花さんじゃわからないんですが、花井良太といえばいちじそうとう鳴らしたもんです」

「あっ、そう、それじゃあのひとが花井良太なんですか。いちじ新宿のムーランにいた……」

「ええ、そうです、そうです。ご存じですね」

「もちろんしってましたよ。舞台もみたことがあります。しかし、なにしろ相好もわからないまでに、塩酸でやけただれておりましたからね。たぶん水島さんからもおききになったでしょうが……それから青木俊三という役者もしってます。ふむふむ、それで……？」

金田一耕助がいよいよ興味を催したようすに、滝本貞雄もつりこまれて、

「はあ、あの、それで……われわれはみんな劇団南十字星のメンバーだったんです。立花さん、小栗啓三、ぼくに三村の信ちゃん……ぼくはまだ二十まえだったし、信ちゃんときたらまだ十五、六、むろん下っ端も下っ端、台詞《せりふ》もろくにしゃべれない時代でしたが、そのほかに女では星影冴子と富士愛子がいたんです。当時は富士愛子のほうがうえで、冴子はまだ研究生という恰好《かっこう》でした。それから一座のスターとして花園千枝子というのがいたんですが、問題はその花園千枝子にあるわけです」

「はあ、はあ、どういう……？」

「つまり、立花さんと小栗啓三のふたりが同時に花園千枝子にほれたんですね。しかも、千枝子はふたりにゆるして、三人で共同生活をはじめたんです。ほら、昔、生活の設計という外国映画がきたことがあるでしょう。ふたりの男性がひとりの女性を共有して、円満にやってくって……つまり、三角関係を近代人的に合理化していこうというテーマの映画ですがね。三人はそれを地でいったわけですね」

「はあ、はあ、なるほど……」

金田一耕助はおもわずほかの三人と眼を見交わせる。そうすると、げんざいひとりの

女と三人の男のやっていることは、そうとう根底がふかいわけである。

「それで……？」

「いや、それで三人が一心同体というわけで、南十字星という劇団を組織し、それへぼくや信ちゃん、富士愛子や星影冴子たちがくわわったというわけです」

「ああ、なるほど」

「ところが劇団が結成されたとたん、太平洋戦争がおっぱじまって小栗啓三が召集されたんです。そのとき小栗はこんこんと花園千枝子のことを立花さんに托していったわけです」

「ふむ、ふむ、それで……？」

「ところが戦争のおかげで劇団南十字星もうまくいかず、移動劇団やなんかでお茶をにごしていたんですが、それさえだめになって解散ということになり、われわれ六人、立花さんとぼくと信ちゃん、女では千枝子と愛子と星影冴子、この六人は深川の秘密兵器をつくる工場へ徴用されたんです。ところがそこで働いているうちに、三月十日の大空襲で、花園千枝子だけが死んだんですね」

「ああ、なるほど、それで……？」

「ところがそのまえに、千枝子が前線へかきおくった手紙のなかで、立花さんやわれわれのことを、ひどく悪しざまに書いてたんですね。なにかわれわれに虐待されてるように……つまり当時の世相にたいするウップンを、われわれにたくして小栗にうったえてたわけですが、それをまにうけた小栗啓三が、ごく最近ソ連から復員してきたんですね。恐ろしく顔がくずれたうえにびっこになって……」

滝本貞雄の話はしだいに核心にふれてくる。一同は緊張にするどくとがった瞳を滝本の顔にあつめていた。

恐ろしき暴露

「小栗はかえってくるといちばんに、富士愛子を訪ねていきました」

滝本はねばつくてのひらを、ハンケチでごしごしこすりながら語りつづける。一語一語に力をこめて、熱っぽい話しぶりである。

「これがいけなかったんです。これがわれわれにとって大きな災難でした」

「と、おっしゃると……?」

と、話しあいてはあいかわらず金田一耕助である。

「はあ。……と、いうのは、富士愛子というのがとしにも似合わず、少女趣味の夢想家なんですね。つまり、なんでもないことを誇張してかんがえたがる……ちょっとした不幸……それが他人の不幸でも、いやに大袈裟にかんがえて、ひとつの悲劇に組立ててよろこんでいる……と、そういう性格の女なんです。ですから富士愛子にかかるとどんな些細な事件でも、ひとつのドラマになってしまう。そういう女のところへ、そうでなくともわれわれに敵意と憎悪と先入観をもった男が訪ねていったもんだから、花園千枝子のたんなる不幸、六人のうち五人までたすかったのに、千枝子ひとりだけが空襲でやられたという不幸が、ひとつの事件にされてしまったんです。つまり、千枝子の死にはわれわれ五人が責任をもってるようなことを、愛子が吹きこんだらしいんですね」

「責任とおっしゃいますと、どういうふうな責任……？」

「いや、愛子がどういうふうに吹きこんだのか、彼女もくわしいことはいいませんし、ぼくはまだ小栗に会っていないんです。電話ではなしただけなんですが、電話の話によると、富士愛子からなにもかもきいた、君たち五人がよってたかって千枝子を殺してくれたそうだが、このお礼はきっとするると、いやに凄んでくるんです。そして、こちらの話をきこうともしないで電話を切ってしまうんです。それが今月のはじめごろのことなんですが、それ以来二度おなじような電話をかけてきました。ところがそのうちにぼくはだんだん妙な気がしてきて、小栗啓三の復員に疑いをもちはじめたんです」

「ほほう。と、おっしゃるのは……？」

　と、金田一耕助はいよいよ興味を催したように、するどく相手の顔を視つめている。等々力警部とふたりの警部補も緊張の色が濃厚である。

「はあ、それというのが、小栗がすがたをみせるのは、富士愛子のところに限っているんです。ほかの四人のところへはいちどもすがたをみせないんです。しかも、愛子はしきりに小栗に金をやってほしい、金をやって小栗の怒りをなだめてほしい、それでないとわれわれ五人、みんな小栗に殺されてしまうと訴えるんでしょう。ですから、これ、ひょっとすると愛子の狂言、お芝居じゃないか。愛子というのがおそろしくケチン坊、守銭奴《しゅせんど》なんですね。だから愛子のやつが小栗啓三という架空の脅迫者をつくって、われわれから金をしぼりとろうとしているんじゃないか……と、ぼくはそうたかをくっていたんです」

「しかし、電話の声は……？」

と、ことばをはさんだのは淀橋署の高橋警部補である。

「ええ、それですから愛子にはだれか男の相棒があるんじゃないか。愛子の話によると顔がおそろしくくずれていて、しかもびっこをひいているという。恐喝者としてはおあつらえむきの凄味ですが、また、いっぽうひるがえってかんがえると、だれにでも変装しやすい人相風体ですからね。黒めがねに大きなマスク……顔の裂傷だって、そこはしょうばいですからメーキャップでなんとでもできる。……じつはけさ事件がおきるまで、ぼくはそうたかをくっていたんです。だから、立花さんがいやにびくびくしているとマダムからきいて、おかしくてしようがなかったんです。ところがけさの事件でしょう」

と、滝本貞雄は熱っぽく、ギラギラかがやく瞳をすえて、ひとりひとりの顔を順繰りにながめる。まるでなんかの暗示をあたえようとでもするかのように。

「なるほど、ところがけさの事件が起ってみて、あなたのお考えがかわったというわけでしょうが、それじゃひとつけさの事件についてあなたのご意見をきかせてください。

われわれはまるで五里霧中なんですから……」

「ああ、いや、ぼくも……」

と、滝本もさすがにそわそわしながら、

「さいしょ話をきいたときには、小栗啓三というのはやっぱりぼくの考えていたような架空の人物じゃなくて、そいつが立花さんを殺したんだと思っていたんです。しかし、小栗はなんだって、冴子をトランク詰めにして、ここまで送りとどける必要があったんです。しかも、窒息しないように空気抜きの孔まであけて……小栗が冴子になんらかの野心なり、関心なりをもっていたとはゆめにも信じられない。小栗が召集されたときには、冴子はまだ研究生としてはいってきたばかりで、ごく目立たない存在だったんですからね。しかし、もしかりに小栗が冴子に野心をもっていたとしても、クイーン・ホテルのことをどうしてしっているんでしょう。まさか愛子がそんな話までしたとは信じられません。いや、しかし、これは愛子に訊ねてみればわかることですが……」

関森警部補がなにかいおうとするのを、金田一耕助がすばやくさえぎって、

「高橋さん、クイーン・ホテルのほうを調べてごらんになりましたか」

「はあ、クイーン・ホテルのマネジャーの話では、昨夜電話がかかってきて、立花の名まえで冴子のために、予約申込みがあったそうです。明朝荷物を送りとどけるからって……」

一同はしいんと顔を見合せる。関森警部補はウームとばかりに唇をつよく咬みしめた。

おそらくかれの脳裡にうかんだのは、ベロッとひと皮むけてしまった立花の、あの顔のない無残な死体であったろう。

「ああ、いや、滝本さん、どしどし話をつづけてください。それで……?」

「いや、いや、これはもうあなたがたのほうがよくご存じでしょうが、ぼくはさっき電話で水島君と話したんですが、水島君に死体の状態をきき、しかも警察のかたがたが、あの死体を立花さんかどうか疑問をもっているようだときいたしゅんかん、なにもかもわかったような気がしたんです」

「なにもかもわかったようだとおっしゃると……?」

「つまり、これ、万事は立花さんがやったことじゃないか。そして、いま浅草パラダイスの楽屋によこたわっている死体は、立花さんじゃなくて、かえってそれこそ小栗啓三じゃないかと……」

四人の男の視線はまじまじと、滝本のおもてに集中している。滝本はいくらか鼻白んで上気した頬《ほお》を紅潮させながら、

「いや、これはぼくだけの意見じゃないんです。水島君なんかの電話でも、外部から侵入してきた犯人としては、あまりにも内部事情に精通しすぎるというんです」

「しかし、立花さんがそういうことをやったとしても、それにはどういう動機が……」

「はあ、それはこうです。ただし、これはぼくの想像だけで、しっかりとした根拠があるわけではありませんから、そのつもりで聞いてください。つまり、立花さんにはやは

りなにか、小栗を恐れなければならぬ理由があったのではないか。われわれは気がつかなかったけれど、花園千枝子の死には、やはり立花さんになんらかの責任があったのではないか。そこで、小栗に殺されるかわりに、小栗を殺してすがたをくらまそうとしたのではないか。しかし、マダムにはまだ多分に未練があったので、そこでマダムをつれて逃げようとしたのではないか。……と、まあ、そんなふうにかんがえてみたんですが……」

「しかし、マダムをつれて逃げたとしても、これからさきの生活はどうするつもりだったんでしょうかねえ」

「さあ、そこまでは……それからさきはあなたがたのお仕事じゃないでしょうか」

「ああ、そう、いや、よくわかりました。これで立花さんが多量の睡眠剤をマダムにもった理由も納得がいきますね。いや、どうもありがとうございました。いろいろ参考になることをきかせていただいて……それじゃ、恐入りますが三村信吉氏と交替ねがえませんか」

滝本貞雄はじぶんの意見が、四人の捜査員にどのような印象をあたえたか、それをたしかめようとするかのように、しばらく立ったまま一同の顔を見まわしていたが、やがて無言のまままかるく会釈をすると、じぶんの居間から出ていった。

けだものの群

三村信吉は滝本貞雄にくらべると、はるかに柔軟性をかんじさせる。容貌や顔つきのみならず、その話しぶりなどものらりくらりとして、なかなか尻尾をつかませない狡猾《こうかつ》さをもっていて、外貌のやさしさに似ず、ひとすじ縄でいかぬしたたかものであることを、すぐ一同にかんじさせた。

かれもまた立花良介の死体の顔がめちゃめちゃに毀損《きそん》されているのみならず、目印の刺青や特徴となる踵《かかと》の傷までが、塩酸によってやき消されていることに、ふかい疑問をもっているようであった。

しかし、それかといって、そういう事実をもってして、ただちにそれを、殺されているのが立花ではなく、かえって立花じしんの犯行であるときめてしまうのは早計ではあるまいかというのである。

「だいいち、そんなことして立花さん、こんごどうして生活していくんです。捨てるにはあまりにも惜しいいまの地位ですし、それに小栗の問題は金で解決がつくはずだったんです。小栗をここまで怒らせたのは、むしろ滝本さんの責任なんです」

「と、いうのは……？」

と、ここでも金田一耕助が話しあいてである。なんといっても制服の警察官よりもこういう場合、和服の金田一耕助のほうが、あいてにとって話しやすいことはたしかである。

「いや、花園千枝子女史の爆死について、われわれに責任のないことはたしかです。しかし、千枝子女史にたいしてわれわれ五人の男女が、一種のおいめをもっていることも事実なんです」

「おいめとおっしゃるのは……？」

と、金田一耕助はほかの三人に眼くばせをして、ちょっと体を乗りだした。少くともいま三村信吉は、滝本のかくしていた事実を打明けようとしているらしいことをかんじたからである。

「ええ、いや、……これをお話するまえに、いちおう当時の日本の状態を思いだしていただきたいんですが……敵はもう硫黄《いおう》島まできていました。沖縄ももう敵の手中におちていました。B29が連日連夜本土をおそっていました。一億玉砕がさけばれていたのもそのころです。つまりわれわれはあらゆる希望をうちくだかれ、昼夜をわかたず死の恐怖にさらされていたんです。しかもわれわれ若者をなぐさめるすべての娯楽機関も閉鎖されてしまいました。当然、われわれにのこされた享楽といえば、男女の性の交歓しかなかったわけです」

「はあ、はあ、なるほど」

と、金田一耕助はまた三人の捜査係員に眼くばせをする。

「しかも、そこには男が三人、女が三人いました。われわれは毎晩、空襲のサイレンのあいまを縫うては裸のパーティをやってたんです。そのつどあいてをかえてはね」

「そのじぶん君はいくつだったんだね」

と、等々力警部の質問はべつにあいてをいらだたせるようなものではなかった。むしろおだやかに微笑さえふくんでいた。

「十七でした。当時のかぞえかたでは十八で、その前々年度の三月に高等二年……昔の高等二年ですね。それを卒業して、劇団南十字星の見習い生として入ったんですが、戦争のおかげですぐ劇団がポシャッてしまったんです」

「君はその当時、立花良介の稚児さんだったというじゃないか」

高橋警部補がするどく切りこむと、三村信吉はにやにやしながら、

「あっはっは、滝本さんが暴露戦術とおいでなすったな。ええ、そう、ぼくはあのひと……立花さんによって、性の享楽のあらゆる手ほどきをうけましたよ。ぼくがはじめて女をしったのもあのひとのお手つだいだったんです」

「それ、どういう意味……？」

と、金田一耕助が質問すると、

「いやあ」

と、さすがに三村信吉もいささか照れて、にやにやふくみわらいをしていたが、やがて、決心したように、

「なにもかもいってしまいましょう。万事はあのB29と、気ちがいじみたサイレンのさせたわざだと思ってください。昭和二十年のはじめ、ぼくたち六人の男女はおなじ寮に罐詰めにされていました。その当時ぼくはまだ女をしりませんでした。童貞だったんです。そこでぼくが立花さんに、このまま女もしらずに死んでいくのは残念だという意味のことを訴えたんです。そしたら立花さんが大いに同情してくれて、千枝子女史を提供してくれることになったんです。もちろん千枝子女史はいやがりました。もがきました。抵抗しました。それを立花さんが自由をうばって、ぼくに享楽することを許してくれたんです。なにもかもめちゃくちゃになってしまったのはそれ以来のことで、とうとう夜毎の裸の饗宴ということになったんです」

「なるほど」

と、金田一耕助はすばやい視線をほかの三人に送ると、

「それを千枝子女史が小栗啓三に報告したんですね」

「どうもそうらしいんですね。それというのもむりはないんで、そういう時代でも千枝子女史はスターの誇りをもっていたんです。それがむざむざぼくみたいな、ろくに台詞もしゃべれない若僧に犯されたもんですから、大いにプライドをきずつけられた。そこへもってきて滝本さん、こうなったら指をくわえてひっこんでるようなひとじゃありませんからね。ぼくとのことがばれると、こんどは滝本さんが女史に挑んでおもちゃにした。そこでとうとう千枝子女史もやけくそになって、裸の饗宴がおっぱじまったという

わけですが、それでいよいよ、あのひとはヒステリックになっていったんです」

「と、いうのは……？」

「いいえねえ、舞台へ立ってこそ千枝子女史もスターですが、そういう裸のパーティのばあいでは、なんといってもわかいものの勝利です。マダム……星影冴子というひとはいまでもあのとおりの体をしているでしょう。あのひと、ほんとうはぼくよりふたつうえですから当時は十九歳。三十ちかい、あるいは三十を越えたかもしれない千枝子女史よりは、肉体的にははるかに魅力がありました。そこでわれわれ三人の男の渇仰《かつぎょう》讃美はいちばんわかいマダム、当時の冴《さ》あちゃんにあつまったんです。それが千枝子女史のプライドを大いに傷つけ、ヒステリックにしたんです。千枝子女史と当時の冴あちゃん、しばしば裸のまんまで取っ組みあいをやったもんです。それをまたわれわれ三人の男がげらげら笑いながらみてたという寸法です。もちろん冴あちゃんのほうへ声援をおくりながらね。つまり、そのことをもってして千枝子女史が、われわれ五人に虐待されていると、満州にいた小栗啓三に訴えたらしいんですね。満州ですからそのじぶんでもまだ通信ができたようです」

　話をきいてみるとこのうえもなく破廉恥な、ヘドでも出そうな醜悪でえげつない事実だけれど、なるほど当時の追いつめられた日本人の気持ちとしては、そういうこともあったかもしれないと思われた。

「なるほど、しかし、そういう事実はあったとしても、千枝子女史の爆死そのものについては、あなたがたに責任はないんですか。滝本さんはひょっとすると立花氏に責任があるんじゃないかと……」

「滝本さん、そんなことといってましたか。しかし、ぼくのみるところじゃ、そんなことないでしょう。逃げおくれたのが千枝子女史の不運ですからね。もっとも立花さんはリーダー……あらゆる場合のリーダーですから、そういう意味で、責任があるといえばあるかもしれませんが、そこまではねえ」

　と、三村信吉は小首をかしげた。

「そりゃそうですね」

　と、金田一耕助もうなずいて、

「ときに話はかわりますが、あなたがたが火の十字架の刺青をしたのはいつ……？」

「はあ、あれは千枝子女史が被災してからです。千枝子女史の死体がなかなか確認できなかったもんですから……それで立花さんがいいだして、もし、じぶんたちにもそんな番がまわってくるといけないからって、あんなことをやらかしたんです。あのひと、いちじ彫物師の二階に下宿していたことがあるとやらで、刺青のやりかたをしっていたんですね。しかし、じっさい上の必要よりも、たぶんに猟奇趣味が手つだっていたことはいうまでもありません。いや、まあ」

　と、さすがに信吉も一同の喰いいるような視線に気がつくと、いささかてれたように頰をあからめながら、

「いまから考えると男も女もけだものでしたね。よくあんなまねができたと思われるくらい……しかし、それもこれも戦争末期の絶望感と狂気からきてると思ってください」

「しかし、君たちはいまもってそれに似たことをやってるってえじゃないか」

と、関森警部補が突っ込むと、

「あっはっは、それじゃ、その当時の惰性ということにしておきましょう。なにしろ立花さんという好リーダーがついておりましたからね。あのひと性を遊戯化するということについては、天才的な手腕をもってましたからね」

「ときに、三村さん」

金田一耕助は高橋警部補がなにか発言しようとするのをさえぎって、

「さっきあなたのおっしゃった、小栗啓三をあんなにまで怒らせたのは滝本氏の責任だということ……それ、どういう意味なんですか」

「ああ、そうそう、それはいちおう金で解決がつく問題だったということです。小栗は結局、金がほしかったらしいんですね。だからぼくなんか、五人がいくらかずつ出しあって、小栗さんの怒りをなだめようじゃないかと提案したことがあるんですし、ほかのひとたちもだいたい賛成していたんですが、滝本さんだけが強気で絶対に承知しなかったんです。滝本さんがいやだというものを、われわれだけが自腹をきるのもばからしいと、それで躊躇しているうちにとうとうこんなことになってしまって……」

「ところで、あなたは小栗という人物に会ったことがありますか」

「いいえ、電話だけです。小栗さんが顔をみせたのは富士さんのところだけらしいんです。そういうところからも滝本さんが、小栗さんを甘くみた理由があるんですね」

「しかし、犯人が小栗氏だとして、小栗氏はマダムをトランク詰めなんかにして、いったいどうするつもりだったんでしょうかねえ」

「さあ……マダムにはなにか特別の残酷な復讐をしようとしていたんじゃないでしょうか。富士さんの話じゃ、立花さんについでマダムにふかい憎悪をもっていたそうですから」

「ああ、なるほど」

と、金田一耕助はしばらくかんがえこんでいたが、急ににこにこしながら、

「それじゃ、もうひとつさいごにお訊ねいたしますが、深川パラダイスにもこれとおなじようなフラットができてるんでしょうねえ」

「はあ、だいたいこれとおんなじです」

「ところで、おたくの寝室のベッドはここととおなじダブルですか。それともシングルがふたつならんでるんですか」

三村信吉はあきれたように、一しゅんポカンと金田一耕助の顔を視ていたが、やがてにやっと笑うと、

「シングルがふたつです。意気地ない話ですが、ここの滝本さんにゃかないませんからね。あっはっは」

「いや、どうもありがとうございました」

金田一耕助のさいごの質問におどろいたのは、三村信吉だけではない。等々力警部と関森警部補、さてはまた高橋主任もあきれたように、金田一耕助の顔を視まもっていた。

閨房写真

この事件が当時いかに世間を震撼《しんかん》させたか、それをいまさらここにくだくだしく述べたてるまでもあるまい。被害者が立花にしろ、小栗にしろ、犯人のもっている残虐性と鬼畜性にはかわりなく、それがひとびとをふるえあがらせたのである。

警察ではもちろん小栗啓三なる人物の捜索にとりかかったが、そういう人物が実在していることはすぐわかった。

そのまえの月の終り、即ち四月二十九日に敦賀から入京した引揚げ者のなかに、小栗啓三なる人物がいたことは事実であった。しかも、その小栗啓三なる人物の人相風体も、この事件に出てくる小栗啓三と一致していた。かれは顔面に大きな裂傷があり、それを恥じていつも黒めがねとマスクで顔をかくしており、しかも、右脚が悪くてびっこをひいていたという。

入京するとかれはただちにほかの引揚げ者とともに、引揚げ者の寮に入った。入寮した小栗啓三はその日から毎日のようにどこかへ出歩いていた。かれはそういう容貌のせいか、あんまりひとと語ることを好まず、したがっておなじ引揚げ者のなかにもこれといって親しいものはなかった。だから、かれが毎日どの方面へ出向いていくのか、それをしっているものはだれもいなかった。

ところが五月四日の朝寮を出たきり、かれはかえっていないのである。もっとも六日の朝寮のほうへ電話をかけてきて、いいあんばいに職も見つかった、当分かえれそうにもないから荷物……と、いってもごくわずかなものだが……は、そちらへあずかっておいてほしいということであった。どこへ就職したのかそれもいわなかった。

そこで富士愛子の住んでいた若竹荘でもういちどくわしく、小栗啓三のやってきた日を調査すると、かれがさいしょ受付けへあらわれたのは、五月二日の朝らしい。

それはちょうど月曜日の朝のことで、そのときかれは富士愛子にあっている。それからなかいちにちおいた四日の朝、かれはまた若竹荘へ愛子をたずねてきているのだが、愛子の預金通帳をしらべてみると、三日の日に三万円という金が引出されている。預金が趣味だといわれるだけあって、愛子は三百万円ほどの預金をもっていたが、それらの金をどこからえていたのか不明であった。調べてみると富士愛子にはこれというパトロンもなく、しがないヌード・ダンサーにこれだけの貯金ができるというのは不思議であったが、それはともかくとして、愛子が引出した三万円が、小栗啓三にわたったのではないかと想像された。

こうして、四日の朝、愛子から当座の生活費をせしめた小栗はそれきり寮へかえらず、すがたをくらましてしまった。そして、それ以来電話の脅迫がはじまっているのである。ただ、その後も十日ごろと十五日ごろに若竹荘へ顔を出しているが、富士愛子はあっていない。愛子は極端にこわがって、小栗にあうのを避けていたらしい。

小栗が寮を出てすがたをくらましたのは、敵から逆襲されることを警戒して、おのれの居所を韜晦《とうかい》したのではないかと思われた。恐喝者はつねに被恐喝者から狙われる危険にさらされているということを、小栗はしっていたのではないか。

それにしても立花は小栗にあっているのだろうか。立花がひどく小栗を恐れていたというところをみると、おそらくいちどくらい会っていたのではあるまいか。五月上旬のそのじぶんには、浅草パラダイスでは立花ひとりだから、小栗がひそかに訪ねてきても、星影冴子にはわからないはずである。

さて、その冴子だが二十一日の夜になって、やっと立ち入った訊取りに応じられるくらいにまで恢復したので、さっそく等々力警部や関森警部補、高橋警部補などが彼女の病室にあつまった。金田一耕助がその末席をけがしたことはいうまでもない。

冴子もうそのじぶんにはふたりの情人、滝本貞雄と三村信吉から話をきいていて、事件の全貌はしっていた。

この訊取りには等々力警部があたったが、最近小栗にあったかという質問にたいして、あったことはない。愛子から話をきいているだけだと答えた。また、小栗は立花についてであなたを憎んでいるというが、それについてどう思うかという質問にたいして、

「いったい、花園先生がどんなことを小栗先生に書きおくったのか、また愛子さんが小栗先生にどのように吹きこんだのか存じませんが、立花先生はともかくとして、あたしだけがとくべつにあのかたに憎まれるなんて、ずいぶん理由のない話だと思うんですの」

冴子もきょうはすっかり落ちついている。さすがに顔色は悪かったが、それでもたくみな化粧がそれをカバーしている。

「それは……信ちゃんがなにもかもお話したそうですから、あたしも正直に申上げますけれど、花園先生とつかみあいの喧嘩もしたことがございます。それだって先生のほうにひけめがあったからこそなんです。あのかた、そうとう年齢をかくしていらっしゃいました。それが裸になるとハッキリわかるんです。それをあたしが指摘してあげたら、とつぜんあたしにつかみかかってきて……あのじぶん、なにかにつけてヒスぎみで、ことにあたしにはつんけん当りどおしですから、こちらもついくやしくなって、先生のほうが花井先生……立花のことですわね、花井先生よりよほどとしがうえじゃない？　と申上げたもんですから……でも、そんなことで命まで狙われちゃ、いくら命があっても足りませんわね」

その花園千枝子の死について、立花になにか責任があるとおもうかという質問にたいして、彼女はつよく首をよこにふりながら、それはないと思う。逃げおくれたのが花園先生の不運不幸だったと思うが、いったい愛子さんがどのようなことを、小栗先生に吹きこんだのか不思議でならない。きけば愛子さんも小栗さんに殺されたそうだが、これも夢想家の愛子さんが爆死した花園先生に同情するあまり、なにかお涙頂戴的なことを話したせいではないかと思うが、それだったら愛子さんこそ身から出た錆というべきであろうと、冴子はかなりきびしい調子でいった。

さいごにこんどの事件についてどう思うか、滝本氏は立花さんこそ犯人で、被害者は小栗ではないかといっているが、あなたの考えはどうかという質問にたいして、それについては、滝本と三村の意見が対立しているようだが、わたしにはどちらともわからない、ただ、立花には小栗先生を殺害する理由はあるとしても、愛子さんを殺す理由はありえない。だから、あたしにはやっぱり犯人は小栗先生で、被害者のほうが立花ではないかと思う、ただ……と、そこでちょっとためらったのち、立花はわたしに内緒でどこかにそうとうの預金をしているようではないかと、そんな気がすることがちょくちょくあったと付加えて、ふたたび捜査担当者を混乱させた。

「それじゃ、さいごにもうひとつ、こんな写真をあの寝室から発見したんだが、あなたはこれについてしっていましたか」

と、等々力警部がとりだしたのは、おびただしい冴子のヌード写真である。それは世間に流布しているようなヌード写真の域をはるかに越えて、あいてこそいないが、あきらかにオブシーン・ピクチュアにちかかった。

それをみるとさすがに冴子は、全身に火がついたように紅の色をはしらせた。冴子はあきらかにそういう写真の存在をしっていたのである。

「しっていたんですね。こういう写真を」

「はあ、あの……」

と、冴子は消えいりそうな声で、

「こうして手にするのははじめてですけれど、立花がこういう写真を撮影していたのではないかということは、うすうす気がついていました」

「いつごろから……？」

と、そのときはじめて口を出したのは金田一耕助である。かれの眼はなんの興味も示していなかったが、等々力警部だけがその語気に、なにかはっとするようなものをかんじとった。しかし、警部はわざとなにくわぬ顔をして冴子の返事を待っている。

「いつごろろって、ほら、去年これに類した小説が評判になったことがございましょう。立花ってひとはおよそ性的な遊戯に関するかぎり、なんでもひととおり、やってみなければおさまらない性分でした。それというのがちかごろとみに、そのほうが衰えてきたせいもございましょうけれど、あの小説が評判になると、さっそくまねをはじめたらしいんですの」

「あなたはそれにいつごろ気がつかれたんですか」

「さあ、いつごろといって……とにかく、去年あたりからたあいもなく酔っ払うことがちょくちょくございましょう。しかもそのあいだ灼熱《しゃくねつ》されるような強い光線を意識していることがままございますの。しかも昏睡からさめたあと、あきらかにおもちゃにされたらしい自覚もございますでしょう。たいへん露骨なお話になって恐縮でございますけれど……」

「いえ、いえ、どうぞ……」

「はあ、それですから、立花があたしに睡眠剤をのませて盛りつぶしておいて、なにか悪戯《いたずら》をしているのではないかと気がついたんですの。そこである晩、去年の秋ごろでしたか、さいごの一杯をのまずに捨てて、しかも昏睡しているふうをしていると、はたしてカメラをもちだして……あたし恥ずかしいやら、おかしいやら、腹が立つやら、しかし、いっぽうふびんなような気もしたもんですから、わざとしらん顔をして、立花のなすがままにまかせておいたんです。でも、それ以来、そういう気配がみえると、わざと素直に盛りつぶされてることに極めていたんです。さすがにはっきり意識していると、あたしのようなものでも極まりがわるうございますからね」

冴子の話をきくと彼女を昏睡させたのが、立花であることだけはたしからしい。だが、そうなると小栗はどういう役廻りを演じたのか。犯人は小栗なのか、それとも冴子に睡眠剤をもった立花なのか、またわからなくなってくる。

空襲下の犯罪

五月二十七日になっても小栗啓三のゆくえはわからなかった。

だいたい、かれのゆくえが一週間ちかくもわからないというのは不思議である。かれは顔に大きな裂傷をおびている。それは黒めがねや大きなマスクでもかくしきれないほど顕著なものである。そういうかれが、東京市民のだれの眼にもつかないというのが不思議である。

しかし、立花ならば話がちがってくる。かれのびっこはそれほどいちじるしいものではなく、ゆっくり歩けば目に立たぬくらいであったそうな。また、ちょっとした好男子という以外には、これといって特徴のない立花の容貌ならば、変装をして世間をくらますことも不可能ではあるまい。そこは昔とった杵柄《きねづか》で、メーキャップはお手のものである。

それに冴子がそれとなく暗示していたように、立花が変名で預金でもしていたとすると、逃亡はいよいよかれにとって容易なものとなろう。

したがって、捜査当局の方針も小栗と立花との二本立てですすめられた。即ち全国に配布された写真も小栗の想像写真と、立花の実物写真との両方が用意された。

だが、こうして警察の捜査がすすめられているあいだ、金田一耕助はなにをしていたか。かれもまた飄々《ひょうひょう》としてうごいていたのである。毎日のようにかれは浅草の捜査本部へあらわれた。この事件は浅草、淀橋、下谷の三管轄区にまたがっているのだが、なんといっても浅草が震源地なので、そこに捜査本部が設けられたのである。

それからまた、すっかりおなじみになった浅草、新宿の両パラダイス、さてはとおく足をのばして深川パラダイスまでちょくちょく出かけていっては、いたるところで冷笑の的になっていた。

五月二十八日の正午ごろ、きょうもまたそろそろ出かけようとしているところへ、等々力警部から電話がかかってきた。重要な証拠書類が見つかったからすぐ浅草の捜査本部へきてほしいというのであった。

金田一耕助の住居は世田ヶ谷のはしっこだから、自動車をとばしてもたっぷり一時間はかかる。しかも浅草署へやってきたところをみると、ふたりのつれがいっしょだった。したがって、あちこち寄道してきたとみえて、一同が待ちかまえている会議室へはいってきたのはもうそろそろ二時だった。

「金田一さん、だれかおつれがあるようですが……」

会議室にはいろいろ大勢いたが、いままで出てきた人物だけをひろいあげると、等々力警部に関森、高橋両警部補、それから下谷の捜査主任の神保警部補である。

等々力警部の質問にたいして、

「はあ、いや、あとでご紹介しましょう。それより重大な証拠が発見されたというのは……？」

「はあ、いや、それについてわたしからお話しましょう」

と、席から体をのりだしたのは下谷の神保主任である。

「じつは富士愛子の遺族のものが、アパートから愛子ののこしたものをひきとって、いろいろ、まあ、整理していたんですね。そしたら出納簿《すいとうぼ》のあいだから、こんな書類が出てきたといって、けさがたとどけてくれたんです。それではじめて事件の全貌がわかったようなわけで……」

神保警部補の緊張ぶりからみても、それがよほど重大な証拠であることがわかるのである。

金田一耕助が書類というのを手にとってみると、それはあきらかにかれのところへまいこんだ、哀れな女よりの手紙とおなじ紙質の便箋で、筆蹟などもおなじだった。しかも、ぎっちりつまった細字でかかれた文章で、なおかつ便箋十枚をこえている。だから、ここではそのうちのもっとも重要な部分だけを、いくらか文章に手をいれて収録してお眼にかけることにしよう。

もし、わたし、富士愛子が殺されたら、この書置きを証拠に犯人を逮捕して、わたしの敵を討ってください。

と、そういう驚くべき冒頭のあとで、昭和二十年初頭の三人の男と三人の女の狂態がたどたどしい筆で書いてあったが、それはだいたいこのあいだの三村信吉の告白と一致していた。裸の饗宴の席ですっかり冴子にスターの座をうばわれた花園千枝子が、冴子と深刻な対立をもつにいたった経緯が、たどたどしい筆ながら、かなりたくみに描出してあった。そして、問題はそのあとなのである。

こうして、千枝子さんと冴子さんとのあいだには、はげしい敵意がつのっていったのでしたが、それがついに爆発点にたっしたのがあの大空襲のあった三月十日の晩でした。その晩もわたしたち六人の男女は裸の饗宴をはじめようとしていました。ちょうど警戒警報が出ていて、室内がうすぐらくなっていたので、そういうみだらな遊戯には、いっそうおあつらえむきの雰囲気でした。ところが、いよいよ各自あいてをえらんで饗宴をはじめようとする直前でした。とつぜん千枝子さんと冴子さんとのあいだに猛烈なつかみあいの喧嘩がはじまりました。原因は冴子さんが千枝子さんの年齢のことを嘲《あざけ》ったからです。わたしはいまでもあのときの喧嘩のものすさまじさを忘れることができません。ふたりの裸の女が取っ組みあったまま、床のうえをころげまわりながら、おたがいの髪をつかみあい、引っ張りあい、咬みつき、引っ掻き、……その物凄さはとうてい筆にも言葉にもいいあらわせないほどでした。しかも、三人の男たちもこれまた裸のままで、ばかか気ちがいみたいに、げたげたわらいながらはやし立てているのです。まるで闘犬でもけしかけるように。まったく地獄絵巻とはあのことでしょう。わたしはなんどかとめに入りましたけれど、そのつどふたりにひっかかれて、ひきさがらざるをえませんでした。

ところで、ちょうどさいわい、このとき空襲警報が鳴りはじめました。すると、立花さんがすばやく電気のスイッチを切って、さあ、喧嘩はやめたやめた。これからB29の爆音を伴奏として裸のパーティのはじまりはじまりと絶叫しました。そして、いつものようにまっくらがりのなかで狂態のかぎりがつくされたのですが、その晩は喧嘩のためにみんな極度に昂奮していたせいか、いつもよりいっそう狂態の度はひどかったのです。

空襲警報は約四十五分つづきました。したがってそれが解除されて、警戒警報にうつったとき、みんな……いや、少くともわたしはすっかり疲れていました。ところが空襲警報が解除になって、だれかが暗い電気をつけたとき、わたしは疲れもなにもふっとんでしまうのを感じました。ああ、なんと、花園千枝子さんがそこに死んでいたではありませんか。首にベルトが強くまきついて……。そのベルトは信ちゃんのものだったのです。

だれが千枝子さんをくびり殺したのか。……それはいまもってわからない謎ですが、少くともわたしでないことだけはたしかです。しかし、それでは、三人の男とひとりの女の子のうちのだれなのか。……三人の男にはみんなチャンスがあったのです。あの四十五分間の空襲警報下に、わたしたちは気が狂ったように、かわるがわる抱きあったのですから。

しかし、動機からいうと冴子さんがいちばん疑われてもしかたのない立場でした。みんながてんでにじぶんではない。だれそれであろうと罪をなすくりあいました。

そのとき、いちばんりっぱな態度をみせたのは、なんといっても立花さんでした。

立花さんのいうのに、これは連帯責任である。五人が五人ともおなじチャンスをもっているのだから、五人で罪を背負うことにしようではないか。そして、なんとかうまくこの死体をしまつして、生涯この秘密を口外しないことにしようと。はじめいくらか議論もあったのですが、あまりつよく反対すると、ほかの四人がよってたかって、その反対者を罪におとしそうな形勢になりました。それになんといってもそういう裸のパーティのことは、ひとにしられたくないという気持ちもつよかったのです。

結局、みんな立花さんの言にしたがうことになり、大急ぎで身支度をととのえると同時に、千枝子さんにも防空服をきせました。そして、この死体をどうしまつしようかと相談しているさいちゅうに、二度目の空襲警報が鳴りはじめ、そして、あの歴史的な三月十日の大空襲がはじまったのです。こういえば千枝子さんの死体がどのようにして、いかにうまく処分されたか、いまさらここで申述べるまでもありますまい。

わたしたちの徴用されていた工場も寄宿舎も全部焼けおちました。そして逃げおくれた千枝子さんだけが、焼死体（？）となって発見されたのです。

わたしたち五人のものの体に、火の十字架の刺青があるのもこのためなのです。これも立花さんがいいだしたことで、われわれは共通の罪の十字架を背負うているのだから、生涯それを忘れないために、つまりそれを口外してほかの四人を裏切ったりすることのないように、記念の刺青をしておこうじゃないかといい出して、つぎの軍需工場へまわされたとき、立花さんがみずから針と朱と墨をとって、われわれ四人の腕に火の十字架の刺青をしたんです。そして、そのあとでわれわれ四人がよってたかって、立花さんの腕におなじ刺青をしたのでした。

復讐鬼の帰還

ああ、火の十字架の刺青！

ことしの五月二日、小栗啓三がとつぜんわたしを訪ねてくるまで、わたしたち四人即ち立花さんと滝本さん、それから三村の信ちゃんとこのわたしの四人は、火の十字架の刺青のためにいかに恵まれた生活を送ることができたでしょう。もっと露骨な言葉をつかえば、いかにうまい汁を吸うことができたでしょう。

おなじ刺青を背負うている五人の仲間のうち、星影冴子さんひとりだけが、戦後ぬきんでて人気者になり、多額の収入をあげるようになりました。それとしった三人の男たちが、なんでそのまま放っておきましょう。かれらはわっとばかりに冴子さんに襲いかかり、冴子さんからうまい汁を吸おうとしはじめたのです。

男が女からうまい汁を吸うためには、肉体的関係をつけておくのがいちばんです。まず立花さんが冴子さんと関係をつけました。いや、関係をつけたというよりも、戦争中のあの遊戯を復活したといったほうが正しいかもしれません。それをしった滝本さんが、なんで指をくわえてだまっていましょう。まもなく滝本さんと冴子さんの仲が復活し、さいごに三村の信ちゃんは、立花さんの斡旋で、冴子さんとの関係を復活したのだと聞いております。

冴子さんもあの火の十字架の刺青をもちだされると、男たちのどんな要求も退けかねるのでした。まったく、われわれ五人のなかで、火の十字架の刺青をいちばん恐れたのは冴子さんで、あのひとはその刺青の秘密を守るためには、どんな犠牲をはらうことも惜しまなかったのです。

こうして三人の男たちは刺青の秘密を守る代償として、冴子さんの体を自由にし、それと同時にうまい汁を吸いはじめました。しかし、三人の男たちは……と、いうよりは立花さんが悧巧《りこう》だったのです。あのひとの考えでは、冴子さんは黄金の卵をうむ牝鶏だったのです。ですから、じぶんたちがうまい汁を吸うためには牝鶏をよりいっそう肥らせなければならぬというのが、立花さんの考えかただったようです。それには三人の男のあいだに仲間割れが生じてはなりません。いえいえ、よりいっそう協力して、冴子さんの人気をいやがうえにも守り育てていかねばなりません。

こういう場合、立花さんは指導者としての一種特別な才能をもっていました。譲るべきところはおのれも譲るが、そのかわり、相手を説きふせて譲らせることもしっているひとでした。そこで立花さんが厳重にルールを作り、三人の男が均等に冴子さんから肉体的、ならびに経済的な恩恵をこうむるように規制しました。

わたしはさっき三人の男が冴子さんから、うまい汁を吸いはじめたと書きましたが、むろんそれはそのとおりですが、いっぽう三人の男が冴子さんのために、骨を折ったことも非常なものでした。

三人が三人ともかつて演劇に関係していたひとですが、それは演技者としてでした。ところが戦後冴子さんにたかってうまい汁を吸いはじめ、そのうまい汁をいつまでも吸いつづけるためには、冴子さんの人気をいやがうえにも、たかめなければならぬということになってから、三人は不思議な才能を発揮しはじめました。それは演技者としての才能ではなく、興行師としての才能でした。

不思議なことには三人が三人とも、負けず劣らず興行師としての手腕をもっていたのです。ですから戦後多くのヌード・ダンサーやストリッパーが現れて、人気をはくしたかと思うと、いつのまにやら線香花火のように消えていったのにひきかえて、星影冴子ショウだけがいつまでも人気を保ち、ついに三軒の劇場までもつことができるようになったのは、ひとえに三人の愛人たちの努力によるものでした。

さて、こんどはかくいうわたしですが、わたしが獅子の分前にあずかろうと、三人の男たちのあいだに割りこんだのは、昭和二十三年の秋のことでした。終戦後それまでわたしがなにをしていたか、それはこの話とは関係のないことですから、ここに書くのはひかえましょう。それはわたしのような女でも、あまりひとにいいたくない、しられたくない職業だったのです。

昭和二十三年ごろ、わたしはもう星影冴子さんがひとかどの人気者になっていることをしっていました。しかし、それだからといってどうこうという知恵は出なかったのです。ところがその秋になってはからずも、立花さんと滝本さん、三村の信ちゃんまでが冴子さんと関係があり、三人が三人ともそれぞれうまい汁を吸ってるらしいということを耳にして、すぐ思いだしたのは火の十字架のことでした。

三人の男がそんなうまいことができるというのも、火の十字架のせいであろう、それならばわたしだって分前にあずかる権利があると思ったものですから、わたしはまず立花さんを訪ねていきました。なんといっても立花さんがいちばん年輩でもあり、ものわかりがよいと思ったからです。

果して、立花さんはたいそうものわかりがよかったのです。あのひとは星影冴子という牝鶏が黄金の卵をうんでくれるのも、火の十字架の由来が秘密になっているからだということをよくしっておりました。もし、その秘密が明るみに出たがさいご、牝鶏は黄金の卵をうむどころか、たちどころに潰れてしまうということもよく承知していたのです。

そこで立花さんが周旋して、わたしもうまい汁を吸うことのできる仲間にしてくれたのです。わたしは星影冴子ショウのメンバーになりました。しかし、わたしのお目当ては踊子としての手当てなどではなく、うまい汁を吸っている三人の男から毎月交替に支払われる口止料にあったのです。

わたしはいままで、冴子さんに直接ねだったことはいちどもありません。それでは冴子さんがあまりにお可哀そうだと思ったからです。だから、わたしは冴子さんを搾《しぼ》っている憎い三人の男たちを搾ってやろうと思ったのです。結局はそれも冴子さんの身に振りかかっていくにはちがいないのですが。……

こうしてわたしたち五人、火の十字架の仲間はたいそううまくいっていました。冴子さんは三人の男たちから適当に栄養分を摂取しているせいでしょうか、日常はともかく舞台に立つと不思議に若さをうしないませんでした。いえいえ、舞台経験がふかくなればなるほど、彼女はますます妖艶になり濃艶になり、それだけにいつまでたっても人気は衰えなかったのです。

つまり、黄金の卵をうむ牝鶏はますます肥っていったのです。

こうして、わたしの哀れな貯金帳の残高も、しだいにふくれていったのですが、好事魔多しとはまったくこのことでしょう。ああ、運命の五月二日、小栗啓三がわたしを訪ねてきて以来、われわれの快適な生活のペースはまったく狂ってしまいました。

あのひとは戦前青木俊三でとおっていました。ですから、五月二日の朝管理人の緒方さんが、小栗さんというひとが会いたいといってきていると伝えてきたとき、わたしにはそれがだれだかわからなかったのです。とにかく会ってみようということになり、ひとめあのひとの顔を見たとたん、わたしは脳天からぐゎんと大きな鉄槌でぶんなぐられたような大きな驚きと恐怖にうたれたのです。

あのひとは顔面に大きな裂傷をおい、鼻も上唇も吹っとんでいました。そして、それをかくすために黒めがねをかけ、大きなマスクをしていましたが、それでもひとめその顔をみたせつな、わたしにはそれがだれだかわかりました。ああ、そのときのわたしの恐怖！

いまになって後悔してみてもあとの祭なのですが、あのときわたしはなぜもっと落着いていられなかったのでしょうか。相手はシベリヤからかえってきたばかりの、いわば西も東もわからない赤ん坊みたいなものではありませんか。なぜあのとき、得意の弁舌でうまくいいくるめられなかったのでしょう。

それにはあのひとの、見るかげもなく毀損されたあの恐ろしい容貌も原因していたでしょう。また、千枝子さんの死の秘密を喰いものにしているという、良心のやましさもあったでしょう。とにかくわたしはあのひとの顔を見たとたん、恐怖のどん底に叩きこまれたのです。それがあのひとの疑惑をとらえてしまったのでした。

そうでなくとも千枝子さんからいった手紙で、わたしたちに不信の念を強くしていたあのひとは、その瞬間、千枝子さんの死になにか暗い影があるのではないかと覚ったらしいのです。千枝子さんが不幸戦災死を遂げたということは、シベリヤの抑留所と連絡がとれるようになったとき、立花さんから報らせてあったのでした。

昔はあんなに猜疑心の強いひとではありませんでした。どちらかといえばお坊っちゃんかたぎの、ひとに騙されやすいひとでした。それがあんなに疑いぶかく、執念ぶかい性質にかわったというのも、ひとつには、かつては美貌を誇ったあの容貌が、見るも無残に損《そこな》われた一種のひがみからもきているのでしょう。また、長い抑留生活からくる人間不信の念も手つだっているのでしょう。

わたしはあのとき、てっきりあのひとに絞め殺されるのではないかと思いました。いえ、いえ、絞め殺される一歩手前まできてしまったのです。

あのひとは両手でわたしの咽喉《のど》をつかんで、ソファのうえに押し倒し、千枝子さんの死の真相を告白することを強要しました。咽喉をしめられる苦しさと、顔のうえへのしかかってくる、鼻も上唇もないあの恐ろしい形相が、わたしを恐怖のどん底に叩きこみました。

わたしはまるで馬鹿な小娘みたいにべらべらと、いってはならぬことを喋舌《しゃべ》ってしまったのでした。そして、その結果、そうでなくとも世を呪い、人を呪うているあのひとを復讐の鬼に追いやったのでした。

富士愛子の告白はまだまだつづくのであるが、あまり長くなるのでここらで割愛するとして、愚かな愛子は死の恐怖からまぬがれるために、いってはならぬ真相をいってはならぬ男に喋舌ってしまった結果、より深刻な死の恐怖に責めさいなまれることになり、万一の場合をおもんぱかって、この告白書をしたためておいたものである。

即ちじぶんが殺されるようなことがあったら、犯人は小栗啓三という復員者であるから、敵をとってほしいというのが、要するに愛子の告白書の結論になるのであった。

手紙のトリック

「なるほど」

と、金田一耕助が読みおわったその告白書をそこへおくと、等々力警部がデスクのうえから身を乗りだして、

「どうでしょう、金田一さん、こういう秘密が伏在しているとすると、しかも小栗啓三がそれをしったとすると、やはり犯人は小栗ということになるんじゃないでしょうか」

「しかし、ねえ、警部さん」

と、金田一耕助はゆっくり首を左右にふると、

「もしそうだとすると小栗啓三は今月の四日以来、どこに潜伏しているのでしょう。いったいその男はどこへ消えたのでしょう」

「今月の四日以来……？」

と、神保警部補が聞きとがめて、

「小栗は今月の四日かぎりで消えてしまったわけじゃありませんよ。あの男は十日の晩と十五日の晩に、愛子を訪ねて若竹荘へやってきてるじゃありませんか」

「しかし、愛子は会っていませんね」

「え？」

「しかも、小栗は愛子の職業をしってるはずですから、夜のそんな時刻にやってきたところで、愛子に会えるはずがないってことくらい、しってるはずだと思うんです」

「と、おっしゃると……？」

と、等々力警部はするどく金田一耕助の顔を視つめている。

「はあ、……しかも、警部さん、滝本貞雄がかしこくも指摘したじゃありませんか。小栗はひじょうに特徴のある外貌をそなえているのだから、かえって他人がかれに扮装しようと思えば、扮装しやすいであろうと……」

「金田一先生！」

と、こんどは関森警部補が椅子から体をのりだして、

「それじゃ、先生のお考えでは、十日と十五日の晩に若竹荘へやってきたのは、小栗じゃないというんですか」

「はあ、わたしの想定ではですね。だいいち、電話で脅迫をつづけていたというのも、おかしな話だとお思いになりませんか。電話でらちのあくはずがありませんからね。ですから厳密にいって、小栗が失踪したのは四日以来じゃないかと思うんです」

「金田一先生、しかし、それ、どういう意味なんですか」

不思議そうに眉をひそめる高橋警部補にむかって、金田一耕助はいくらか照れたような微笑をむけると、

「高橋さん、その点についての説明はもうしばらくお待ちになってくださいませんか。そのまえに、関森さん」

「はあ」

「おあずけしておいた、例の哀れな女よりの手紙ですがね、あれをお持ちでしたらちょっと見せてくださいませんか」

「はあ」

と、関森警部補が折鞄のなかから例の手紙を出してわたすと、

「関森さん、これ愛子の筆蹟にちがいないんでしょうねえ」

「それはもう間違いはございません。十分筆蹟鑑定をしましたから」

「ところがねえ、関森さん、この手紙便箋四枚にわたっておりましょう。これ、一枚一枚、あるいは一行一行に、わたって筆蹟鑑定をなさいましたか」

「金田一先生、そんな必要があったのですか」

と、関森警部補はちょっと眼をまるくした。

「はあ、この手紙にかぎってその必要があったのです。ほら、この手紙には追伸がついておりますね。ぼくがいまその追伸のところどころに圏点をほどこしますから、ひとつ、手紙の本文と比較してみてください」

金田一耕助から廻覧された、便箋のさいごの一枚の追伸の部分に眼をやって、一同はおもわずぎょっと呼吸をのみこんだ。

もし先生がこの手紙にお疑ひをおもちでしたら、五月二十日の早朝六時ごろ、新宿パラダイス劇場の楽屋口で待つてゐてください。さうすればこの手紙がデタラメでないことがわかりませう。お願ひです。


「金田一先生、こ、こりゃ旧仮名づかいですね」

と、等々力警部が大きく呼吸をはずませた。

「そうです、そうです。ところが本文のほうはどうでしょう」

「本文は新仮名づかいになっている！」

と、関森警部補が茫然として、うめくように呟いた。これほど明かな啓示を、ついうっかり見落していたおのれの不明にたいする慚愧《ざんき》の声である。

「それじゃ、金田一先生、この追伸だけは本文の筆者とは、ちがった人物が書き添えたということになるんですか」

と、神保警部補もにわかに興味をもよおしたらしく、大きく体を乗出してきた。

「だと思いますね。戦後すでに十年以上、新仮名づかいも徹底してきましたから、たとえ戦前に教育をうけたひとでも、ものを読んだり書いたりするのが好きなひとは、いまではたいてい新仮名をつかうようです。しかし、そのひとが追伸を書くだんになって、急に旧仮名の習癖にもどるとは思えませんね。ですからこの追伸、ひじょうにじょうずに本文の字をまねていますが、これは明かに別人の手になったものとみてよろしいですね。それにもうひとつ、この手紙について興味があるのは……」

と、金田一耕助は便箋を手もとに引寄せて、

「この手紙の二枚目と三枚目のあいだに、もう一枚なり、あるいはそれ以上あったのではないかと思うのです。ほら、二枚目のおわりが――血なまぐさい殺人計画をねっている復讐鬼の名も、またその男によって血祭にあげられようとしている、何人かの男女の名前もしっております。――と、こうなっておりましょう。ところが三枚目の文章のなかに――その恐ろしい男がそれらの男女をねらっているのです――と、こうありますね。これだと文章のつづきぐあいが少しおかしい、いささか飛躍しすぎていると思いませんか」

「どれどれ」

と、一同はてんでに便箋を手にとって、一枚一枚読みくらべていたが、

「なるほど、そういわれてみればたしかにおかしい。すると、この二枚目と三枚目のあいだに、まだ何枚目かの便箋があって、そこに復讐鬼の名前も、ねらわれている人物の名前も書いてあったんだな」

と、等々力警部の言葉におうじて、

「そうだ、そうだ、それでなければもうひとつ意味が通りませんね。しかし、畜生ッ、これだけでもなんとか文章がつながるようにできてやあがる!」

関森警部補が鋭く舌打ちをしながら、ふたたび慙愧の色をふかくした。

「つまりそこが犯人のつけ目だったんだな。金田一先生」

「はあ」

「つまり、二枚目と三枚目のあいだにある何枚かの便箋を削除し、この追伸を書加えた人物が、即ち犯人だとおっしゃるんですね」

「そうです、そうです、警部さん、二枚目と三枚目のあいだにあった便箋には、ひょっとすると復讐鬼がそれらの男女をねらっている動機、あるいは動機らしきものが書いてあったかもしれません。そのことをぼくにしられるのは犯人にとってはつごうが悪かった。あるいはまた動機は書いてなくとも、あまり詳しい事情を、あまりはやくぼくにしられるのも犯人としては好ましくなかった。そこでさいわい愛子が便箋にナンバーをうってなかったので、じぶんにつごうの悪いところだけはオミットしたんですね。そこを抜いてもどうやら文章がつづくことに気がついたので……」

「と、いうことはこの手紙、元来は金田一先生に救いを求めるために、愛子によって書かれたということですね」

「そうです、そうです。関森さん、それを犯人がたくみに殺人の予告にすりかえたのですね。その目的はここにひとり、それらの男女をねらっている復讐鬼なる人物が存在するということを、ぼくに強調しておきたかったのでしょう。と、いうことは、今後起るべき犯罪のすべての責任を、復讐鬼なる人物に転嫁しようという肚であり、したがって真の犯人は復讐鬼、小栗啓三でないということになる。……」

「しかし、金田一先生、そうすると愛子はこの手紙を書きあげ、封筒の宛名も書きおえた直後に殺されたということになりますね、この手紙、いちど封をしたのちに、また開いたというような痕跡は見られませんが……」

「そうです、そうです。ひょっとすると犯人は愛子がその手紙を書いているあいだじゅう、そばにひかえていたのかもしれません。そして、愛子がその手紙を書きあげた瞬間、これでご用ずみとばかりに絞め殺したのじゃないでしょうか」

「なるほど、わかりました」

神保警部補がつよくうなずいて、

「それで、先生は三面鏡にむかっているところを絞め殺されるというのは不自然だ、したがってこれは犯人の擬装であろうと、いつか若竹荘で指摘していらっしゃいましたが、つまり犯人としては愛子が机にむかっているところを、絞め殺されたということをしられたくなかったので、ああいう擬装をやってのけたんですね」

「しかし、先生、それでは犯人は……?」

「ああ、それは……」

と、いう高橋警部補の質問にたいして、
と、金田一耕助が口を開きかけたとき、ドアを開いて給仕が顔を出した。

「あの……金田一先生のところへ、原田さんというかたがお見えになっておりますが…

……」

「ああ、そう」

金田一耕助はちょっと首をかしげて考えていたが、

「ちょうどいい。それじゃさっそくこちらへ通してください。まずこのほうから片づけてしまいましょう」

給仕の案内ではいってきたのは、意外にも新宿パラダイスの表主任原田であった。

電話のトリック

呼ばれて何気なく部屋のなかへ入ってきた原田は、そこに居並ぶ顔触れをみると、ぎょっとしたようにドアのところで立ちすくんだ。

「ああ、原田さん、よくきてくださいました。さあ、さあ、どうぞこちらへ」

金田一耕助が立って、等々力警部のデスクのまえの椅子を指さしながら、

「さあ、どうぞ、そこへお掛けください。べつにご心配なさるほどのことはないんですよ」

「金田一先生」

と、等々力警部は眉をひそめて、

「こちら新宿パラダイスの原田君だが、なにかこのかたに……？」

「はあ、ちょっとお訊ね申上げたいことがあってご足労ねがったんです」

「ああ、そう、原田さん、どうぞそこへお掛けになって」

「はあ……」

原田はこの場の雰囲気にすっかりのまれながらも、警部の指さす椅子へきて、いかにも坐り心地の悪そうな腰をおろした。

「金田一先生、それではあなたからどうぞ」

等々力警部をはじめとして、捜査陣の一同は、金田一耕助がいったいなにを発見したのかと、固唾《かたず》をのんでひかえている。

「ああ、そう、それでは……」

と、金田一耕助は例の人懐っこい微笑を原田にむけて、

「原田さん」

「はあ」

「あなたにお訊ねしたいというのはほかでもありませんが、問題の朝、即ち五月二十日の朝ですね。あの朝トランク騒ぎが起るまえに、滝本マネジャーのところへ、外部から何本電話がかかってきましたか」

原田はちょっと妙な顔をして、

「はあ、あの、浅草パラダイスからかかってきた一本きりですが……」

「それ、何時頃のことだったか憶えていらっしゃいませんか」

「はあ、通話がおわったのが六時十八分でした。偶然、時計を見たもんですから……それからまもなくあのトランク騒ぎで……」

「ああ、そう、六時十八分ね。それはそれは……」

と、金田一耕助はいかにもうれしそうに、

「しかし、その電話がどうして浅草パラダイスからだとわかったんです？　電話のぬしがそういったんですか」

原田は首をかしげてしばらく考えていたが、

「ああ、そうそう、いえ、そうではありませんでした。電話の声はただ滝本マネジャーへたのむといったきりでした。しかし、あの晩、……と、いうよりもあの朝、三時半ごろまでマージャンやってて、別れるときに滝本さんから、あしたの朝六時前後に浅草パラダイスから電話があるはずだから……と、そういわれていたもんですから……」

「ああ、なるほど。それで六時十八分に通話をおわった電話を、浅草パラダイスからだとばかり信じていられたんですね」

原田は怪訝《けげん》そうな顔をして、

「いえ、そればかりではなく……？」

と、口ごもるのを、

「そればかりじゃないとおっしゃると……？　原田さん、なんでもいいですから気のついたことがあったら、どしどしおっしゃってくださいませんか」

「はあ、いや、じつは滝本さんから通話がおわったという合図があったもんですから切替えると、いま浅草の立花さんから電話があったが、むこうじゃもうトランク三個送り出したというぜ。立花さん、いったいなにを血迷ってるんだろうねえ……と、そう滝本さんがいうもんですから、わたしもあまり早いのにびっくりして、時計をみると六時十八分だったんです」

「ああ、なるほど、それで正確な時刻をしってらっしゃるわけですね」

と、金田一耕助はいよいようれしそうに、

「それで、浅草との通話は何分くらいかかりました？」

「はあ、せいぜい三分ぐらいじゃなかったでしょうか」

「ああ、いや、どうもありがとうございました。わざわざご足労願って恐縮でしたが、それではこれくらいで……」

原田表主任は狐につままれたような顔をして椅子から立上ったが、

「ああ、ちょっと」

と、呼びとめた金田一耕助は急にきびしい表情になり、

「ちょっとご注意までに申上げときますが、ここでこういう質問があったということは、当分のあいだ他へお洩らしにならないように。これは捜査当局のためのみならず、あなたご自身の安全のためにもご注意ください」

原田が急におびえたような表情になるのを、

「なに、大丈夫ですよ。累があなたに及ばないようこちらのほうで十分警戒してもらいますが、いま申上げたことはくれぐれもお気をつけになって……」

「はっ、承知しました」

原田表主任が恐怖のために、にわかに吹き出してくる汗をふきながら出ていくと、まずいちばんに等々力警部が体をのりだした。

「金田一先生、いまの質問はどういうんです。それじゃ、あの電話になにかからくりがあったとおっしゃるんですか」

「いや、どうも」

と、金田一耕助は満場の注視をあびて、いささか照れたように苦笑いをしながら、

「ここでちょっとみなさんのご注意を喚起しておきたいんですが、あの三個のトランクをつんだゴンダ運送店の三輪トラックが、浅草パラダイスを出発したのは、五時四十五分のことでしたね。ところがいまお聞きのとおり、その旨浅草から連絡があったのは六時十五分ごろということになっています。その間、三十分、すこし間隙がありすぎるとお思いになりませんか。トランクを送りだしたのが立花にしろ小栗にしろ、電話をかけるならかけるで、一刻もはやくその場を立去りたかったであろうあの朝の状態としてはねえ」

「金田一先生、それじゃそこになにかトリックが……？」

「はあ、関森さん、それじゃむこうに野上周蔵さんというかたがお待ちになっていらっ

しゃいますから、そのかたをここへどうぞ」

野上周蔵というのは頭を坊主刈りにした色の浅黒い大男である。いかにも尾羽打枯らしたという身なりで、その態度や眼つきにも、どこか傲岸《ごうがん》なところと卑屈なところが錯《さく》綜《そう》している。年齢は五十前後であろう。

「やあ、野上さん、お待たせして恐縮でした。どうぞそこへお掛けになって」

と、金田一耕助は如才なく、いままで原田が坐っていた椅子を指さすと、

「こちらはいま申上げた野上周蔵さんといって、もと陸軍大尉でいらっしゃいます。野上さんは昭和二十年の初頭、深川の秘密兵器工場で監督官をしていられたかたです」

はっとしたように一同が、野上元陸軍大尉の顔を見直すのを委細かまわず、

「野上さん、それではあの話をどうぞ……」

「はあ」

と、野上は好奇にみちた一同の視線をあびて、多少かたくなったのか、ぎごちない空咳を二、三度すると、

「じぶんがいま金田一先生からご紹介をいただいた野上周蔵であります」

と、かるく坊主頭をさげると、

「じつはわたしながらく失業しておりまして、……つまり妻は病み子供は飢えに泣くという状態なんであります。そこでまあ、あちこち必死となって職をさがしてまわっているうちに、はからずも巡りあったのが、昔徴用工としてわたしの下に働いていた滝本貞

雄であります」


「はあ、はあ、なるほど。それで……？」

と、等々力警部はしだいにデスクのうえに乗りだしてくる。ほかの連中も瞳をこらして野上の口もとを視つめている。

「はあ、ところが滝本、なかなか羽振りがよさそうなのできいてみると、新宿パラダイスの支配人をしているという。わたしも劇場の守衛や門番なら勤まらんことはあるまい、なんとかしてそこで使ってもらえんもんじゃろうかと思って、滝本のところへお百度をふんどったわけです。ところが去る十九日の晩にあったとき、滝本のいうのに、それじゃあしたの朝もういちど話合って話をきめよう。ただし、ひょっとするとじぶんはあした出かけるかもしれんから、いちおう朝早く電話をしてほしい。しかし、昔の監督官殿に滝本さんとさんづけにされるとじぶんも気がひける。とはいえ昔のように滝本と呼びすてには出来んじゃろうから、今後はマネジャーなり滝本支配人と呼んでほしい。それで、あした電話をかけてくるときも、滝本マネジャーをたのむとひとことといえば、じぶんのほうへ通ずるようにしておこう。それ以上余計なことはいわんほうがよろしい。それからあなたも軍人だったのだから、時間をきっちりきめておこう。朝はやくてなんだが、かっきり六時十五分に電話をかけてほしい。……」

　ああっ！

と、いうような叫びが起り、いっしゅん会議室は騒然たる空気につつまれた。野上に

むかってくちぐちに発言しようとするのを等々力警部がおさえつけて、

「それで、野上さん、あなたその時刻に、……つまり二十日の早朝六時十五分に、新宿パラダイスの滝本君に電話をかけたんですね」

と、警部の声はうわずっている。

「はあ、それはもちろん。溺れるものはわらをもつかむといいますけんな。なにせ妻は病み、子供は飢えに泣くという状態で……」

「それで何分くらいお話しになりましたか」

「さあ、二分か三分くらいでしたろうかな。結局、きょうはよそへ出かけるからだめだということになってがっかりでした」

一同はしいんと黙りこんでまじまじと、野上の顔を視つめている。

ある巧妙なトリックと陰険な策謀が、ここにはじめて露頭を見せはじめたのである。

「いや、野上さん、ありがとうございました。それではこれで……」

「ああ、いや、そう……」

じぶんの証言のもたらした効果が、あまりにも甚大だったので、野上はかえってポカンとしていたが、金田一耕助の注意をうけると、やっと気がついたようにそそくさと立上ったが、

「金田一先生、しかし、あの……就職のほうは……？」

と、乙女のようにはにかみながらも、その眼差しは必死である。

「ああ、いや、そう、それではこれをもって宛名のところへいらっしゃい。話はもうつ

いておりますから」

「あっ、こ、これは、これは……」

野上にとっては殺人事件などどうでもよいのである。かれにとって焦眉《しょうび》の問題は、就職問題なのだ。金田一耕助から紹介状らしきものを渡されると、宛名に眼をやって、

「金田一先生、こ、このひとに……？」

と、眼をまるくする。

「はあ、あなたのことはよくお話しておきました。なんでもうってつけのポストがあるそうですから、これからすぐにでもいってらっしゃい」

「ああ、そう、金田一先生、ありがとうございました」

直立不動の姿勢から最敬礼をすると、野上は欣然として部屋から出ていった。

写真のトリック

「金田一先生！」

野上周蔵のうしろすがたを見送って、淀橋署の高橋捜査主任がきびしい調子でなにかいいかけるのを、

「ああ、いや、高橋さん、就職の世話をしたからって、その交換条件に偽証してもらっ

たわけじゃありませんから、どうぞご安心ください。それより関森さん」

「はあ」

「もうひとり待ってらっしゃるかたがございますから、ここへお呼びになってくださいませんか。金子謙三さんというかたですが……」

金子謙三というのは長髪をむぞうさにうしろへ撫でつけた、四十前後の人物で、そのかまわない服装から、いっけんして芸術家らしい印象をひとにあたえる。大きな角ぶちの眼鏡をかけ折鞄をかかえていた。

「やあ、金子先生、お待たせして恐縮でした。どうぞそこへお掛けになって」

金子謙三が折鞄をもったまま椅子に腰をおろすのを待って、

「このかたはヌード写真を得意としていらっしゃるカメラ芸術家の金子謙三先生です」

と、金田一耕助は一応紹介の労をとっておいて、

「金子先生、それではどうぞ」

「はっ、承知いたしました」

金子謙三が折鞄のなかから取出したのは、浅草パラダイスの現場から発見された、星影冴子のあのいかがわしいヌード写真である。金田一耕助は等々力警部にたのんで、それらの写真の複製をつくっておいてもらったのだ。

金子はおびただしいそれらのヌード写真のなかから三枚をえらんで、

「わたしが金田一先生から依嘱《いしょく》をうけたのは、ここにあるこの三枚の写真が、浅草パラ

ダイスのシングル・ベッドのうえで撮影することが、可能であるかどうかということでした」

あっ……と、いうようなおどろきの声が一同の唇からほとばしり、また新しい緊張がキーンと会議室の空気を圧迫する。

「なるほど、なるほど、それで……？」

と、デスクのうえから体を乗りだす等々力警部は、額にふとい血管が二本怒張している。警部の昂奮と緊張がある極点にまで達している証拠である。

「つまり金田一先生はその鋭い観察眼によって、この三枚の写真は角度や距離の関係からして、あの現場のシングル・ベッドのうえで撮影するのは、不可能じゃないかという疑問をもたれたんですね。そこで専門家のわたしに鑑定を依頼されたわけです。そこで、わたし金田一先生に浅草パラダイスの現場へつれていってもらいました。そして、じぶんでじっさいにカメラをすえてみた結果、この三枚の写真の角度と距離からモデルを撮影するためには、ふたつ並んだシングル・ベッドのひとつのほうを、室外へおっぽり出さないかぎり絶対に不可能だという結論に達したのです」

「金子先生！」

と、等々力警部はのどがつまったような声で、

「それじゃ、この三枚の写真は浅草パラダイスのあの部屋で、撮影されたものじゃないとおっしゃるんですか」

「ああ、いや、わたしの申上げるのはふたつ並んだシングル・ベッドのひとつを、あの寝室の外へ駆逐しないかぎり、この角度とこの距離から撮影するのは不可能だということです」

「しかし、常識から考えて、こういう撮影をするのに、いちいちベッドのひとつを寝室の外へ持ち出していたとは思えないから、この三枚の写真は、当然、ほかの場所、ほかのベッドのうえで撮影されたものであると考えてよろしいか」

「はっ、そうお考えになっても間違いはないと思います」

「畜生ッ！」

と、だれかが歯ぎしりをするような声を立てたのが、一瞬茫然たるこの会議室の空気のなかでひどく印象的だった。

「それから……」

と、金子謙三にまだ話がありそうなので、

「はあ、はあ、それから……」

と、一同は金子の周囲にむらがってくる。

「はあ、それからここにある二枚の写真ですね。これはこのとおりいっぽうのはしが截《せつ》断《だん》してありますが、このベッドの空間の広さのかんじは、あきらかにダブル・ベッドです。シングルじゃこういうゆったりとした感じを出すのは絶対にむりですね」

「ダブル・ベッド！」

と、高橋警部補は口走って、おもわず金田一耕助を振返った。

浅草、新宿、深川の三パラダイスの閨房《けいぼう》で、ダブル・ベッドをそなえつけているのは新宿しかなく、それを金田一耕助が、深川パラダイスの三村信吉にたしかめていたのを思い出したからである。

「それから……」

「はあ、はあ、それからまだありますか」

「はあ、ここにあるこの三枚ですがね。これらの写真では光がうまく交錯して、たくみなエフェクトをあげておりましょう。ところがここに交錯している微妙な光線、これは専門家でないとちょっとわからないのですが、これはあきらかに人工光線じゃありません。太陽光線だと思われるのです。したがって、この三枚は深夜撮影じゃなく、白昼しめきった部屋のなかで人工光線をつかって撮影されたが、外部から侵入してきたごくわずかの太陽光線を、精巧なレンズがとらえたということを証明しています。さらに……」

「ふむ、ふむ、さらに……？」

会議室のなかはいまや熱狂の坩堝《るつぼ》である。昂奮と緊張が捜査係官をわしづかみにして、各自の吐くあらあらしい息使いが、まるで潮騒のように部屋のなかにみちあふれる。この事件のあらゆる面にわたって配備されている、世にも巧妙なトリックに気がついて、いまや会議室のお歴々は熱狂的な昂奮にとりつかれているのである。

「はあ、これは……」

と、金子はデスクのうえに散乱しているおびただしいヌード写真を指さしながら、

「これらの写真を一見したとき、即座にわたしは金田一先生に指摘申上げたのですが、これらの写真の被写体、つまりモデルの女は、あきらかにレンズの眼を意識していると いうことですね。これはヌードをあつかいなれていらっしゃるほかの専門家の意見もぜひ聞いていただきたいんですが、ヌード写真のばあい、モデルがレンズを意識しすぎると、どうしても筋肉というか細胞というか、そこに不自然な硬直が生じる。すると、しぜん皮膚の感覚やなんかにそれが現れて、不慣れなモデルを扱う場合われわれにとってそれがいちばん困る問題なんです。ことにこのように極端にいかがわしい……と、いうよりはワイセツといってもいいポーズの場合、どうしても潜在的な羞恥心はまぬがれない。それは非常に微妙なもので、長年ヌードをあつかいなれていらっしゃる専門家以外には、ちょっと気がつかないことでしょうが、その微妙な硬直がこれらの全写真を通じてあらわれていると思うんですよ」

「と、おっしゃると、これらの写真のモデルの女は、前後不覚に眠っているのではない。ただ眠っているふうをしているだけだとおっしゃるんですか」

「はあ、わたしはそれを強調したいんですが、しかし、これは主観の問題ですから、ほかの多くのヌードをあつかいなれていらっしゃる専門家のご意見も徴していただきたいんですが……わたしの鑑定はだいたい、以上のとおりです」

金子謙三の説明がおわったとたん、会議室のなかには蜂の巣をついたような喧騒が

湧起り、機関銃みたいに質問がやつぎばやに浴せかけられた。それに対して金子謙三が自信にみちた応答を繰返したとき、そこに居合わせたひとびとはみないちように、これらのいかがわしい写真が、立花の変態的な要求から撮影されたものではなく、世にも大胆にして巧妙なトリックとして、用意されていたものであることを認めざるをえなかった。

恐ろしき真相

金子謙三が立去ったあと、会議室はいっしゅんしいんと静まりかえっていた。つぎからつぎへとつづいた暴露の意外さに、昂奮と緊張が少し大きすぎたのである。ちょっと虚脱したような心理的弛緩《しかん》が一同を支配していたが、やがて等々力警部が椅子のなかで居ずまいをなおすと、

「金田一先生」

と、咽喉のつまったような声を立てた。

「恐れいりますが説明をどうぞ」

「はあ」

と、いったきり金田一耕助はしばらくもの憂げな眼つきをして、ぼんやり虚空に眼をやっている。これがひとつの事件を解決したあと、金田一耕助がいつも示す特徴で、そ

こには救いがたい虚無感がある。

しかし、すぐまた金田一耕助は、じぶんを注視しているひとびとの顔に視線をもどすと、

「つまり、これはこうではないでしょうか。ああいう騒ぎ……塩酸騒ぎですね。ああいう残虐な塩酸騒ぎがあったにもかかわらず、あるいはまたトランク詰めにされたにもかかわらず、冴子がぜんぜんそれをしらなかったということを理由づけるため、合理化するために用意されていたトリックだったのではないでしょうかねえ。立花にそういう変態的な趣味があったとしたら、なるほど、冴子が多量の睡眠剤をのまされていたのもむりはない。多量の睡眠剤をのまされていたのなら、ああいう塩酸騒ぎがあったにもかかわらず、また、トランク詰めにされながら、冴子がぜんぜんそれをしらなかったのもむりはないと……こう捜査当局のみなさんに、思いこませるためにこれらの写真が用意されていたんじゃないでしょうかねえ。いや、いまの金子氏の話をきくとそうとしか思えないんですが、みなさんいかがでしょうか」

「いや、先生」

と、浅草の捜査主任、関森警部補が膝をすすめて、

「それはもう疑う余地のない事実のようですが、するとこれは全部、滝本と冴子の共犯だというわけですか」

「はあ、関森さん」

と、金田一耕助はいったんしまってあった富士愛子の手紙を取出すと、

「この手紙の追伸が偽筆であることはお認めになるでしょう。ところが偽筆のぬしがだれにしろ、この筆蹟のやわらかさから、偽筆のぬしは女であることは間違いなさそうですね。ところが愛子の代理と称して、若竹荘の管理人や浅草パラダイスの幕内主任へ電話をかけてきたのは、あきらかに男の声だったということでしたね。そうすると、この事件には男と女が関係している。つまり男と女の共謀ではないかと考えられるでしょう。ところが女がこの事件に関係しているとすると、あの残虐な塩酸殺人事件も、かならずしも男でなくてもやれるんじゃないかと考えてみたんです」

「金田一先生！」

と、等々力警部はおもわず呼吸をはずませた。

「それじゃ、あの残虐行為は冴子がやってのけたのだと……？」

「警部さん」

と、金田一耕助はもの悲しげにもじゃもじゃ頭を左右にふりながら、

「やってやれないことはないでしょう。それは非常に恐ろしいことですけれどね」

「そうだ、警部さん、そりゃやれますぜ」

と、関森警部補は顔面を真赤に紅潮させて、

「あの晩、盛りつぶされたのは冴子ではなくて、立花のほうだったんだな。そして、泥酔している立花を冴子がベッドに縛りつけたんでしょうが、あの縛りかたをみると女に

だってやれることにいまはじめて気がつきましたよ。立花はまず麻の緒で咽喉をしめられ、ベッドの頭の鉄柵に結えつけられた。これで立花は完全に死命を制せられたわけで、ああなったら、たとえ眼が覚めたとしても、どうしようもなかったでしょうねえ」

関森警部補はそう説明しながらも、じぶんでじぶんの言葉におびえたように、ブルッとはげしく体をふるわせた。

「すると、金田一先生」

と、こんどは等々力警部が身を乗り出して、

「冴子はいま関森君がいったような方法で、まず立花の自由をうばっておき、それからあの残虐な手段をもって立花を殺害した。しかし、そのとき立花の相好をめちゃめちゃにしてしまったのや、目印の刺青や踵の傷跡を塩酸で焼き消してしまったのは、やはり故意にやったんでしょうねえ」

「はあ、それはもちろん、被害者が立花であるか、それとも小栗ではないかと、捜査当局を混乱させるためでしょうな」

「なるほど、なるほど、そういう残虐行為をやってのけたあとで、冴子はみずから多量の睡眠剤を呷《あお》って昏睡状態におちいった……」

「わかりました、金田一先生」

と、そこで膝を乗りだしたのは淀橋署の高橋捜査主任である。

「こうして、冴子のお芝居がおわったところで、こんどはいよいよ滝本貞雄の活躍がは

じまったわけですね。滝本はマージャンでアリバイをつくっておいたのち、三時半以後、新宿パラダイスをぬけだして、浅草へやってきて小栗啓三に変装する。そこではもう万事終っているのだから、滝本のしごとといえば冴子をトランク詰めにして送り出すだけのことですね。そこでかれはゴンダ運送店を電話で呼びよせ、小栗啓三らしき姿をゴンダの主人と店員にみさしておいて、三個のトランクを運び出させた。そして、そのトラックが立去るや否や、変装をといて、浅草パラダイスをとびだして、ひと足さきに新宿パラダイスへかえってきた。そして何喰わぬ顔でトラックの到着を待っているところへ、野上周蔵氏から電話がかかってきたという寸法なんですね」

「金田一先生」

と、そこでやおら体を乗りだしたのは下谷の神保警部補である。

「これでだいたい立花の殺害事件はわかりましたが、富士愛子を殺したのはいったい誰なんです。冴子なんですか、それとも滝本なんですか」

「高橋さん、前後の事情から考えて、それもやっぱり冴子なんじゃないでしょうかねえ」

「高橋君、それはやっぱり金田一先生のおっしゃるとおりだろう。愛子がこの手紙を書いているそばに犯人がいたとしたら、それは男の滝本より女の冴子だったと考えるほうが妥当だろうね。それに、この追伸の筆蹟のことともあるしね」

「つまり、それはこうでしょうねえ」

と、金田一耕助はあいかわらずもの憂げな調子である。

「この手紙によって冴子にはひとつのかくれ蓑《みの》みたいなものができたわけです。小栗啓三という……そのかくれ蓑のかげにかくれてことをおこなえば、すべては小栗に転嫁できる……それがこんどの事件についての冴子の最初の発想だったんじゃないでしょうか」

「しかし、金田一先生」

と、等々力警部はきっと金田一耕助の顔をみて、

「その小栗啓三はいったいどこにいるんです。先生はむろんそれをご存じなんでしょうねえ」

それにたいして金田一耕助は無言のまま、椅子のなかでだらりと弛緩《しかん》したじぶんの足の爪先をながめていたが、やがて疲労にうるんだような眼をあげると、

「警部さん、愛子の手記にははっきりと、昭和二十年の犯人のことを冴子だと名ざしてはおりませんね。しかし、戦後から現在にいたるまでの状態をかんがえると、あきらかに冴子が犯人で、ほかの四人にゆすられていたということがわかりますね。今月の二日、小栗に咽喉をしめあげられたとき、当然、愛子はそのことを白状したのにちがいありません。と、すれば小栗が復讐鬼と化したにしろ、またこれを金銭的な取引きですまそうとしたにしろ、当然、冴子のところへやってくるのがほんとうでしょう。冴子が元兇なんだし、また、火の十字架団の財源なんですからね。むしろ、やってこなかったほうがおかしなくらいのものですよ。ところが一週間ごとに三つのパラダイスを巡回している星影冴子ショウは、先月の二十九日からこの月の五日までは新宿興行にあたっています。

ですから四日の晩あたり、小栗は当然新宿パラダイスへやってきていなければなりませんね。ところが……」

「ところが……？」

と、あとを促す等々力警部の声とともに、一同は緊張した視線を金田一耕助に集中する。

「はあ、ところがここにちょっと興味があるのは、当時、新宿パラダイスでは廻り舞台の装置が狂って、床下に大きな穴が掘ってあったのが、五日の朝にはその穴の相当部分がだれかの手によって埋められていたそうです。これは工事を請負った木下組の現場監督から聞いた話なんですがね」

「それじゃ、小栗も殺された！……」

と、一同はぎょっとしたように呼吸をのむ。

「警部さん、すみません」

と、金田一耕助はペコリと頭をさげると、

「わたしとしては新宿パラダイスの舞台の床下に、小栗の死体が埋められているという、もっとたしかな証拠をつかんだうえ、このお話をしたかったのです。しかし、もうこれ以上ぐずぐずしていられないんじゃないかという気がしてきたもんですから……」

「と、おっしゃると……？」

「はあ、犯人……いや、犯人たちは小栗啓三というかくれ蓑のおかげで、じぶんたちはないかと……」

安泰であるという己惚《うぬぼ》れをもっていると思うんです。そうなると三村信吉が危いんじゃ

「あっ！」

と、関森警部補が鋭く叫んで、

「それじゃ、金田一先生、この事件の動機はやはり冴子の三人の情人たちの仲間割れだとおっしゃるんですか」

「いいえ、関森さん、冴子としてはいちおう滝本をそういって口説いたかもしれません。しかし、冴子の動機はもっと深いところにあるのじゃないか。即ち、三村信吉が粛清されたら、こんどは滝本じしんが危いのじゃないか。……」

金田一耕助はそこでやおら椅子から立ちあがると、

「どうやら、これでぼくの役割りは終ったようです。冴子は小栗という道化師があらわれたのをさいわいに、それをかくれ蓑につかって、火の十字架にまつわる秘密をしってる連中を、このさい全部片付けてしまおうと考えているんじゃないかというのが、こんどの事件からぼくのえた印象なんです。そういう意味ではこの事件は目下進行中というところです。ひとつ適当な手をうって、これ以上血腥《ちなまぐさ》い事件が起るのを、みなさんの手で防いでください。では、警部さんはじめみなさんのご健闘をお祈りいたします」

金田一耕助はそこでペコリと一礼すると、飄々として袴の裾をさばいて会議室から出ていった。

蛇足

なお、蛇足までにその後のなりゆきを簡単に説明しておこう。

金田一耕助のこの真相解明はじっさい適切な時期におこなわれたのであった。これがもう一日おくれていたら、三村信吉が命を棒にふっていたところであった。

冴子と滝本とのあいだに三村信吉殺しの計画がすすめられており、それはじつにうまく考えられた手段と方法であった。

もし、それが実行されていても、小栗啓三というかくれ蓑の秘密が解明されないかぎり、冴子にも滝本にも絶対に疑いがかかってこないように、たくみにふたりのアリバイが組立てられていた。この未遂におわった完全犯罪の計画については、筆者もぜひいつか紹介したいと思っているくらいである。

それが未遂におわったというのは、いうまでもなく新宿パラダイスの床下から、小栗啓三の死体が掘りだされたからである。

この発掘に着手するまえから、滝本と冴子は厳重な監視下におかれていたが、それにもかかわらずふたりはたくみに連絡をとり、まんまと逃避行としゃれこんだが、このふたりが新潟で逮捕されるまでの七日間、新聞という新聞がわきにわいて、捜査当局はさいごの黒星にやっきとなったものである。

逮捕され東京へ送還されてくると、ふたりももう観念したのか、案外すらすらと犯行を自供した。

それによると五月四日の夜おそく、新宿パラダイスへ恐喝にやってきた小栗を絞め殺したのは滝本であった。そして、そこから金田一耕助も指摘したとおり、あの血腥い残虐殺人の着想が芽生えてきたのである。

滝本はすべてを自供したあとで傲然としてうそぶいたという。

「じぶんのただひとつの手抜かりは、野上周蔵のやつをやっつけるのを躊躇《ちゅうちょ》していたことである。あいつさえやっつけておいたら、こんなに他愛なく発覚するようなことはなかっただろうのに」

その言葉によってみても、かれは立花殺しについてよほど強い自信をもっていたらしいのだが、そのかれも星影冴子の、

「三村の信ちゃんを片づけたら、さいごに滝本もなんとかするつもりでした」

と、いう言葉をひとづてに聞いたとき、蒼くなってふるえあがり、それからかれの態度もにわかに神妙になったという。

解説

中島河太郎

著者の作品目録を拵《こしら》えてみると、短篇として雑誌に発表されたもので、のちに長篇化されたものがずいぶん多い。締切にせかされて書き上げたものの、どうしてもそれでは気が済まなくて、心ゆくまで書き直したくなってくる。推理小説の場合に限らず、捕物帖でも同様である。出版社から長篇化や改稿を依頼されたわけでもないのに、こつこつと自作の改訂を怠らないのが著者の習癖であった。

作家にはそれぞれ特有の癖があって、いったん筆を擱《お》いて発表したものには、もう振り向こうとしないひともあろうし、改版に際して添削《てんさく》を試みるひともあるだろう。是非を論ずべき事柄ではないが、改作を厭《いと》わぬ著者の習癖は至って顕著である。「魔女の暦」もはじめ、「小説倶楽部」の昭和三十一年五月号に発表されたもので、のちに現在の形に改訂された。

この物語には途中三か所ほどに、犯人の犯行スケジュールを書きつける場面が挿入されていて、いっそう興味をそそっている。もちろん、著者は周到な用意のもとに、その正体に気付かれるような手抜かりはしていない。ペンを握っている手は、黒い手袋をはめているので、男か女かわからない。犠牲者の殺害方法がきまったとき、洩らした忍び笑いの声も、あまりに低かったので男女の区別すらできなかったほどである。

事件の背景は浅草のストリップ劇場だが、二年ほど前の「堕《お》ちたる天女」の事件でも、やはり浅草のストリッパーの石膏詰め死体の謎が扱われている。こんどは金田一耕助に宛てられた予告殺人の手紙から始まる。「メジューサの首」の興行中、舞台で金田一の興味を惹《ひ》く事態が起こるというのだ。

正体不明の人物が決意を示した通り、まず魔女に扮したストリッパーが血祭にあげられた。それが金田一の目前で演ぜられた惨劇の第一幕である。殺人は舞台で用いられた吹矢に塗られた猛毒によるもので、第二幕にはやはりショーの小道具の鉄の鎖が使用されていた。しかも被害者はボートの中に全裸で、その鎖に縛りあげられていたのだ。

つぎつぎに犠牲者を出したこの劇団のストリッパーたちは、それぞれパトロンや内縁の夫、情人があるにもかかわらず、他の劇団関係者との間に交渉があって、その錯綜した人間関係が捜査当局の手を焼かせて、解決のめどがたたない。

容疑者は彼らに限られているはずだが、動機もつかめなければ、アリバイを追求するにも手ごたえがない。金田一と等々力警部のコンビも、なかなか成果をあげられぬうちに、第三の事件が起こってしまった。

いわば限られた人間が対象で、事件の発端から注目しながら、手も足も出なかったわけだが、惨劇が終熄《しゅうそく》しても捜査当局は皆目プロセスを辿《たど》ることができない。そこではじめて金田一の絵解きがあって、面目を施すのである。

「火の十字架」は「小説倶楽部」の昭和三十三年四月号から六月号まで連載された。これにもヌード・ダンサーが登場するが、「魔女の暦」が劇団関係者の入り乱れた男女関係にからんでいたのに対し、このほうはヌードの女王だけに三人の男をかけもちして貫禄を示している。

本篇も金田一への事件予告の手紙から始まっているが、こんどは前回と違って、指定の場所へ出かけたときにはもはや間に合わなかったのだ。浅草の劇場から新宿の劇場に送られたトランクの中に、昏々と睡っている全裸のダンサーを発見して騒いでいる間に、浅草では酸鼻を極めた殺戮《さつりく》死体が見つかったのである。

等々力警部と金田一がその現場へ急行すると、すでに「魔女の暦」事件で馴染《なじみ》になった関森警部補が、所轄署の捜査担当として来合わせて、旧交を温めることになる。これだが、この残虐な他殺死体の発見以前に、同じ劇団の女優の殺害が判明したが、これらはトランク詰めで運ばれたヌードの女王を中心に、戦時中の刹那《せつな》的な享楽に酔い痴れた最中の事件から端を発しているらしい。

とにかく、第一の被害者の相恰《そうごう》は見分けもつかぬほどで、それに目印の刺青まで丁寧に焼き消されていた。「探偵小説にはよくある」顔のない死体というわけである。

著者が諏訪で病を養って、再起したのは昭和十年の初頭であった。当時探偵小説は既成・新人作家ともに振るい、新時代確立の機運が漲《みなぎ》っていた。いくつかの専門誌が並び起って、作家や愛好家の論説を賑やかに満載していた折りで、著者も寄稿を求められた。これまで抑えられていた創作欲を充たすのが精一杯で、エッセイどころではなかったと思われるが、それでもその時々の感想の書き留められたものがあったらしい。「真珠郎」の初版が、谷崎潤一郎の題字、江戸川乱歩の序文、松野一夫の口絵、水谷準の装幀に飾られて刊行されたのが十二年のことだが、それに書きためてあったエッセイの草稿を清書したものを、「私の探偵小説論」として添えている。

その中に「顔のない屍体」を論じた一文があって、このトリックに殊に関心の深い著者の見解が窺《うかが》えて興味をそそるものがある。著者はこのトリックを、一人二役や密室殺人と並んでもっとも顕著なもので、どんな作家も一度は必ず取り組んでみようという衝動にかられるらしいと述べている。

だが、一人二役や密室殺人にはいろいろな解決法があって、作者の狙いどころの力点が、主としてどのような解決法によって読者を驚かせるかというところにあるのに反して、「顔のない屍体」の場合は、いつもその解決法がきまっている点に特色がある。すなわち一つの屍体の顔が誰だかはっきりしないが、ある人物だと推定された場合、劫《こう》を経た読者なら、ただちにそれは被害者ではなくて、むしろ犯人だと推定する。

「探偵小説の興味の多くが、その意外なる解決法にあるにもかかわらず、『顔のない屍体』の場合に限って、常に解決は読者に看破されることになるのである。それにもかかわらず、この問題がいつも読者の興味をとらえ、作者の食慾をそそるのは、興味の焦点が解決法にあるのではなくて、いかにして分りきった解決が、巧みにカモフラージされるかというところにあるのである」

と、このトリックの魅力を説いている。

たしかに著者は手を換え、品を換え、いろいろな工夫を凝《こ》らしていることは、ある程度の作品群に親しんだ読者なら気付いているに相違ない。本篇でも著者は冒頭から、顔のない屍体を持ち出して、これ見よがしに読者に挑戦して、最後にアッといわせずにはおかない。

「魔女の暦」の事件にしても、一千万円の保険が効果的に使われている。「火の十字架」では、事件予告の手紙ひとつをとっても、仮名遣いや代名詞の伏線を織りこんだり、写真家の目を通して被写体である人間の心理を分析したり、ちりばめられた小さなトリックに、それぞれハッとさせられるものがある。

両篇ともに浅草の大衆劇場の女性を主役にした愛欲図絵が描かれているが、二十年代の風俗を云々《うんぬん》するよりも、こういう芸能の世界に渦巻く愛憎が、歳月とともに抜きさしならぬ破局をめざしながら、巧緻《こうち》な犯罪工作を企《たく》らまずにはおれぬ業の深さを痛感させるのである。

本書は、昭和五十年八月に小社より刊行した文庫を改版したものです。なお本文中には、めくら、盲目、情婦、気違い、二号、気が狂う、女中、狂った、殺人狂、狂気、情夫、百姓、つんぼ、びっこ、アル中患者のように呂律がまわらない、気ちがいなど、今日の人権擁護の見地に照らして、不適切と思われる語句や表現がありますが、作品全体として差別を助長するものではなく、また、著者が故人である点も考慮して、原文のままとしました。

（編集部）

魔女《まじょ》の暦《こよみ》

横溝正史《よこみぞせいし》

昭和50年 8月30日　初版発行
令和3年 9月25日　改版初版発行

発行者●堀内大示

発行●株式会社KADOKAWA
〒102-8177　東京都千代田区富士見2-13-3
電話　0570-002-301（ナビダイヤル）

角川文庫 22827

印刷所●株式会社暁印刷
製本所●本間製本株式会社

表紙画●和田三造

◎本書の無断複製（コピー、スキャン、デジタル化等）並びに無断複製物の譲渡および配信は、著作権法上での例外を除き禁じられています。また、本書を代行業者等の第三者に依頼して複製する行為は、たとえ個人や家庭内での利用であっても一切認められておりません。
◎定価はカバーに表示してあります。

●お問い合わせ
https://www.kadokawa.co.jp/（「お問い合わせ」へお進みください）
※内容によっては、お答えできない場合があります。
※サポートは日本国内のみとさせていただきます。
※Japanese text only

©Seishi Yokomizo 1958, 1975, 2021　Printed in Japan
ISBN 978-4-04-111842-9　C0193

◇◇◇

角川文庫発刊に際して

角川源義

第二次世界大戦の敗北は、軍事力の敗北であった以上に、私たちの若い文化力の敗退であった。私たちの文化が戦争に対して如何に無力であり、単なるあだ花に過ぎなかったかを、私たちは身を以て体験し痛感した。西洋近代文化の摂取にとって、明治以後八十年の歳月は決して短かすぎたとは言えない。にもかかわらず、近代文化の伝統を確立し、自由な批判と柔軟な良識に富む文化層として自らを形成することに私たちは失敗して来た。そしてこれは、各層への文化の普及滲透を任務とする出版人の責任でもあった。

一九四五年以来、私たちは再び振出しに戻り、第一歩から踏み出すことを余儀なくされた。これは大きな不幸ではあるが、反面、これまでの混沌・未熟・歪曲の中にあった我が国の文化に秩序と確たる基礎を齎らすためには絶好の機会でもある。角川書店は、このような祖国の文化的危機にあたり、微力をも顧みず再建の礎石たるべき抱負と決意とをもって出発したが、ここに創立以来の念願を果すべく角川文庫を発刊する。これまで刊行されたあらゆる全集叢書文庫類の長所と短所とを検討し、古今東西の不朽の典籍を、良心的編集のもとに、廉価に、そして書架にふさわしい美本として、多くのひとびとに提供しようとする。しかし私たちは徒らに百科全書的な知識のジレッタントを作ることを目的とせず、あくまで祖国の文化に秩序と再建への道を示し、この文庫を角川書店の栄ある事業として、今後永久に継続発展せしめ、学芸と教養との殿堂として大成せんことを期したい。多くの読書子の愛情ある忠言と支持とによって、この希望と抱負とを完遂せしめられんことを願う。

一九四九年五月三日

角川文庫ベストセラー

八つ墓村 金田一耕助ファイル1 横溝正史

鳥取と岡山の県境の村、かつて戦国の頃、三千両を携えた八人の武士がこの村に落ちのびた。欲に目が眩んだ村人たちは八人を惨殺。以来この村は八つ墓村と呼ばれ、怪異があいついだ……。

本陣殺人事件 金田一耕助ファイル2 横溝正史

一柳家の当主賢蔵の婚礼を終えた深夜、人々は悲鳴と琴の音を聞いた。新床に血まみれの新郎新婦。枕元には、家宝の名琴〝おしどり〟が……。密室トリックに挑み、第一回探偵作家クラブ賞を受賞した名作。

獄門島 金田一耕助ファイル3 横溝正史

瀬戸内海に浮かぶ獄門島。南北朝の時代、海賊が基地としていたこの島に、悪夢のような連続殺人事件が起こった。金田一耕助に託された遺言が及ぼす波紋とは？　芭蕉の俳句が殺人を暗示する!?

悪魔が来りて笛を吹く 金田一耕助ファイル4 横溝正史

毒殺事件の容疑者椿元子爵が失踪して以来、椿家に次々と惨劇が起こる。自殺他殺を交え七人の命が奪われた。悪魔の吹く嫋々たるフルートの音色を背景に、妖異な雰囲気とサスペンス！

犬神家の一族 金田一耕助ファイル5 横溝正史

信州財界一の巨頭、犬神財閥の創始者犬神佐兵衛は、血で血を洗う葛藤を予期したかのような条件を課した遺言状を残して他界した。血の系譜をめぐるスリルとサスペンスにみちた長編推理。

角川文庫ベストセラー

人面瘡 金田一耕助ファイル6 横溝正史

「わたしは、妹を二度殺しました」。金田一耕助が夜半遭遇した夢遊病の女性が、奇怪な遺書を残して自殺を企てた。妹の呪いによって、彼女の腋の下には人面瘡が現れたというのだが……表題他、四編収録。

夜歩く 金田一耕助ファイル7 横溝正史

古神家の令嬢八千代に舞い込んだ「我、近く汝のもとに赴きて結婚せん」という奇妙な手紙と佝僂の写真は陰惨な殺人事件の発端であった。卓抜なトリックで推理小説の限界に挑んだ力作。

迷路荘の惨劇 金田一耕助ファイル8 横溝正史

複雑怪奇な設計のために迷路荘と呼ばれる豪邸を建てた明治の元勲古館伯爵の孫が何者かに殺された。事件解明に乗り出した金田一耕助。二十年前に起きた因縁の血の惨劇とは？

女王蜂 金田一耕助ファイル9 横溝正史

絶世の美女、源頼朝の後裔と称する大道寺智子が伊豆沖の小島……月琴島から、東京の父のもとにひきとられた十八歳の誕生日以来、男達が次々と殺される！開かずの間の秘密とは……？

幽霊男 金田一耕助ファイル10 横溝正史

湯を真っ赤に染めて死んでいる全裸の女。ブームに乗って大いに繁盛する、いかがわしいヌードクラブの三人の女が次々に惨殺された。それも金田一耕助や等々力警部の眼前で——！

角川文庫ベストセラー

金田一耕助ファイル11
首
横溝正史

滝の途中に突き出た獄門岩にちょこんと載せられた生首。まさに三百年前の事件を真似たかのような凄惨な村人殺害の真相を探る金田一耕助に挑戦するように、また岩の上に生首が……事件の裏の真実とは？

金田一耕助ファイル12
悪魔の手毬唄
横溝正史

岡山と兵庫の県境、四方を山に囲まれた鬼首村。この地に昔から伝わる手毬唄が、次々と奇怪な事件を引き起こす。数え唄の歌詞通りに人が死ぬのだ！　現場に残される不思議な暗号の意味は？

金田一耕助ファイル13
三つ首塔
横溝正史

華やかな還暦祝いの席が三重殺人現場に変わった！宮本音禰に課せられた謎の男との結婚を条件とした遺産相続。そのことが巻き起こす事件の裏には……本格推理とメロドラマの融合を試みた傑作！

金田一耕助ファイル14
七つの仮面
横溝正史

あたしが聖女？　娼婦になり下がり、殺人犯の烙印を押されたこのあたしが。でも聖女と呼ばれるにふさわしい時期もあった。上級生りん子に迫られて結んだ忌わしい関係が一生を狂わせたのだ――。

金田一耕助ファイル15
悪魔の寵児
横溝正史

胸をはだけ乳房をむき出し折り重なって発見された男女。既に女は息たえ白い肌には無気味な死斑が……情死を暗示する奇妙な挨拶状を遺して死んだ美しい人妻。これは不倫の恋の清算なのか？

角川文庫ベストセラー

金田一耕助ファイル16
悪魔の百唇譜　横溝正史

金田一耕助ファイル17
仮面舞踏会　横溝正史

金田一耕助ファイル18
白と黒　横溝正史

金田一耕助ファイル19
悪霊島（上）（下）　横溝正史

金田一耕助ファイル20
病院坂の首縊りの家（上）（下）　横溝正史

若い女と少年の死体が相次いで車のトランクから発見された。この連続殺人が未解決の男性歌手殺害事件の秘密に関連があるのを知った時、名探偵金田一耕助は激しい興奮に取りつかれた……。

夏の軽井沢に殺人事件が起きた。被害者は映画女優・鳳三千代の三番目の夫。傍にマッチ棒が楔形文字のように折れて並んでいた。軽井沢に来ていた金田一耕助が早速解明に乗りだしたが……。

平和そのものに見えた団地内に突如、怪文書が横行し始めた。プライバシーを暴露した陰険な内容に人々は戦慄！　金田一耕助が近代的な団地を舞台に活躍。新境地を開く野心作。

あの島には悪霊がとりついている——額から血膿の吹き出した凄まじい形相の男は、そう呟いて息絶えた。尋ね人の仕事で岡山へ来た金田一耕助。絶海の孤島を舞台に妖美な世界を構築！

〈病院坂〉と呼ぶほど隆盛を極めた大病院は、昔薄幸の女が縊死した屋敷跡にあった。天井にぶら下がる男の生首……二十年を経て、迷宮入りした事件を、等々力警部と金田一耕助が執念で解明する！

角川文庫ベストセラー

双生児は囁く　横溝正史

「人魚の涙」と呼ばれる真珠の首飾りが、檻の中に入れられデパートで展示されていた。ところがその番をしていた男が殺されてしまう。横溝正史が遺した文庫未収録作品を集めた短編集。

悪魔の降誕祭　横溝正史

金田一耕助の探偵事務所で起きた殺人事件。被害者はその日電話をしてきた依頼人だった。しかも日めくりのカレンダーが何者かにむしられ、12月25日にされていて――。本格ミステリの最高傑作！

殺人鬼　横溝正史

ある夫婦を付けねらっていた奇妙な男がいた。彼の挙動が気になった私は、その夫婦の家を見張った。だが、数日後、その夫婦の夫が何者かに殺されてしまった！　表題作ほか三編を収録した傑作短篇集！

喘ぎ泣く死美人　横溝正史

当時の交友関係をベースにした物語「素敵なステッキの話」。外国を舞台とした怪奇小説の「夜読むべからず」や「喘ぎ泣く死美人」など、ファン待望の文庫未収録作品を一挙掲載！

髑髏検校　横溝正史

江戸時代。豊漁ににぎわう房州白浜で、一頭の鯨の腹からフラスコに入った長い書状が出てきた。これこそ、後に江戸中を恐怖のどん底に陥れた、あの怪事件の前触れであった……横溝初期のあやかし時代小説！

角川文庫ベストセラー

人形佐七捕物帳傑作選　横溝正史　編／縄田一男

神田お玉が池に住む岡っ引きの人形佐七が江戸でおきたあらゆる事件を解き明かす！　時代小説評論家・縄田一男が全作品から厳選。冴えた謎解き、泣ける人情話……初めての読者にも読みやすい7編を集める。

真珠郎　横溝正史

鬼気せまるような美少年「真珠郎」の持つ鋭い刃物がひらめいた！　浅間山麓に謎が霧のように渦巻く。無気味な迫力で描く、怪奇ミステリの金字塔。他1編収録。

蔵の中・鬼火　横溝正史

澱んだようなほこりっぽい空気、窓から差し込む乏しい光、箪笥や長持ちの仄暗い陰。蔵の中でふと私は、古い遠眼鏡で窓から外の世界をのぞいてみた。それが恐ろしい事件に私を引き込むきっかけになろうとは……。

不死蝶　横溝正史

23年前、謎の言葉を残し、姿を消した一人の女。殺人事件の容疑者だった彼女は、今、因縁の地に戻ってきた。迷路のように入り組んだ鍾乳洞で続発する殺人事件の謎を追って、金田一耕助の名推理が冴える！

蝶々殺人事件　横溝正史

スキャンダルをまき散らし、プリマドンナとして君臨していたさくらが「蝶々夫人」大阪公演を前に突然、姿を消した。死体は薔薇と砂と共にコントラバス・ケースから発見され——。由利麟太郎シリーズの第一弾！

角川文庫ベストセラー

憑かれた女
横溝正史

自称探偵小説家に伴われ、エマ子は不気味な洋館の中へ入った。暖炉の中には、黒煙をあげてくすぶり続ける一本の腕が……！　名探偵由利先生と敏腕事件記者三津木俊助が、鮮やかな推理を展開する表題作他二篇。

血蝙蝠
横溝正史

肝試しに荒れ果てた屋敷に向かった女性は、かつて人殺しがあった部屋で生乾きの血で描いた蝙蝠の絵を発見する。その後も女性の周囲に現れる蝙蝠のサイン――。名探偵・由利麟太郎が謎を追う、傑作短編集。

花髑髏
横溝正史

名探偵由利先生のもとに突然舞いこんだ差出人不明の手紙、それは恐ろしい殺人事件の予告だった。指定の場所へ急行した彼は、箱の裂目から鮮血を滴らせた黒塗りの大きな長持を目の当たりにするが……。

丹夫人の化粧台
横溝正史怪奇探偵小説傑作選

横溝正史
編／日下三蔵

美貌の丹夫人を巡る決闘に敗れた初山は、「丹夫人の化粧台に気をつけろ」という言葉を残してこと切れる。勝者の高見は、丹夫人の化粧台の秘密を探り、恐るべき真相に辿り着き――。表題作他13篇を所収。

夏しぐれ
時代小説アンソロジー

編／縄田一男
平岩弓枝、藤原緋沙子、諸田玲子、横溝正史、柴田錬三郎

夏の神事、二十六夜待で目白不動に籠もった俳諧師が死んだ。不審を覚えた東吾が探ると……。『御宿かわせみ』からの平岩弓枝作品や、藤原緋沙子、諸田玲子など、江戸の夏を彩る珠玉の時代小説アンソロジー！

角川文庫ベストセラー

ダリの繭《まゆ》　有栖川有栖

サルバドール・ダリの心酔者の宝石チェーン社長が殺された。現代の繭とも言うべきフロートカプセルに隠された難解なダイイング・メッセージに挑むは推理作家・有栖川有栖と臨床犯罪学者・火村英生！

海のある奈良に死す　有栖川有栖

半年がかりの長編の見本を見るために珀友社へ出向いた推理作家・有栖川有栖は同業者の赤星と出会い、話に花を咲かせる。だが彼は〈海のある奈良へ〉と言い残し、福井の古都・小浜で死体で発見され……。

朱色の研究　有栖川有栖

臨床犯罪学者・火村英生はゼミの教え子から2年前の未解決事件の調査を依頼されるが、動き出した途端、新たな殺人が発生。火村と推理作家・有栖川有栖が奇抜なトリックに挑む本格ミステリ。

最後の記憶　綾辻行人

脳の病を患い、ほとんどすべての記憶を失いつつある母・千鶴。彼女に残されたのは、幼い頃に経験したという すさまじい恐怖の記憶だけだった。死に瀕した彼女を今なお苦しめる、「最後の記憶」の正体とは？

眼球綺譚　綾辻行人

大学の後輩から郵便が届いた。「読んでください。夜中に、一人で」という手紙とともに、その中にはある地方都市での奇怪な事件を題材にした小説の原稿がおさめられていて……珠玉のホラー短編集。

角川文庫ベストセラー

Another (上)(下)　綾辻行人

1998年春、夜見山北中学に転校してきた榊原恒一は、何かに怯えているようなクラスの空気に違和感を覚える。そして起こり始める、恐るべき死の連鎖！名手・綾辻行人の新たな代表作となった本格ホラー。

悪果　黒川博行

大阪府警今里署のマル暴担当刑事・堀内は、相棒の伊達とともに賭博の現場に突入。逮捕者の取調べから明らかになった金の流れをネタに客を強請り始める。かつてなくリアルに描かれる、警察小説の最高傑作！

てとろどときしん 大阪府警・捜査一課事件報告書　黒川博行

フグの毒で客が死んだ事件をきっかけに意外な展開をみせる表題作「てとろどときしん」をはじめ、大阪府警の刑事たちが大阪弁の掛け合いで6つの事件を解決に導く、直木賞作家の初期の短編集。

疫病神　黒川博行

建設コンサルタントの二宮は産業廃棄物処理場をめぐるトラブルに巻き込まれる。巨額の利権が絡んだ局面で共闘することになったのは、桑原というヤクザだった。金に群がる悪党たちとの駆け引きの行方は――。

ふちなしのかがみ　辻村深月

冬也に一目惚れした加奈子は、恋の行方を知りたくて禁断の占いに手を出してしまう。鏡の前に蠟燭を並べ、向こうを見ると――子どもの頃、誰もが覗き込んだ異界への扉を、青春ミステリの旗手が鮮やかに描く。

角川文庫ベストセラー

本日は大安なり　辻村深月

企みを胸に秘めた美人双子姉妹、プランナーを困らせるクレーマー新婦、新婦に重大な事実を告げられないまま、結婚式当日を迎えた新郎……。人気結婚式場の一日を舞台に人生の悲喜こもごもをすくい取る。

きのうの影踏み　辻村深月

どうか、女の子の霊が現れますように。おばさんとその子が、会えますように。交通事故で亡くした娘を待ちわびる母の願いは祈りになった――。辻村深月が〝怖くて好きなものを全部入れて書いた〟という本格恐怖譚。

鬼の跫音　道尾秀介

ねじれた愛、消せない過ち、哀しい嘘、暗い疑惑――。心の鬼に捕らわれた6人の「S」が迎える予想外の結末とは。一篇ごとに繰り返される奇想と驚愕。人の心の哀しさと愛おしさを描き出す、著者の真骨頂!

球体の蛇　道尾秀介

あの頃、幼なじみの死の秘密を抱えた17歳の私は、ある女性に夢中だった……狡い嘘、幼い偽善、決して取り返すことのできないあやまち。矛盾と葛藤を抱えて生きる人間の悔恨と痛みを描く、人生の真実の物語。

透明カメレオン　道尾秀介

声だけ素敵なラジオパーソナリティの恭太郎は、バー「if」に集まる仲間たちの話を面白おかしくつくり変え、リスナーに届けていた。大雨の夜、店に迷い込んできた美女の「ある殺害計画」に巻き込まれ――。